Leche caliente

Deborah Levy

Leche caliente

Traducción de Cecilia Ceriani

EDITORIAL ANAGRAMA
BARCELONA

WOODRIDGE PUBLIC LIBRARY
3 PLAZA DRIVE
WOODRIDGE, IL 60517-5014
(630) 964-7899

Título de la edición original:
Hot Milk
Hamish Hamilton
Londres, 2016

Ilustración: foto © Getty Images

Primera edición: marzo 2018

Diseño de la colección: Julio Vivas y Estudio A

© De la traducción, Cecilia Ceriani, 2018

© Deborah Levy, 2016

© EDITORIAL ANAGRAMA, S. A., 2018
Pedró de la Creu, 58
08034 Barcelona

ISBN: 978-84-339-8002-1
Depósito Legal: B. 4277-2018

Printed in Spain

Liberdúplex, S. L. U., ctra. BV 2249, km 7,4 - Polígono Torrentfondo
08791 Sant Llorenç d'Hortons

A ti te toca romper los viejos circuitos.

HÉLÈNE CIXOUS,
La risa de la medusa

2015. ALMERÍA. SUR DE ESPAÑA. AGOSTO

Hoy se me cayó el ordenador portátil sobre el suelo de cemento de un chiringuito playero. Lo llevaba debajo del brazo y se deslizó de su funda de goma negra (que tiene forma de sobre) para acabar aterrizando con la tapa hacia abajo. La pantalla se ha resquebrajado por completo, pero al menos sigue funcionando. Toda mi vida está dentro de ese ordenador; no hay nadie que me conozca tan bien como él.

Quiero decir que si él se rompe, yo también.

Mi salvapantallas es la imagen de un cielo nocturno purpúreo, tachonado de estrellas, constelaciones y la Vía Láctea, cuyo nombre proviene del latín *lactea.* Hace años mi madre me dijo que yo debía escribir Vía Láctea así: γαλαξίας κύκλος, y me contó que Aristóteles observaba nuestro círculo lácteo desde Calcidia, a unos cincuenta kilómetros al este de la actual Tesalónica, donde nació mi padre. La estrella más antigua tiene trece billones de años, pero las estrellas de mi salvapantallas solo tienen dos años y están fabricadas en China. Ahora todo ese universo se ha resquebrajado.

No hay nada que pueda hacer al respecto. Parece ser que hay un cibercafé en el pueblo de al lado, igual de infestado de moscas que el nuestro, y que a veces el dueño arregla ordenadores si los desperfectos no son importantes, pero tendría que encargar una pantalla nueva y tardaría un mes en llegar. ¿Seguiré aquí dentro de un mes? No lo sé. Depende de mi madre enferma, que ahora duerme bajo un mosquitero en la habitación contigua. En cualquier momento se despertará y gritará: «Tráeme agua, Sofia.» Y le llevaré agua y nunca será la adecuada. Ya no sé ni lo que quiere decir agua, pero le llevaré lo que yo entiendo por agua: la de una botella que está en la nevera o la de una botella que no está en la nevera o la del cazo donde la he puesto a hervir y la he dejado enfriar. Muchas veces me quedo mirando el manto de estrellas de mi salvapantallas y me dejo llevar, perdiendo toda noción del tiempo de una forma extraña.

Son apenas las once de la noche y podría estar flotando panza arriba en el mar, observando el auténtico cielo nocturno y la auténtica Vía Láctea, pero me dan miedo las medusas. Ayer por la tarde me picó una y me dejó marcada una intensa roncha púrpura en la parte superior del brazo izquierdo. Tuve que ir corriendo por la arena caliente hasta el puesto de primeros auxilios que se encuentra al final de la playa para que me pusieran una pomada. Me la aplicó un estudiante (de barba poblada) cuyo trabajo consiste en estar sentado allí todo el día atendiendo a los turistas que llegan con picaduras de medusa. Fue él quien me dijo que *jellyfish* en español es medusa. Yo creía que Medusa era una diosa griega que, tras una maldición, fue transformada en un monstruo y que su poderosa mirada podía convertir en piedra a cualquiera que la mirase a los ojos. Entonces, ¿por qué llamar como ella a esos animales marinos gelatinosos? El estudiante dijo que suponía que era porque los tentáculos de las medusas se parecen a la cabellera del monstruo mitológico, que siempre se representa con una retorcida maraña de serpientes en la cabeza.

Yo me había fijado en la imagen caricaturesca de Medusa estampada en la bandera amarilla que colocan junto al puesto de primeros auxilios para advertir del peligro. Esa Medusa tiene colmillos en lugar de dientes y ojos de loca.

«Cuando ondea la bandera de la Medusa es mejor no meterse en el mar. Eso depende de ti.»

El estudiante me limpió la zona de la picadura golpeándola ligeramente con un trocito de algodón previamente empapado en agua de mar hervida y después me pidió que firmase un formulario que parecía una solicitud. Era una lista de todas las personas de la playa a quienes les habían picado las medusas ese día. Tenía que rellenar el formulario con mi nombre, edad, profesión y país de origen. Demasiada información en la que pensar cuando tienes el brazo lleno de ampollas y un ardor insoportable. Me explicó que le exigían que hiciese llenar el formulario para así poder mantener el puesto abierto durante la recesión que atravesaba España. Si los turistas no lo necesitaban, el servicio se eliminaría y él se quedaría sin trabajo, así que era obvio que el chico estaba encantado de que hubiese medusas. Le proporcionaban pan que llevarse a la boca y gasolina para llenar el depósito de su motocicleta.

Le eché una ojeada al formulario y vi que la edad de las personas que habían sufrido picaduras de medusa iba desde los siete hasta los setenta y cuatro años y que la mayoría procedía de algún lugar de España, aunque había algunos turistas británicos y uno de Trieste. Siempre he querido ir a Trieste, porque suena a *tristesse,* que parece una palabra alegre, aunque en francés significa tristeza. En español suena más duro que en francés, es más un gemido que un susurro.

Yo no había visto ninguna medusa estando en el agua, pero el estudiante me explicó que tienen unos tentáculos larguísimos, de forma que pueden picarte aunque se encuentren muy lejos. Mientras me lo explicaba me frotaba el brazo con el dedo índice embadurnado con una suerte de ungüento. Parecía saber mucho sobre el tema. Las medusas son transparentes porque están compuestas en el 95 % de agua y por eso se camuflan fácilmente. También me dijo que una de las razones por las que hay tantas en los océanos de todo el mundo es debido a que se pesca en exceso. Sobre todo, lo que yo no debía hacer era frotarme ni rascarme las ronchas del brazo. Todavía podían quedarme algunos restos de baba de medusa y, al frotarme la zona afectada, eso haría que se liberase más veneno, pero él me había puesto un ungüento especial que eliminaría las sustancias urticantes. Mientras el estudiante hablaba, podía ver sus labios rosáceos latiéndole como una medusa entre la barba. Me dio lo poco que quedaba de un lápiz y me pidió por favor que rellenara el formulario.

Nombre: Sofia Papastergiadis
Edad: 25
País de origen: Reino Unido
Ocupación:

A las medusas les da igual mi ocupación, ¿para qué me lo preguntan? Ese es un tema delicado, más doloroso que mi picadura y más problemático que mi apellido, que nadie es capaz de pronunciar ni de escribir bien. Le dije al estudiante que yo era licenciada en Antropología, pero que en aquel momento trabajaba en una cafetería del oeste de Londres que se llama Coffee House y tiene wifi gratis y unos bancos de iglesia restaurados. Tostamos nosotros mismos el grano y servimos tres tipos de café exprés... Así que no sé qué poner donde dice «Ocupación».

El estudiante se acarició la barba.

–¿Vosotros los antropólogos estudiáis los pueblos primitivos?

–Sí, aunque lo único primitivo que he estudiado en mi vida es a mí misma.

De pronto eché de menos los suaves y húmedos parques de Gran Bretaña. Sentí ganas de dejar caer mi primitivo cuerpo sobre la hierba verde sin medusas entre sus briznas. En Almería no ves hierba verde a no ser en los campos de golf. Las colinas desnudas y polvorientas están tan resecas que antes rodaban allí películas, los *spaghetti western,* incluso una protagonizada por Clint Eastwood. Los vaqueros de verdad debían de tener los labios siempre agrietados, porque los míos habían empezado a estarlo debido al sol y tenía que ponerme bálsamo labial todos los días. ¿Quizá los vaqueros usaran grasa animal? ¿Pasearían la mirada por la inmensidad del cielo mientras echaban de menos los besos y las caricias? Y sus problemas ¿desaparecerían en el misterio del espacio como suele sucederme a mí cuando observo las galaxias de mi pantalla resquebrajada?

El estudiante parecía saber bastante de antropología, tanto como de medusas. Me propone una idea para llevar a cabo un «trabajo de campo original» mientras estoy en España.

–¿Has visto los entoldados de plástico blanco que cubren la mayor parte del paisaje de Almería?

Claro que había visto los fantasmales plásticos blancos. Cubren todos los valles y planicies hasta donde se pierde la vista.

–Son invernaderos –dice–. En mitad del desierto la temperatura en el interior de esas estructuras puede alcanzar los cuarenta y cinco grados. Contratan emigrantes ilegales para recoger los tomates y los pimientos para los supermercados, pero son como esclavos.

Lo mismo pensaba yo. Cualquier cosa que esté cubierta resulta interesante. Aunque nunca haya nada debajo de algo que esté cubierto. Cuando era niña acostumbraba a taparme la cara con las manos para que nadie supiese que estaba allí. Después me di cuenta de que al taparme la cara me hacía más visible, puesto que hacía que todos sintiesen curiosidad por saber lo que yo intentaba ocultar.

Miró mi apellido escrito en el formulario y después se miró el pulgar de la mano izquierda, doblándolo una y otra vez, como si estuviese comprobando si la articulación seguía funcionándole.

–Eres griega, ¿no?

Su atención es tan dispersa que me desconcierta. De hecho, nunca me mira a los ojos. Suelto la acostumbrada letanía: mi padre es griego, mi madre es inglesa, yo nací en Gran Bretaña.

–Grecia es más pequeña que España, pero no puede pagar su deuda. Se acabó el sueño.

Le pregunté si se refería a la economía. Dijo que sí, que estaba haciendo un máster en la Facultad de Filosofía de la Universidad de Granada, pero que se consideraba afortunado por poder trabajar en la playa durante el verano en aquel puesto de primeros auxilios. Si cuando terminase el máster seguían contratando gente en la cafetería Coffee House, iría a Londres. Afirmó no saber por qué había dicho que el sueño se había acabado puesto que nunca creyó en él. Seguro que lo había leído en algún lado y se había quedado con la copla. Pero eso de «se acabó el sueño» no era una frase que saliese de él. Para empezar, ¿de quién era ese sueño? El único sueño famoso que él recordaba era «Yo tengo un sueño...», del discurso de Martin Luther King, pero eso de que el sueño se había acabado daba por sentado que tuvo un principio y que ahora había llegado a su fin. El responsable de ese sueño era quien debía decir si se había acabado o no, nadie más podía hacerlo en su nombre.

Y a continuación me soltó una frase entera en griego y se sorprendió cuando le dije que yo no hablaba griego.

Es una constante fuente de vergüenza tener un apellido como Papastergiadis y no hablar la lengua de mi padre.

–Mi madre es inglesa.

–Sí. Solo estuve una vez en Skiathos, en Grecia, pero conseguí aprender algunas frases –dijo en su inglés perfecto.

Era como si me reprochara que yo no fuera todo lo griega que debía. Mi padre dejó a mi madre cuando yo tenía cinco años, y como ella es inglesa me hablaba siempre en inglés. ¿A él qué le importaba? Además, se suponía que solo debía ocuparse de la picadura de medusa.

–Te he visto en la plaza con tu madre.

–Sí.

–¿Tiene problemas para andar?

–Hay veces que Rose puede andar y otras no.

–¿Tu madre se llama Rose?

–Sí.

–¿La llamas por su nombre?

–Sí.

–¿No le dices mamá?

–No.

El zumbido de la pequeña nevera que estaba en un rincón del puesto de primeros auxilios era como algo muerto y frío pero que latía. Me pregunté si dentro habría botellas de agua. *Agua con gas, agua sin gas.* Siempre estoy pensando en diferentes maneras para hacer que el agua suene un poco menos mal a oídos de mi madre.

El estudiante miró el reloj.

–La norma para todos los que han sufrido picaduras de medusa es que permanezcan aquí cinco minutos. Es para que yo pueda comprobar que no sufren un ataque cardíaco o cualquier otra reacción.

Volvió a señalar el apartado «Ocupación» del formulario que yo había dejado en blanco.

Puede que fuese por el dolor de la picadura, el caso es que de pronto me vi hablándole de mi patética y minúscula vida.

–Más que una ocupación, lo que yo tengo es una preocupación, que es mi madre, Rose.

Mientras yo hablaba, él se pasaba los dedos por las pantorrillas.

–Hemos venido a España para que la atiendan en la Clínica Gómez y ver si descubren qué le pasa en las piernas. Dentro de tres días tenemos la primera cita.

–¿Tu madre tiene parálisis en las extremidades?

–No lo sabemos. Es un misterio. Es algo reciente.

Empezó a desenvolver un trozo de pan blanco envuelto en plástico transparente. Creí que se trataba de la segunda parte de la cura para la picadura de medusa, pero resultó ser un sándwich de mantequilla de cacahuete, que dijo que era su almuerzo preferido. Dio un mordisco y su barba negra y brillante se movió en círculos mientras masticaba. Conoce la Clínica Gómez. Es muy reputada. Y también conoce a la mujer que nos alquiló el pequeño apartamento rectangular de la playa. Lo elegimos porque no tiene escaleras. Tiene una sola planta, dos dormitorios contiguos, una cocina, y está cerca de la plaza principal, de todos los cafés y del supermercado Spar. También está pegado a la Escuela de Buceo y Náutica, un cubo blanco de dos pisos con ventanas ojo de buey. En este momento están pintando la zona de recepción. Todas las mañanas dos marroquíes se afanan en el trabajo con un par de botes gigantes de pintura blanca. En la azotea de la escuela de buceo hay un perro alsaciano flaco que pasa el día entero encadenado a una barra de hierro y que no para de aullar. El perro es de Pablo, el director de la escuela de buceo, pero Pablo pasa todo el tiempo frente al ordenador jugando a un videojuego que se llama *Infinite Scuba.* El perro no deja de tironear de la cadena como loco y de vez en cuando intenta saltar por la azotea.

–Pablo no le cae bien a nadie –me confirmó el estudiante–. Es de esos tipos que serían capaces de desplumar una gallina viva.

–Ese sería un buen tema para un trabajo de campo antropológico –dije.

–¿Cuál?

–Por qué Pablo no le cae bien a nadie.

El estudiante levantó tres dedos. Supuse que aquello quería decir que tenía que permanecer otros tres minutos en el puesto de primeros auxilios.

Por las mañanas los instructores de la escuela les enseñan a los alumnos a ponerse los trajes de buceo. Les molesta que el perro esté todo el tiempo atado en la azotea, pero ellos siguen a lo suyo. Después de la clase tienen que llenar de gasolina unos bidones de plástico con un embudo, transportarlos por la arena sirviéndose de un carrito eléctrico hasta el bote y subirlos a bordo. Todo el procedimiento es bastante complicado comparado con el del masajista sueco, Ingmar, que suele montar su tienda a la misma hora. Ingmar transporta la camilla por la playa con unas pelotas de ping-pong atadas a las patas para deslizarla sin problemas por la arena. Él mismo se me quejó del perro de Pablo, como si el hecho casual de vivir en el portal de al lado de la escuela de buceo me convirtiese de alguna manera en copropietaria del desgraciado alsaciano. Los clientes de Ingmar no pueden relajarse jamás por culpa de los gemidos, aullidos, ladridos e intentos suicidas del perro que se suceden a lo largo de todo el masaje con aromaterapia.

El estudiante del puesto de primeros auxilios me preguntó si podía respirar normalmente.

Empiezo a sospechar que lo que quiere es retenerme allí.

Levantó un dedo.

–Tienes que quedarte aquí un minuto más y luego tengo que volver a preguntarte cómo te sientes.

Quiero tener una vida más grande.

Lo que más me pesa es pensar que soy una fracasada, pero prefiero trabajar en la Coffee House a que me contraten para llevar a cabo una investigación sobre por qué los consumidores prefieren una lavadora en lugar de otra. La mayoría de mis compañeros de facultad terminaron trabajando como etnógrafos en alguna empresa. Si la etnografía es el estudio de la cultura, la investigación de mercado es otra especie de estudio cultural (dónde vive la gente, el tipo de entorno que habita, cómo se reparten la tarea de lavar la ropa los miembros de una comunidad...), pero al final de lo que se trata es de vender lavadoras. Ni siquiera estoy segura de querer realizar un trabajo de campo real que conlleve estar tumbada en una hamaca observando cómo pastan los búfalos sagrados a la sombra.

No estaba de broma cuando afirmé que un buen trabajo de campo podría titularse *Por qué Pablo no le cae bien a nadie.*

Para mí el sueño está más que acabado. El sueño empezó aquel otoño cuando hice las maletas para irme a la universidad y dejé que mi madre coja se las arreglara sola para recoger las peras del árbol de nuestro jardín en el este de Londres. Saqué la licenciatura con matrícula de honor. El sueño continuó mientras estudiaba el máster. Se acabó cuando Rose enfermó y abandoné el doctorado. Mi tesis inconclusa todavía acecha en un archivo digital detrás de mi pantalla resquebrajada como un suicidio involuntario.

Sí, es cierto que algunas cosas se están agrandando (la falta de sentido de mi vida), aunque no las que debieran. Los bizcochos de la Coffee House son cada vez más grandes (del tamaño de mi cabeza), las facturas son cada vez más grandes (los recibos no ofrecen demasiada información, constituyen un trabajo de campo en sí mismos), también mis muslos (una alimentación a base de sándwiches, pasteles...). Mi cuenta bancaria, en cambio, disminuye cada vez más, al igual que los maracuyás (aunque las granadas son cada vez más grandes, al igual que la contaminación y mi vergüenza por dormir cinco noches a la semana en el almacén del segundo piso de la Coffee House). Casi todas las noches en Londres me desplomo atontada en la cama de dimensiones infantiles. No tengo excusa para llegar tarde a trabajar. Lo peor de mi trabajo son los clientes que me piden que los ayude con los cargadores de sus móviles y sus ratones inalámbricos. Todos van de camino hacia algún lado mientras yo recojo sus tazas y escribo etiquetas para las tartas de queso.

Di unos pisotones en el suelo para distraerme del dolor que me traspasaba el brazo. En ese momento me di cuenta de que se me habían desatado los tirantes del sujetador del bikini y que mis pechos desnudos se bamboleaban arriba y abajo a medida que daba golpes con los pies. El nudo debió de soltarse mientras nadaba, lo cual significa que cuando corrí por la playa y entré en el puesto de primeros auxilios ya iba con los pechos al aire. Quizá por eso el estudiante no sabía dónde mirar mientras hablábamos. Le di la espalda al recolocarme los tirantes.

–¿Cómo te sientes?

–Bien.

–Ya puedes irte.

Cuando me volví, su mirada sobrevoló rápidamente mis pechos cubiertos.

–No has llenado el apartado «Ocupación».

Cogí el lápiz y escribí CAMARERA.

Mi madre me había pedido que lavase su vestido amarillo con estampado de girasoles porque quería ponérselo para su primera cita en la Clínica Gómez. No me importa hacerlo. Me gusta lavar ropa a mano y tenderla para que se seque al sol. Empezó a dolerme otra vez la picadura a pesar del ungüento que el estudiante me había extendido por todo el brazo. Me ardía el rostro, pero creo que eso se debía al apuro que pasé al rellenar el apartado «Ocupación» en el formulario. Era como si el veneno de la medusa hubiese liberado, a su vez, otra sustancia maligna escondida en mi interior. El lunes mi madre expondrá ante el especialista sus diferentes síntomas como si se tratase de una serie de misteriosos canapés variados. Yo sostendré la bandeja.

Allí va. La preciosa chica griega cruza la playa en biki-ni. Hay una sombra entre su cuerpo y el mío. A veces arras-tra los pies por la arena. No tiene a nadie que le unte pro-tector solar en la espalda y a quien decirle aquí sí no sí ahí.

EL DOCTOR GÓMEZ

Habíamos emprendido un largo camino en busca de la sanación. El taxista que contratamos para que nos llevase a la Clínica Gómez no tenía por qué saber lo nerviosas que estábamos ni lo que había en juego.

Habíamos emprendido un nuevo capítulo en la historia de las piernas de mi madre y ese capítulo nos había llevado hasta el semidesértico sur de España.

No era algo banal. Tuvimos que pedir una segunda hipoteca sobre la casa de Rose para pagar su tratamiento en la Clínica Gómez. El costo total era de veinticinco mil euros, una sustanciosa suma que estábamos arriesgando, sobre todo teniendo en cuenta que llevo estudiando los síntomas de mi madre desde que tengo memoria.

Vengo desarrollando mi propia investigación durante veinte años de los veinticinco que tengo de vida. Quizá más. Cuando tenía cuatro años le pregunté a mi madre qué era un dolor de cabeza. Me respondió que era como una puerta dando portazos dentro del cráneo. He aprendido a leer la mente muy bien, lo cual significa que su cabeza es ya mi cabeza. Hay multitud de puertas dando portazos sin cesar y yo soy la principal testigo.

Si me he convertido, a regañadientes, en una detective

sedienta de justicia, ¿significa eso que la enfermedad de mi madre es un crimen sin resolver? Si fuera así, ¿quién sería el malo y quién la víctima? Intentar descifrar sus sufrimientos y dolores, sus causas y razones, es un buen entrenamiento para un antropólogo. Hubo momentos en que pensé que estaba a punto de recibir una revelación importante y de descubrir dónde estaban enterrados los cadáveres, pero acabé frustrada una vez más. Rose no para de presentar síntomas nuevos y totalmente misteriosos, para los cuales se le receta una medicación nueva y totalmente misteriosa. Hace poco los médicos británicos le recetaron antidepresivos para los pies. Eso es lo que ella me dijo: son para las terminaciones nerviosas de los pies.

La clínica estaba cerca del pueblo de Carboneras, famoso por su fábrica de cemento. Era un trayecto de media hora. Mi madre y yo íbamos tiritando en el asiento de atrás del taxi porque el aire acondicionado había transformado el calor del desierto en algo parecido a un invierno ruso. El taxista nos explicó el significado de la palabra «carbonera» en español y nos dijo que antiguamente las montañas habían estado cubiertas de bosques que fueron talados para hacer carbón. Todo había ido a parar «al horno».

Le dije que si no le importaba bajar el aire acondicionado.

Insistió en que el aire era automático y que él no podía controlarlo, pero que podía recomendarnos algunas playas donde el agua era limpia y cristalina.

–La mejor playa es la playa de los Muertos y está a solo cinco kilómetros al sur del pueblo. Hay que bajar andando veinte minutos por una cuesta. No hay acceso directo por carretera.

Rose se inclinó hacia delante y le dio unos golpecitos en el hombro.

–Estamos aquí porque tengo una enfermedad en los huesos y no puedo caminar –dijo, y frunció el ceño ante el rosario de plástico que colgaba del espejo retrovisor. Rose es una atea convencida y más desde que a mi padre le entró la fe religiosa.

Los labios se le habían amoratado debido a la temperatura extrema en el interior del coche.

–En cuanto a la playa de los Muertos –le castañeteaban los dientes al hablar–, todavía no me ha llegado el momento de visitarla, aunque reconozco que resulta más atractivo nadar en aguas cristalinas que arder en el horno del infierno, para el que habría que talar todos los árboles del mundo y dejar yermas todas las montañas con el fin de obtener carbón. –Su acento de Yorkshire había adquirido un repentino tono furibundo, algo que siempre le sucede cuando disfruta de la discusión.

Toda la atención del taxista estaba dirigida a una mosca que acababa de aterrizar en el volante.

–¿Van a necesitar mi taxi para el viaje de vuelta?

–Depende de la temperatura del coche. –Los labios finos y amoratados de mi madre esbozaron algo parecido a una sonrisa cuando el interior del taxi empezó a caldearse lentamente.

Ya no estábamos abandonadas a nuestra suerte en medio de un invierno ruso, sino más bien de uno sueco.

Abrí la ventana. El valle estaba cubierto de plástico blanco, tal y como había descrito el estudiante del puesto de primeros auxilios. Los invernaderos devoraban la tierra como una membrana pálida y enfermiza. El viento caliente me despeinó, llevándome el pelo a los ojos. Rose apoyaba la cabeza en mi hombro, aún dolorido por la picadura de medusa. No me atrevía a moverme y adoptar una postura más cómoda porque sabía que mi madre estaba asustada y yo debía fingir no estarlo. Ella no tenía un dios al que acudir en busca de piedad o mejor fortuna. Sería más acertado decir que mi madre dependía de la bondad humana y de los calmantes.

Cuando el taxista enfiló el coche por el camino bordeado de palmeras de la Clínica Gómez, atisbamos los jardines que el folleto describía como «un minioasis de gran valor ecológico». Dos tórtolas se hacían arrumacos a los pies de unas mimosas.

El edificio de la clínica estaba excavado en las agostadas montañas. Construido en mármol color crema, tenía forma de cúpula y parecía una gigantesca taza boca abajo. Había observado su foto muchas veces en Google, pero la imagen digital no transmitía la calma y tranquilidad que experimentabas al verla en directo. La entrada, en contraste con el resto del edificio, era toda de vidrio. Abundantes hileras de cactus plateados, bajos y retorcidos, y de arbustos espinosos cubiertos de flores moradas rodeaban por completo la curva que dibujaba la cúpula, dejando libre un amplio espacio cubierto de grava para poder aparcar el taxi junto a un pequeño autobús allí estacionado.

Tardé catorce minutos en ir andando con Rose desde el coche hasta las puertas de cristal. Estas parecieron anticipar nuestra llegada y se abrieron silenciosamente para dejarnos pasar, como si desearan recompensar nuestro deseo de entrar evitándonos tener que pedirlo.

Dirigí la mirada hacia el Mediterráneo azul a los pies de la montaña y me inundó la paz.

Cuando la recepcionista llamó a la señora Papastergiadis, tomé a Rose del brazo y nos acercamos cojeando juntas por el suelo de mármol hasta su mesa. Sí, cojeamos juntas. Tengo veinticinco años y cojeo a la vera de mi madre para llevar el mismo paso. Mis piernas son sus piernas. Así es como hemos desarrollado estos alegres andares con los que movernos por la vida. Así es como los adultos caminan con los niños pequeños que empiezan a dar sus primeros pasos y como esos niños, ya adultos, caminan con sus padres cuando estos necesitan un brazo en el que apoyarse. Esa misma mañana, más temprano, mi madre había ido andando sola hasta el supermercado Spar a comprarse unas horquillas para el pelo. Ni siquiera había llevado el bastón para apoyarse. Yo ya ni quería pensar en esas cosas.

La recepcionista señaló a una enfermera que nos esperaba con una silla de ruedas. Fue un alivio dejar a Rose en manos de otra persona, ir detrás de la enfermera mientras ella empujaba la silla, observando admirada su pelo largo y brillante sujeto con una cinta de raso blanco y sus caderas avanzando a un ritmo constante. Los suyos eran otros andares, totalmente desprovistos de dolor, de ataduras a un familiar, de compromisos. Mientras la enfermera recorría los pasillos de mármol, las suelas de sus zapatos de ante gris emitían un crujido como cáscaras de huevo rompiéndose. Se detuvo delante de una puerta en la que ponía «Dr. Gómez» en letras doradas sobre una placa de madera lustrosa, llamó con los nudillos y esperó.

Llevaba las uñas pintadas de un rojo intenso y reluciente.

Habíamos recorrido un largo camino desde casa. Estar por fin en este pasillo curvo, con sus paredes surcadas de palpitantes venas ambarinas, era como completar una especie de peregrinaje: nuestra última oportunidad. Cada vez más médicos especialistas del Reino Unido habían estado dando palos de ciego durante años en busca de un diagnóstico, todos ellos perplejos, desconcertados, humillados, resignados. Aquella era la última oportunidad y creo que mi madre también era consciente de ello. Una voz masculina gritó algo en español. La enfermera empujó la pesada puerta y, una vez abierta, me hizo señas para que fuese yo quien entrase con la silla de ruedas, como diciendo: *Es toda suya.*

El doctor Gómez. El especialista en traumatología a quien yo había estudiado durante meses y meses. Representaba unos sesenta y pocos años, tenía el cabello canoso, pero en el lado izquierdo de la cabeza resaltaba un mechón de pelo increíblemente blanco. Vestía un traje de raya diplomática, tenía las manos morenas por el sol, los ojos azules y la mirada aguda.

–Gracias, enfermera Luz del Sol –le dijo a la enfermera, como si fuese normal que una eminencia especializada en trastornos musculoesqueléticos pusiese nombres meteorológicos a su equipo. La enfermera continuó sosteniendo la puerta abierta, como si la cabeza se le hubiese ido de paseo a Sierra Nevada.

El médico levantó la voz y repitió en español:

–Gracias, enfermera Luz del Sol.

Esta vez, sí cerró la puerta. Oí alejarse el crujido de sus zapatos sobre el suelo, primero con ritmo acompasado y, de repente, a toda prisa. Había echado a correr. El eco de sus pisadas perduró en mi cabeza mucho rato después de que hubiese dejado la habitación.

El doctor Gómez hablaba inglés con acento norteamericano.

–Por favor, dígame, ¿qué puedo hacer por usted?

–Bueno, eso es exactamente lo que yo quiero que *usted* me diga. –Rose parecía desconcertada.

El doctor Gómez sonrió mostrando sus dos dientes delanteros totalmente cubiertos de oro. Me recordaron a los dientes del cráneo de un hombre que estudiamos cuando yo estaba en primero de Antropología, a partir de los cuales debíamos deducir la dieta de aquel individuo. Los dientes mostraban abundantes caries, por lo tanto era muy probable que hubiese masticado grano duro. Tras estudiar el cráneo en detalle, descubrí que dentro de la caries más grande había un trocito minúsculo de lino. Lo habían empapado en aceite esencial de cedro para calmar el dolor y detener la infección.

El tono de voz del doctor Gómez era ligeramente amable y un poco formal.

–He estado estudiando su informe, señora Papastergiadis. Usted fue bibliotecaria durante años, ¿no es así?

–Sí. Me jubilé anticipadamente debido a mi salud.

–¿Usted no quería dejar de trabajar?

–Sí quería.

–Entonces no se jubiló usted anticipadamente solo por su salud.

–Fue una combinación de circunstancias.

–Ya veo. –No parecía aburrido, pero tampoco interesado.

–Mi tarea era catalogar, ordenar alfabéticamente y clasificar los libros –dijo mi madre.

Él asintió y desvió la mirada hacia la pantalla de su ordenador. Mientras esperábamos que volviese a prestarnos atención, me dediqué a observar el consultorio. Tenía pocos muebles. Un lavabo. Una camilla con ruedas que podía bajarse o subirse, una lámpara plateada junto a ella.

Detrás del escritorio había una vitrina con libros encuadernados en cuero. Y de pronto reparé en algo que me miraba. Algo con unos ojos brillantes e inquisidores. Era un monito gris disecado, agazapado dentro de una caja de cristal sobre una estantería colocada a media altura en la pared. Clavaba los ojos en sus hermanos y hermanas humanos dirigiéndonos una mirada eternamente congelada.

–Señora Papastergiadis, veo que su nombre es Rose.

–Sí.

Había pronunciado Papastergiadis con la misma soltura que si dijese Juan Pérez.

–¿Puedo llamarla Rose?

–Sí, puede. A fin de cuentas, es mi nombre. Mi hija me llama Rose, así que no veo la razón para que usted no haga lo mismo.

–¿Llamas Rose a tu madre? –me preguntó el doctor Gómez, sonriéndome.

Era la segunda vez que me preguntaban lo mismo en los últimos tres días.

–Sí –respondí rápidamente, como si fuese algo sin importancia–. ¿Podemos preguntarle cómo debemos dirigirnos a usted, doctor Gómez?

–Por supuesto. Soy un especialista, así que pueden llamarme doctor Gómez. Pero suena demasiado formal, así que no me ofenderé si me llaman simplemente Gómez.

–Ah. Es bueno saberlo. –Mi madre levantó el brazo para comprobar que seguía teniendo la horquilla del moño en su sitio.

–¿Y usted acaba de cumplir sesenta y cuatro años, señora Papastergiadis?

¿Se había olvidado de que se le había concedido permiso para llamar a la nueva paciente por su nombre?

–Sesenta y cuatro y a duras penas.

–¿Así que tuvo a su hija con treinta y nueve años?

Rose tosió como aclarándose la garganta, después asintió con la cabeza y volvió a toser. Gómez también empezó a toser. Se aclaró la garganta y se pasó la mano por el mechón de pelo blanco. Rose movió la pierna derecha y carraspeó. Gómez movió la pierna izquierda y después carraspeó.

Yo no tenía claro si la estaba imitando o burlándose de ella. Si lo que hacían era mantener una conversación de carraspeos, toses y suspiros, ¿estarían entendiendo lo que se decían?

–Es un placer darle la bienvenida a mi clínica, Rose.

Extendió la mano. Mi madre se inclinó hacia delante como si fuese a estrechársela pero, de repente, decidió no hacerlo. La mano del médico quedó suspendida en el aire. Obviamente, su conversación no verbal no había despertado la confianza de mi madre.

–Sofia, dame un kleenex.

Le alcancé un kleenex y estreché la mano de Gómez en nombre de mi madre. Su brazo es mi brazo.

–¿Y usted es Miss Papastergiadis? –Recalcó el «Miss» de forma que sonó a *Missssss.*

–Sofia es mi única hija.

–¿Tiene hijos varones?

–Como le he dicho, ella es hija única.

–Rose. –El médico sonrió–. Creo que está usted a punto de estornudar. ¿Nota polen en el aire? ¿O algo?

–¿Polen? –Rose parecía ofendida–. Estamos en medio de un desierto. Aquí no hay flores que yo sepa.

Gómez la imitó y también puso cara de ofendido.

–Después la llevaré a ver nuestros jardines para que pueda ver flores como nunca ha visto. Lavandas de mar moradas, arbustos de azufaifas con sus magníficas ramas llenas de aguijones, sabinas y una gran variedad de plantas de monte bajo traídas desde las proximidades de Tabernas para su deleite.

Se acercó a la silla de ruedas, se arrodilló a los pies de mi madre y la miró a los ojos. Ella empezó a estornudar.

–Dame otro kleenex, Sofia.

Obedecí. Ahora Rose tenía dos kleenex, uno en cada mano.

–Siempre me duele el brazo izquierdo después de estornudar –dijo mi madre–. Es un dolor punzante e intenso. Tengo que agarrarme el brazo mientras estornudo.

–¿Dónde le duele?

–En el interior del codo.

–Gracias. Vamos a hacerle un chequeo neurológico completo, incluido un examen de los nervios craneales.

–Y tengo dolor crónico en los nudillos de la mano izquierda.

Como respuesta, el médico movió los dedos de la mano izquierda en dirección al mono, como alentando al animal a hacer lo mismo.

Después de un rato se volvió hacia mí.

–Acabo de ver el parecido, pero usted Misss Papastergiadis es más morena. Su piel es más cetrina. Tiene el pelo casi negro. Su madre lo tiene castaño claro. Su nariz es más larga que la de su madre. Usted tiene los ojos marrones. Su madre los tiene azules, como los míos.

–Mi padre es griego, pero yo nací en Inglaterra.

No estaba segura de si eso de tener la piel cetrina era un insulto o un cumplido.

–Entonces usted es como yo –dijo–. Mi padre es español, mi madre es norteamericana. Yo me crié en Boston.

–Como mi ordenador portátil. Fue diseñado en Estados Unidos, pero fabricado en China.

–Sí, la identidad es siempre difícil de establecer, Misss Papastergiadis.

–Yo nací cerca de Hull, en Yorkshire –anunció de repente Rose, como si se sintiera dejada de lado.

Cuando Gómez alargó la mano hacia el pie derecho de mi madre, ella se lo ofreció como si fuese un regalo. Él empezó a apretarle los dedos del pie con el pulgar y el índice, mientras el mono de la vitrina de cristal y yo le observábamos. El médico desplazó el pulgar hasta el tobillo.

–Este hueso es el astrágalo. Antes le estaba presionando las falanges. ¿Siente la presión de mis dedos?

–No siento nada –dijo Rose, negando con la cabeza–. Tengo los pies dormidos.

Gómez asintió, como si supiese que eso era verdad.

–¿Qué tal anda de ánimo? –preguntó, como si preguntase sobre un hueso llamado Ánimo.

–No demasiado mal.

Me agaché y cogí los zapatos de mi madre.

–Por favor –dijo Gómez–. Déjelos donde están. –En ese momento palpaba la planta del pie derecho de mi madre–. Aquí tiene una úlcera y aquí también. ¿Le han hecho pruebas de diabetes?

–Ah, sí –respondió ella.

–Es una zona pequeña y superficial, pero tiene una leve infección. Debemos ocuparnos de esto inmediatamente.

Rose asintió con gesto serio, pero parecía encantada.

–Diabetes –exclamó–. Quizá ahí esté la respuesta.

El médico no parecía dispuesto a continuar aquella conversación, ya que se puso de pie y se dirigió hacia el lavabo a lavarse las manos. Mientras se las secaba con una toalla de papel se volvió hacia mí.

–Quizá le interese la arquitectura de mi clínica.

Claro que me interesaba. Le dije que, según tenía entendido, los humanos habían construido las primeras cúpulas usando colmillos y huesos de mamuts.

–Sí, sí... Y el apartamento que ustedes alquilaron en la playa no es más que un rectángulo. Pero al menos tiene vistas al mar...

–Es desagradable –interrumpió Rose–. Para mí es un rectángulo hecho de ruido. Tiene una terraza de cemento que se supone que es privada, pero no lo es porque está justo encima de la playa. A mi hija le gusta sentarse allí todo el tiempo con su ordenador, para estar lejos de mí.

Rose cogió carrerilla y se despachó con toda una lista de quejas.

–Por la noche organizan espectáculos de magia para los niños en la playa. Hay tanto ruido. Ruido de platos en los restaurantes, de turistas gritones, de motocicletas, de niños chillones, de fuegos artificiales. Nunca me meto en el mar a no ser que Sofia me lleve hasta la orilla en la silla de ruedas, pero eso me da igual porque hace demasiado calor.

–En cuyo caso, tendré que llevarle el mar hasta usted, señora Papastergiadis.

Rose se succionó el labio inferior con los dientes superiores y lo mantuvo así durante un rato. Después lo soltó.

–Toda la comida de aquí, del sur de España, me resulta difícil de digerir.

–Cuánto lo siento. –La mirada azul de Gómez se posó sobre el estómago de mi madre como una mariposa sobre una flor.

Mi madre había perdido peso en los últimos años. Estaba encogiéndose y parecía haberse vuelto más baja, porque los vestidos que antes le llegaban a la altura de la rodilla ahora le llegaban casi a los tobillos. Yo tenía que hacer un esfuerzo para recordar que había sido una mujer atractiva, incluso siendo ya bastante madura. En lo único que gastaba dinero era en el pelo, que llevaba siempre recogido en un moño y sujeto con una sola horquilla. Cada tres meses, cuando empezaban a asomar las canas, una renombrada peluquera le envolvía el cabello en papel de aluminio y le hacía mechas. La peluquera llevaba la cabeza completamente rapada y me había sugerido que yo hiciese lo mismo con mis rebeldes rizos negros que se encrespaban cada vez que llovía, lo que sucedía a menudo.

Raparme la cabeza era para mí un ritual en el que no podía participar. Llegué a plantearme si la peluquera no vería su cabello como una carga del pasado y si, al cortárselo, intentaba dar un paso hacia el futuro, como en la tradición hindú, pero ella me dijo (sosteniendo un cuadradito de papel de plata entre los labios) que se rapaba el pelo porque así no le daba trabajo. La carga que el cabello pueda representar para mí es el menor de mis problemas.

–Sofia Irina, siéntate aquí. –Gómez dio unos golpecitos en la silla que había delante de su ordenador. Usando un tono informal, me había llamado por mi nombre completo, tal y como aparecía en el pasaporte. Me senté donde me indicaba y el doctor giró la pantalla para enseñarme una imagen en blanco y negro con el nombre de mi madre escrito en la parte superior: R. B. PAPASTERGIADIS (F).

El médico se colocó de pie detrás de mí. Noté el perfume un tanto acre del jabón de hierbas que había usado para lavarse las manos, salvia quizá.

–Lo que ves es una radiografía de alta definición de la columna vertebral de tu madre. La imagen está tomada por la espalda.

–Sí –dije–. Les pedí a los médicos de Inglaterra que se las enviasen. Ahora ya estarán desfasadas.

–Por supuesto. Le haremos otras y las compararemos. Buscamos algo que no debería estar ahí, algo fuera de lo normal. –Levantó el dedo de la pantalla y apretó el botón de una pequeña radio gris que estaba sobre su escritorio–. Discúlpeme –dijo–. Quiero oír las noticias sobre las medidas de austeridad.

Escuchamos las noticias en español, que Gómez interrumpía una y otra vez para decirnos el nombre del especialista financiero que hacía los análisis para aquella emisora. Cuando Rose frunció el ceño, como preguntando qué estaba pasando allí (¿de verdad es médico?), Gómez nos deslumbró con sus dientes de oro.

–Sí, soy médico, señora Papastergiadis. Pasaré toda la tarde con usted estudiando su medicación. Dispongo de información completa, por supuesto, pero quiero que usted me diga cuál es la medicina que toma con más frecuencia y de cuál podría prescindir. Por cierto, le alegrará saber que el informe meteorológico dice que tendremos tiempo soleado y seco en gran parte de España.

Rose se revolvió inquieta en su silla de ruedas.

–Necesito un vaso de agua, por favor –dijo.

–Muy bien. –Se dirigió al lavabo, llenó un vaso de plástico y se lo alcanzó.

–¿Se puede beber el agua del grifo?

–Claro que sí.

Observé cómo mi madre daba pequeños sorbitos del agua turbia. ¿Era la clase de agua adecuada? Gómez le pidió que sacara la lengua.

–¿La lengua? ¿Por qué?

–La lengua presenta claros indicadores visuales de nuestra salud.

Rose obedeció.

Gómez, que me daba la espalda, pareció intuir que yo estaba observando el mono disecado de la vitrina.

–Es un cercopiteco verde de Tanzania. Lo mató una torre del tendido eléctrico y uno de mis pacientes lo llevó a un taxidermista. Después de pensarlo dos veces, acepté el regalo porque los cercopitecos verdes presentan muchas características humanas, como la hipertensión y la ansiedad. –Hablaba sin dejar de mirar atentamente la lengua de mi madre–. Lo que no podemos verle es el escroto azul y el pene rojo. Creo que el taxidermista se los extirpó. Y lo que tenemos que imaginar es cómo este chico jugueteaba en los árboles con sus hermanos y hermanas. –Dio unos golpecitos en la rodilla de mi madre y ella metió la lengua dentro de la boca–. Gracias, Rose. Hace bien en pedir agua. Su lengua me dice que está usted deshidratada.

–Sí. Siempre tengo sed. A Sofia le da pereza ponerme en la mesilla un vaso de agua para la noche cuando se lo pido.

–¿De qué parte de Yorkshire es usted, señora Papastergiadis?

–De Warter. Es un pueblo que queda a ocho kilómetros al este de Pocklington.

–Warter –repitió. Exhibió abiertamente sus dientes de oro. Se volvió hacia mí–. Creo, Sofia Irina, que a ti te gustaría liberar a nuestro pequeño primate castrado para que pueda corretear por la habitación y leer mis primeras ediciones de Cervantes. Pero antes debes liberarte a ti misma. –Sus ojos eran tan azules que podrían atravesar una roca como si fuesen un láser–. Tengo que hablar con la señora Papastergiadis y planificar un tratamiento; eso hay que hablarlo en privado.

–No, que se quede. –Rose dio un golpe seco con los nudillos en el apoyabrazos de la silla de ruedas–. No voy a suspender la medicación estando en un país extranjero. Sofia es la única persona que conoce todo al respecto.

Gómez me miró negando con el dedo índice en el aire.

–¿Por qué ibas a esperar en la recepción durante dos horas? No, lo que debes hacer es tomar el microbús que sale de la puerta de mi clínica. Te dejará en Carboneras, cerca de la playa. Es un trayecto de solo veinte minutos.

Rose parecía ofendida, pero Gómez no le hizo caso.

–Sofia Irina, te sugiero que te marches ahora mismo. Son las doce, así que te volveré a ver a las dos.

–A mí me encantaría poder bañarme en el mar –dijo mi madre.

–Siempre es bueno querer disfrutar de la vida, señora Papastergiadis.

–Si al menos... –Rose suspiró.

–Si al menos, ¿qué? –Gómez se arrodilló en el suelo y apoyó el estetoscopio sobre el corazón de mi madre.

–Si al menos pudiera nadar y tumbarme al sol.

–Ay, qué maravilloso sería.

De nuevo, yo no sabía qué pensar de él. Su tono de voz era impreciso. Vagamente burlón y vagamente amable. Lo que hacía que sonara un poco ambiguo. Le cogí la mano a Rose y se la apreté. Quería decirle adiós, pero en ese momento Gómez estaba concentrado en los latidos del corazón. Opté por darle un beso a mi madre en la coronilla.

–¡Ay! –dijo ella. Cerró los ojos y apoyó la cabeza en el respaldo de la silla como si estuviera agonizando. O bien podría estar extasiada. No estaba claro.

Cuando llegué a la playa desierta frente a una fábrica de cemento el sol era implacable. Me dirigí a una pequeña cafetería cerca de una hilera de bombonas de gas y le pedí un gin-tonic al simpático camarero. Él me advirtió, señalando el mar, que no me bañase porque esa misma mañana tres personas habían sufrido unas terribles picaduras de medusa. Había visto cómo las marcas en la piel se les habían vuelto blancas y luego moradas. Hizo una mueca y después cerró los ojos, agitando las manos como si quisiera alejar de allí el mar y todas las medusas que lo habitaban. Las bombonas de gas parecían unas extrañas plantas del desierto surgiendo de la arena.

En el horizonte flotaba un carguero enorme. Llevaba bandera griega. Aparté la mirada y preferí posarla en un columpio infantil oxidado afirmado en la gruesa arena. El asiento era un viejo neumático de coche y se balanceaba suavemente, como si un niño fantasma acabase de abandonarlo de un salto. Las grúas de la planta desalinizadora se recortaban en el cielo. Unas altas y ondulantes dunas de cemento gris verdoso se acumulaban en un depósito ubicado a la derecha de la playa, donde podían verse hoteles y apartamentos cuyas obras estaban paradas y que horadaban la montaña destrozándola por completo.

Saqué el móvil. Había un mensaje de texto de Dan, que trabajaba conmigo en la Coffee House. Quería saber dónde había puesto yo el rotulador que usábamos para hacer los cartelitos de los sándwiches y de los pasteles. ¿Dan de Denver me mandaba un mensaje a España preguntándome sobre un rotulador? Mientras bebía un sorbo de mi enorme gin-tonic y le daba las gracias al camarero con una inclinación de cabeza, me pregunté para mis adentros si habría dejado el rotulador en algún lugar recóndito.

Me bajé la cremallera del vestido para que el sol me diese en los hombros. La picadura de medusa ya no me dolía tanto, aunque de vez en cuando me daba un pinchazo. No era un dolor insoportable. En cierto modo, era un alivio.

Había otro mensaje posterior de Dan. Había encontrado el rotulador. Resulta que mientras estoy en España, él se está quedando a dormir en mi cuarto del piso de arriba de la Coffee House porque su casero le subió el alquiler la semana pasada. El rotulador estaba en mi cama. Destapado. Con lo cual, ahora las sábanas y el edredón están manchados de tinta negra. De hecho, Dan lo describe como una hemorragia de tinta.

Ya no puede escribir cosas tales como:

> Tarta agridulce de queso con amaretto, de Sofia, en la mesa, 3,90 £, para llevar 3,20 £.
>
> Tarta esponjosa de polenta y naranja, de Dan (sin cereal ni gluten), en la mesa, 3,70 £, para llevar 3 £.

Yo soy agridulce.

Él es esponjoso.

Dan no es para nada esponjoso.

Nosotros no hacemos las tartas, pero nuestra jefa dice que es más probable que los clientes las compren si creen que salen de nuestras manos. Les ponemos nuestro nombre a cosas que no hacemos. Me alegro de que el rotulador mentiroso se haya quedado sin tinta.

De repente recuerdo que debí de dejar el rotulador en la cama cuando lo usé para copiar una cita de Margaret Mead, la antropóloga cultural. Escribí la cita directamente sobre la pared.

> En mis clases solía decir que las diferentes formas de comprender mejor algo eran: estudiar a los niños; estudiar a los animales; estudiar las culturas primitivas; psicoanalizarse; convertirse a otra religión y superarlo; tener un brote psicótico y superarlo.

Hay cinco punto y coma en esa cita. Recuerdo escribir los ;;;;; en la pared con el rotulador. Había subrayado «convertirse a otra religión» dos veces.

Mi padre se había convertido a otra religión pero, por lo que yo sabía, no lo había superado. De hecho, se ha casado con una mujer cuatro años mayor que yo y han tenido una hija. Ella tiene veintinueve. Él tiene sesenta y nueve. Pocos años antes de conocer a su actual esposa, mi padre heredó una fortuna y la empresa naviera de su abuelo en Atenas. Debió de parecerle una señal de que iba por buen camino. Dios le había proporcionado el dinero justo cuando su país entraba en bancarrota. Y amor. Y una niña. Desde los catorce años no he vuelto a ver a mi padre. Él no consideró que hubiese razón alguna para desprenderse de un solo euro de su reciente fortuna, así que solo mi madre se ha hecho cargo de mí. Ella es mi acreedora y yo le pago con mis piernas. Siempre están corriendo de un lado a otro haciendo cosas para ella.

Fuimos juntas a la entrevista para solicitar el préstamo hipotecario que necesitaba para pagar la Clínica Gómez.

Pedí la mañana libre en el trabajo, lo que significa que me descontaron dieciocho libras y treinta peniques por faltar tres horas. Llovía y la alfombra roja del banco estaba mojada. Por todos lados había carteles con frases que nos decían lo mucho que nuestro bienestar significaba para el banco, como si lo que más les preocupase en el mundo fuesen los derechos humanos. El hombre que estaba sentado tras el ordenador había sido entrenado para mostrarse alegre y amable; para aparentar lo que él entendiese por empatía; para actuar de un modo que considerase accesible y resuelto; para amar su horrible corbata roja estampada con el logo del banco. Llevaba una chapa roja donde podía leerse su nombre y su función, aunque no informaba sobre su escalafón salarial, probablemente estaba situado en la zona de la pobreza digna. Se esforzaba por mostrarse cercano; por ser justo a la hora de considerar nuestra situación; por hablarnos en un lenguaje sencillo que pudiésemos entender. Desde un cartel colgado en la pared, nos observaban tres empleados carentes de todo atractivo; los tres reían. La mujer llevaba un uniforme femenino (chaqueta y falda), los hombres llevaban uniformes masculinos (chaqueta y pantalón), el mensaje resaltaba nuestras similitudes y suprimía nuestras diferencias; nosotros somos soñadores sensatos, con problemas dentales, igual que usted; todos queremos una casa propia donde poder discutir con toda la familia en Navidad.

Me di cuenta de que aquellos carteles constituían un rito de iniciación (a la propiedad, a las inversiones, a la deuda) y que los uniformes del banco simbolizaban el necesario sacrificio de la complejidad implícita en toda distinción de géneros. Otro cartel mostraba la fotografía de una impecable casita adosada, con un jardín delantero del tamaño de una tumba. No había flores en el jardín, solo hierba recién colocada. Tenía un aspecto desolador. Los panes de césped todavía no habían crecido lo suficiente como para disimular las uniones. Quizá hubiera alguna personalidad paranoica agazapada tras aquella historia que nos estaban contando. Alguien que había cortado todas las flores y asesinado a todas las mascotas de la casa.

Nuestro hombre hablaba con tono animado, aunque robótico. Nos recibió con un «Hola, chicas». Bueno, al menos no había dicho: «Buenos días, señoras.» A continuación empezó a enumerar la batería de productos disponibles, que podían dejarme sin mi herencia. En un momento determinado le preguntó a mi madre si comía filetes de ternera. Era una pregunta que no venía a cuento, pero comprendimos adónde apuntaba (un estilo de vida acomodado), así que Rose le dijo que ella era vegana porque abogaba por un mundo más humano y solidario. Añadió que el día que quería hacer un derroche, añadía una cucharada de yogur al *dahl* y al arroz. Él no sabía que los veganos no comían productos lácteos, si no mi madre hubiese sido expulsada de la silla roja del banco tras fracasar a la primera de cambio. El hombre le preguntó si le gustaba la ropa de marca. Ella contestó que solo le gustaba la ropa barata y fea. ¿Era socia de algún gimnasio? Una pregunta extraña, dado que mi madre llevaba bastón y los dos tobillos vendados, muy hinchados a pesar de los antiinflamatorios que se zampaba todas las mañanas con un vaso de agua que no tenía que beber.

El hombre le pidió a mi madre que le presentara la tasación que la agencia inmobiliaria había hecho de nuestra propiedad y nos informó de que pronto nos visitaría un inspector del banco. Al ordenador le gustaba la información que habíamos presentado hasta el momento, puesto que mi madre había pagado toda su anterior hipoteca. El ladrillo y el cemento tienen mucho valor en Londres, da igual que los ladrillos victorianos estén pegados con moco, pis y cinta aislante. El hombre nos dijo que no veía ninguna dificultad para que se nos otorgase el préstamo. Mi madre estaba feliz de emprender una aventura con experiencia médica incluida: para ella la Clínica Gómez era como ir a un avistamiento de ballenas. Regresé a mi trabajo a preparar tres tipos de café exprés y Rose regresó a su casa a preparar una nueva lista de malestares y dolencias. No voy a negar que sus síntomas me interesan desde un punto de vista cultural, a pesar de que, a la postre, yo termine también pagando sus consecuencias. Sus síntomas son el principal tema de conversación. No hablamos de otra cosa. Hasta yo soy consciente de ello.

Crucé la arena caliente para refrescarme los pies en el agua.

A veces me descubro cojeando. Es como si el cuerpo me recordase la forma de caminar junto a mi madre. No siempre te puedes fiar de la memoria. No representa toda la verdad. Hasta yo soy consciente de ello.

Cuando volví a la clínica a las 14.15 Rose había cambiado la silla de ruedas por un sillón y estaba leyendo su horóscopo en un periódico para expatriados ingleses.

–Hola, Sofia. Veo que lo has pasado bien en la playa.

Le dije que la playa estaba desierta y que había pasado dos horas mirando un montón de bombonas de gas. Yo tenía la habilidad especial de minimizar mi día para hacer más importante el suyo.

–Mírame los brazos –dijo–. Me han quedado llenos de moratones de tantos análisis de sangre.

–Pobre de ti.

–Sí, pobre de mí. El médico me ha suprimido tres de mis pastillas. ¡Tres!

Frunció los labios para fingir una expresión llorosa y a continuación agitó el periódico para saludar a Gómez, quien, más que acercarse andando hacia nosotras, parecía estar deslizándose por el suelo de mármol blanco.

Me informó de que mi madre tenía deficiencia crónica de hierro, lo que podía ser la causa de su falta de energía. Entre otras cosas, tales como unos apósitos de plata para mejorar la cicatrización de las úlceras de los pies, le había recetado vitamina B_{12}.

Una receta de vitaminas. ¿Para eso habíamos pagado veinticinco mil euros?

Rose empezó a enumerar las pastillas eliminadas de su ritual de medicación. Hablaba de ellas como si lamentara la pérdida de unas amigas. Gómez levantó la mano para saludar a la enfermera Luz del Sol, que venía hacia él con sus zapatos de ante gris. Cuando llegó a su lado, Gómez le pasó un brazo por los hombros de forma descarada mientras ella jugueteaba con el reloj que llevaba prendido en el lado derecho de la pechera de su uniforme. En el aparcamiento acababa de detenerse una ambulancia. La enfermera le dijo al médico en inglés que el conductor necesitaba un descanso para almorzar. Él asintió con la cabeza y retiró el brazo de los hombros de la enfermera para que ella pudiera seguir controlando los horarios del personal.

–La enfermera Luz del Sol es mi hija –dijo–. Su verdadero nombre es Julieta Gómez. Pero, por favor, ustedes llámenla como quieran. Hoy es su cumpleaños.

Julieta Gómez sonrió por primera vez. Sus dientes eran de un blanco deslumbrante.

–Hoy cumplo treinta y tres años. Oficialmente, ya he dejado de ser una niña. Por favor, llámenme Julieta.

Gómez miraba fijamente a su hija con sus ojos en diferentes tonos de azul.

–Ya sabrán que la tasa de desempleo en España es muy alta –dijo–. Alrededor del 20,6 % hoy en día. Así que soy afortunado de tener una hija que ha recibido una buena formación médica en Barcelona y que es la fisioterapeuta más reputada de España. Eso justifica que sea un poco corrupto y me aproveche de mi posición para ofrecerle empleo en mi palacio de mármol.

Abrió los brazos enfundados en sus rayas diplomáticas con un gesto amplio y regio, como si quisiera abarcar las paredes curvas y los cactus floridos, la ambulancia nueva y reluciente, a las recepcionistas y demás enfermeras y a un par de médicos que, a diferencia de Gómez, iban uniformados con camisetas azules e impecables zapatillas.

–Este mármol procede de las canteras de Cóbdar. Su color se parece a la pálida piel de mi difunta esposa. Sí, he construido esta clínica en honor a la madre de mi hija. Durante la primavera es fascinante la abundancia de mariposas que acuden atraídas por la cúpula. Siempre levantan el ánimo de los afligidos. Por cierto, Rose, seguro que le gustaría conocer la imagen de la Virgen del Rosario. Está esculpida en el más puro de los mármoles procedente de las montañas de Macael.

–Yo soy atea, señor Gómez –respondió Rose con tono serio–. Y no creo que las mujeres que dan a luz sean vírgenes.

–Pero, Rose, esa imagen está hecha con un mármol delicadísimo del color de la leche materna. Es de un blanco levemente amarillento. Así que tal vez el escultor no pretendiese más que homenajear la crianza materna. Y yo me pregunto: ¿el único hijo que tuvo la Virgen llamaría a su madre por su nombre de pila?

–Da igual –contestó Rose–. Todo eso no es más que una sarta de mentiras. Y, por cierto, Jesús llamaba a su madre «mujer». En hebreo se traduce como «señora».

En ese momento, la recepcionista se acercó a Gómez y empezó a hablarle en español a toda velocidad. Llevaba una gata blanca y gorda en los brazos que dejó en el suelo, junto a los lustrosos zapatos negros del médico. La gata trazó un círculo alrededor de sus piernas, y él se agachó y le extendió la mano.

–Jodo es mi gran amor –dijo. La gata restregó la cara contra la palma de la mano–. Es muy cariñosa. Me da pena que no tengamos ratones, porque no tiene otra cosa que hacer en todo el día que quererme.

Rose empezó a estornudar. Después del cuarto estornudo se llevó una mano a los ojos.

–Soy alérgica a los gatos.

Gómez introdujo el meñique en la boca de Jodo.

–Las encías de los gatos tienen que ser duras y rosadas, y Jodo las tiene perfectas. Pero está empezando a hinchársele la tripa. Me preocupa que pueda tener algún problema de riñón.

Metió la mano en el bolsillo, sacó un bote de desinfectante y se lo echó en las manos mientras Julieta le preguntaba a Rose si quería unas gotas para sus ojos llorosos.

–Ay, sí, por favor.

Mi madre no suele decir «por favor». Sonó como si acabaran de ofrecerle una caja de bombones.

Julieta Gómez extrajo un botecito de plástico blanco del bolsillo.

–Son antihistamínicos. Acabo de ponérselas a otra persona con el mismo problema. –Se acercó a Rose, le echó la cabeza hacia atrás y le puso dos gotas en cada ojo.

Ahora mi madre ofrecía un aspecto remilgado, lloroso y recriminatorio, con las lágrimas desbordándole los ojos y a punto de deslizarse por sus mejillas.

La gata Jodo había desaparecido en brazos de un paramédico.

La enfermera Luz del Sol, que en realidad era Julieta, no era ni amable ni hostil. Era inexpresiva, eficiente y serena. No poseía la exuberancia de su padre, aunque noté que, sin parecerlo, estaba muy atenta a todo lo que decía Rose. Eso me hizo replantearme la forma en que, horas atrás, se había quedado aguardando en el umbral de la puerta mientras nosotras entrábamos en la consulta. Quizá no estuviera tan en las nubes como yo había imaginado. No perdía detalle, porque me preguntó si quería que me ayudase a subirme la cremallera del vestido. Me había olvidado que me la había bajado en la playa. Julieta me la abrochó discretamente y luego se puso las manos en su diminuta cintura y nos comunicó que había llegado nuestro taxi.

–Adiós, Rose. –Gómez le estrechó la mano enérgicamente–. Por cierto, debería usar el coche de alquiler que hemos dispuesto para usted. Está incluido en mis honorarios.

–Pero ¿cómo voy a conducir? No siento las piernas. –Una vez más, Rose parecía ofendida.

–Le doy mi permiso para conducir el coche. Cójalo en la próxima visita. Hay que hacer un papeleo previo, pero está en nuestro aparcamiento listo para cuando usted quiera usarlo.

Julieta apoyó la mano en el hombro de mi madre.

–Si tiene algún problema al conducirlo, Sofia puede llamarnos e iremos a buscarla. Ella tiene todos nuestros números de teléfono.

Era obvio que la Clínica Gómez era una empresa familiar.

No solo nos proporcionarían un coche, Gómez le comunicó a mi madre que le encantaría invitarla un día a almorzar. Le pidió a Julieta que marcara una cita en su agenda para dos días más tarde, inclinó su plateada cabeza y giró sobre sus talones para enfrascarse de inmediato en una charla con uno de los médicos jóvenes que lo esperaba junto a una columna de mármol.

Mientras iba cojeando con Rose en dirección al taxi, le pregunté qué ejercicios le había mandado Gómez.

–No me mandó ningún ejercicio físico. Me pidió que escribiese una carta nombrando a todos mis enemigos. –Abrió el bolso de golpe y tironeó de un kleenex que se había quedado enganchado en el cierre–. ¿Sabes una cosa, Sofia? Cuando la enfermera Luz del Sol, o Julieta Gómez o como se llame, me puso esas gotas en los ojos, estoy segura de que olía a alcohol. De hecho, olía a vodka.

–Bueno, hoy es su cumpleaños –le dije.

El mar a los pies de la montaña estaba en calma.

La chica griega es vaga. Las ventanas de la casa que alquilan están sucias, pero ella no las limpia. Nunca cierra la puerta con llave. Eso es una imprudencia. Es como una invitación a que te entren en casa. Igual que montar en bicicleta sin casco. También es una imprudencia. Es una invitación a salir muy malherido si tienes un accidente.

SEÑORAS Y CABALLEROS

El perro de la escuela de buceo ya ha empezado a tironear de la cadena y apenas son las ocho de la mañana. Se levanta sobre las patas traseras, asoma su cabeza sucia y sarnosa por encima del muro de la azotea y le gruñe a todo lo que se mueva en la playa que hay debajo. Pablo les grita a los dos marroquíes que le están pintando las paredes. Ellos no pueden gritarle ni hacerle un corte de mangas porque son trabajadores ilegales. Cuanto más fuerte aúlla el perro, más fuerte grita Pablo.

Hoy mismo voy a soltar al perro de Pablo.

Me acerco al Café Playa que está al lado de la escuela de buceo y pido mi café favorito: un cortado. Por supuesto que no pierdo detalle de la técnica del camarero para espumar la leche, ya que en la Coffee House estuvieron seis largos días enseñándome a perfeccionar mi técnica de sacarle espuma a la leche. El camarero lleva el pelo moreno con gel y le salen cabellos hirsutos en todas direcciones. Ese pelo le plantea muchos desafíos a la gravedad. Podría quedarme mirándolo una hora entera en vez de ir a liberar al perro de Pablo. El cortado está hecho con leche pasteurizada, que es lo que todo el mundo usa aquí, en el desierto. Es la clase de leche que describen como «comercialmente estable».

«Hemos recorrido un largo camino desde la vaca y el cubo de leche recién ordeñada. Estamos muy lejos del hogar.»

Eso es lo que me dijo mi jefa, con su voz suave y triste, mi primer día de trabajo en la Coffee House. Todavía pienso en ello a menudo. Pienso en ella pensando en ello. ¿El hogar está donde la leche recién ordeñada?

Los instructores de buceo están transportando por la arena los bidones de plástico con gasolina y las botellas de oxígeno. El bote los espera en el agua, en su lugar de amarre habitual. ¿Cuál será el mejor momento para liberar al perro de Pablo?

Me levanto para ir al lavabo de mujeres y tengo que pasar delante del borracho del pueblo, que está comiendo un plato de patatas fritas color naranja brillante con su coñac de la mañana. La puerta que dice «Señoras» es de vaivén como las de las cantinas de las películas de vaqueros. Está hecha de tablillas horizontales y pintada de blanco. Las ves en las pelis del Oeste cuando el cantinero mira con gesto desconfiado al forastero malencarado que acaba de entrar. Mientras estoy haciendo pis entra alguien en el cubículo de al lado. Hay un espacio abierto entre la mampara divisoria y el suelo y me doy cuenta de que es un hombre. Lleva unas botas de cuero negro con hebillas doradas en el costado. Es como si estuviese esperándome. Permanece de pie, muy quieto, puedo oír su respiración, pero no mueve los pies. Está al acecho. De repente me siento observada. Quizá pueda verme con la falda levantada hasta la cintura. Si no, ¿para qué va a estar ese tipo ahí sin moverse? Espero unos segundos a ver si se marcha o hace algo y, cuando compruebo que no, me invade el pánico. Me bajo la falda a toda prisa, abro de un empujón las puertas de vaivén y corro en busca del camarero.

Está ocupado con la máquina de café, tostando pan y haciendo zumo de naranja al mismo tiempo.

–Perdona, pero hay un hombre en el lavabo de señoras.

El camarero tira del trapo que lleva colgado al hombro y limpia la espita de acero inoxidable de la que gotea leche. Después se da la vuelta para sacar las barras de pan duro del grill y las desliza sobre un plato.

–¿Qué?

Me tiemblan las piernas. No sé por qué estoy tan asustada.

–Hay un hombre en el lavabo de señoras. Estaba mirándome por debajo de la puerta. Puede que tenga un cuchillo.

El camarero sacude la cabeza, irritado. No quiere abandonar la máquina de café con todas las tazas y vasos colocados en fila debajo de los tubos de acero inoxidable. Es complicado preparar diferentes cafés al mismo tiempo, cada uno en tazas o vasos distintos.

–¿No habrás entrado en el de caballeros? Están pegados.

–No. Creo que es un hombre peligroso.

Se dirige conmigo a toda prisa hacia la puerta en la que pone «Señoras» debajo de un abanico de encaje rojo y la abre de una patada.

Hay una mujer lavándose las manos en el lavabo. Tiene más o menos mi edad, lleva unos pantaloncitos cortos ajustados de terciopelo azul y el pelo rubio peinado en una sola y abundante trenza. El camarero le pregunta en español si ha visto a un hombre en el lavabo de señoras. Ella niega con la cabeza y continúa lavándose las manos cuando el camarero empuja la otra puerta suavemente con la bota.

–El único hombre que hay aquí eres tú –le dice la chica al camarero. Tiene acento alemán.

Bajo la mirada al suelo, avergonzada, y al hacerlo veo que la chica de la trenza rubia lleva puestas las botas masculinas que yo había entrevisto en el cubículo de al lado. Botas de cuero negro con hebillas doradas a un lado. No sé qué decir, me pongo colorada y vuelvo a sentir el pánico oprimiéndome el pecho. El camarero levanta ambas manos y se marcha a toda prisa, dejándonos solas a mí y a la chica.

Permanecemos en silencio y me lavo las manos solo por hacer algo, pero entonces no logro averiguar cómo se cierra el grifo. La rubia le da un golpe con la palma de la mano y el chorro de agua se detiene. Cuando levanto la vista hacia el espejo encima de los lavabos me encuentro con sus ojos verdes rasgados mirándome. Tiene más o menos mi edad, las cejas pobladas, casi negras, y el pelo liso de un rubio dorado.

–Son botines de baile de hombre –me dice–. Los encontré en la tienda de ropa de segunda mano que está calle arriba. Trabajo allí.

Me llevo los dedos mojados al pelo y me lo atuso. Mientras tanto, ella continúa allí, tranquila y llena de aplomo.

–En verano hago arreglos de costura para la tienda. Ellos me dieron los botines. –Le da unos tironcitos a la punta de su sedosa trenza–. Te he visto por aquí con tu madre.

Se oye gritar a un hombre por el megáfono de una furgoneta en la plaza del pueblo. Vende melones y es obvio que está de mal humor porque no deja de aporrear la bocina.

–Sí. Mi madre se está tratando en una clínica de aquí. –Parezco una pobre desvalida. No sé por qué, pero quiero impresionarla, aunque no parece que lo esté logrando. El corazón sigue latiéndome desbocado y tengo toda la camiseta salpicada de agua. Ella es alta y delgada. Dos brazaletes de plata rodean sus muñecas morenas.

–Tengo una casa aquí con mi novio –me dice–. Venimos casi todos los veranos. Hoy tengo un montón de arreglos que hacer para la tienda. Después iremos en coche hasta Rodalquilar a cenar. Me gusta conducir de noche, cuando hace fresco.

Ella lleva la clase de vida que yo quiero. Sigue acariciándose la trenza con los dedos.

–¿Vas a llevar a tu madre de paseo en coche?

Le explico que tenemos que recoger el coche de alquiler de la clínica, pero que yo no conduzco y que Rose tiene problemas en las piernas.

–¿Y por qué no conduces?

–He suspendido el examen de conducir cuatro veces.

–No es posible.

–Y también suspendí el teórico.

Frunció los labios y clavó sus ojos de largas pestañas en mi pelo.

–¿Sabes montar a caballo?

–No.

–Yo monto desde que tengo tres años.

Era obvio que yo no ofrecía ningún interés como persona.

–Siento haberte confundido con un chico –dije. Salí del lavabo de señoras lo más rápidamente que pude, pero sin correr.

¿Adónde voy? No tengo ningún lugar adonde ir. Este es el miedo que, según los carteles colgados en el banco que le concedió el préstamo a mi madre, todos compartimos. Tienen razón. Fui hasta la plaza cercana al Café Playa fingiendo que iba a comprar una sandía.

Guardo las cáscaras de la sandía para las gallinas que, increíblemente, siguen poniendo huevos a pesar del calor veraniego. Pertenecen a la señora Bedello, cuyo marido murió en la Guerra Civil luchando contra el ejército fascista de Franco.

La que vende sandías es una mujer, no un hombre.

Está sentada en el asiento del conductor de la furgoneta y toca la bocina con su mano pequeña y morena. Estoy desconcertada. Me había imaginado a un tipo sudoroso, con barba de varios días, pero me encuentro con una mujer de mediana edad y sombrero de paja. Lleva un vestido azul cubierto por el polvo de la carretera. Apoya sus enormes pechos contra el volante.

Entonces recordé que no me había acabado el café.

Volví al Café Playa y me tomé el cortado de un trago, igual que hizo el borracho del pueblo con su coñac de la mañana.

Ahí está ella.

La mujer con calzado de hombre se detiene junto a mi mesa. Alta y tiesa como un soldado. Mira al mar. Los barcos. A los niños nadando con enormes flotadores de plástico. A los turistas que han colocado sus sombrillas, tumbonas y toallas en la arena. El bote de la escuela de buceo ya tiene todo el equipo a bordo y abandona la orilla, mar adentro. El alsaciano marrón, al que todavía no he liberado, sigue tironeando de la cadena que lo ata.

–Me llamo Ingrid Bauer.

¿Qué hace aquí de pie, tan cerca de mí?

–Yo me llamo Sophie, pero mi nombre griego es Sofia.

–¿Qué tal estás, Zoffie?

Dice mi nombre de tal forma que parece que hable de otra vida ajena a la mía. Siento vergüenza de mis chanclas blancas. Se han vuelto grises durante el verano.

–Tienes los labios agrietados por el sol –dice–. Igual que se agrietan las almendras cuando maduran en los árboles de Andalucía.

El perro de Pablo empieza a aullar.

Ingrid levanta la vista hacia la azotea de la escuela de buceo.

–Ese pastor alemán es un perro de faena y no deberían tenerlo atado el día entero.

–Es de Pablo. Todo el mundo odia a Pablo.

–Ya lo sé.

–Voy a soltar a ese perro hoy mismo.

–Ah. ¿Y cómo lo vas a hacer?

–No lo sé.

–¿Vas a mirarlo a los ojos cuando lo desates? –me preguntó, elevando la vista al cielo.

–Sí.

–Muy mal. Nunca hagas eso. ¿Vas a permanecer inmóvil como un árbol cuando estés cerca de él?

–Un árbol nunca está inmóvil.

–Como un tronco, entonces.

–Sí, permaneceré inmóvil como un tronco.

–Como una hoja.

–Una hoja nunca está inmóvil.

Ella seguía mirando el cielo.

–Hay un problema, Zoffie. El perro de Pablo ha sufrido muy malos tratos. No sabrá qué hacer con su libertad. Echará a correr por todo el pueblo y se comerá a los bebés. Si vas a soltarlo, tendrás que llevarlo a las montañas y dejarlo que viva asilvestrado. Así será libre de verdad.

–Pero en las montañas se morirá por falta de agua.

Entonces clavó los ojos en mí.

–¿Qué es peor? ¿Estar todo el día encadenado junto a un cuenco de agua o ser libre y morir de sed? –Levantó la ceja izquierda como preguntando: *¿Eres un poco histérica? Has hecho que un camarero vaya a abrir un par de puertas buscando a un hombre que no existe, no sabes cerrar un grifo, no sabes conducir un coche y quieres dejar libre a un perro salvaje.*

Me preguntó si quería andar por la playa.

Sí, quiero.

Me quité las chanclas y las dos saltamos por encima de los tres escalones de cemento que bajaban desde la terraza del café a la playa. Tras saltar, como no habíamos bajado los escalones andando, echamos a correr las dos al mismo tiempo. Corrimos a toda velocidad por la arena, como si estuviésemos persiguiendo algo que sabíamos que estaba allí pero que todavía no lográbamos ver. Después de un rato, redujimos la velocidad hasta acabar andando por la orilla. Ingrid se quitó los botines, me miró y los tiró al agua.

Me oí gritar a mí misma No No No. Me arremangué la falda y corrí a rescatarlos de las olas. Con ellos apretados contra el pecho, salí del agua y se los devolví.

Balanceando un botín en cada mano, les quitó el agua y después se echó a reír.

–Por Dios, estos botines. Siento haberte asustado, Zoffie.

–No fue culpa tuya. Yo ya estaba asustada.

¿Por qué dije eso? ¿Yo ya estaba asustada?

Seguimos andando, sorteando los castillos de arena que los niños construían con sus padres, intrincados reinos con torres y fosos. Una niña de unos siete años estaba enterrada en la arena hasta la cintura, sus piernas enterradas vivas, y sus tres hermanas le esculpían una cola de sirena. Saltamos por encima de ella y echamos a correr de nuevo hasta llegar al final de la playa. Me dejé caer sobre un montón de algas negras que había junto a las rocas e Ingrid Bauer hizo lo mismo. Nos quedamos tumbadas boca arriba, una junto a la otra, observando una cometa azul que flotaba en el cielo azul. Podía oír su respiración. De pronto, la cometa se desplomó y empezó a caer en picado. Quería que las olas se llevasen todo lo que había sido mi vida hasta ese momento. Quería comenzar una nueva vida, totalmente diferente. Pero no sabía qué significaba eso ni cómo conseguirlo.

Empezó a sonar un teléfono en el bolsillo trasero de los shorts de Ingrid. Ella se puso boca abajo para poder sacar el móvil y yo también me puse boca abajo, y entonces nos acercamos aún más. Mis labios agrietados se posaron sobre sus labios carnosos y empezamos a besarnos. La marea estaba subiendo. Cerré los ojos y sentí cómo el mar me acariciaba los tobillos, y me vinieron a la mente la pantalla de mi ordenador portátil, las constelaciones del cielo digital, los remolinos de luz rosácea hechos de gas y de polvo. El teléfono no dejaba de sonar, pero nosotras seguíamos besándonos y ella me agarraba del hombro donde me había picado la medusa, apretando las marcas moradas. Me dolía, pero no me importaba. Entonces, se apartó de mí y contestó el teléfono.

–Estoy en la playa, Matty. ¿Oyes el mar? –Levantó el móvil en dirección a las olas, pero sus ojos verdes rasgados me miraban a mí. Al mismo tiempo movía los labios sin emitir ningún sonido diciéndome: *Se me ha hecho tarde, muuuy tarde.* Como si yo fuese la culpable de su retraso.

Me sentí tan desconcertada que me puse de pie y me alejé.

Oí que me llamaba, pero no me volví. La niña sirena a la que sus hermanas habían enterrado en la arena tenía ahora una magnífica cola, decorada con conchas marinas y cantos rodados.

–Zoffie Zoffie Zoffie.

Seguí andando, aturdida. Yo había provocado que algo sucediera. Estaba temblando y comprendí que había estado reprimiéndome durante demasiado tiempo, dentro de mi cuerpo, de mi piel. La palabra «antropología» proviene del griego *anthropos,* que significa «humano», y *logia,* que significa «estudio». Si la antropología es el estudio del género humano desde sus comienzos hace millones de años hasta nuestros días, no soy muy buena a la hora de estudiarme a mí misma. He investigado las culturas aborígenes, los jeroglíficos mayas y la cultura corporativa de una fábrica de coches japonesa y he escrito ensayos sobre la lógica interna de otras sociedades, pero no tengo ni idea de mi propia lógica. De repente aquello era lo mejor que me había pasado en toda mi vida. Lo que más me llegó al alma fue la forma en que ella me había apretado la picadura de medusa del hombro.

Está bebiendo té de melocotón en la plaza y tiene demasiado calor porque su camisa a cuadros azules y negros es de invierno y no para el verano de Andalucía. Creo que se cree una vaquera enfundada en su camisa de faena, siempre solitaria, sin nadie con quien mirar el horizonte montañoso por las noches y decir dios mío qué estrellas.

LOS GOLPES

Esta noche alguien está dando golpecitos en las ventanas de nuestro apartamento de la playa. Me he asomado dos veces a mirar, pero no veo a nadie. Deben de ser las gaviotas o el viento que hace volar la arena de la playa. Cuando me miro en el espejo no me reconozco.

Estoy morena, tengo el pelo más largo y rebelde, mis dientes parecen más blancos en contraste con la piel bronceada, mis ojos parecen más grandes, más brillantes, más apropiados para llorar, puesto que mi madre no para de gritarme, de gritarme cosas tales como: No me has atado bien los cordones de los zapatos. Entonces acudo corriendo a arrodillarme a sus pies y vuelvo a atárselos y otra vez se desatan, hasta que acabo por sentarme en el suelo, pongo sus pies sobre mi regazo y desato todos los nudos antiguos para volver a hacer otros nuevos.

Aquella tarea de desanudar, desenredar y volver a empezar requería paciencia. Le pregunté para qué se ponía zapatos. Sobre todo zapatos con cordones. Era de noche y no iba a ir a ningún lado.

–Pienso mejor si llevo zapatos con cordones –me contestó.

Está reclinada en una silla, con la mirada clavada en la

pared blanca mientras yo me afano a sus pies. Si me dejase girarle la silla, podría ver el cielo estrellado. Habría que hacer un giro de nada para que tuviera otra vista, pero no le interesa. Es como si las estrellas fuesen un insulto para ella. Todas y cada una de las estrellas la ofenden. Me dice que ella ya tiene su paisaje mental, las colinas ondulantes de Yorkshire. Se imagina caminando por un sendero, la hierba está exuberante y mullida, una suave lluvia cae sobre su cabeza, es apenas una llovizna y ella lleva un sándwich de queso en la mochila. Me gustaría hacer esa caminata con ella por las colinas de Yorkshire, estaría encantada de prepararle los sándwiches y mirar los mapas. Esboza una media sonrisa cuando se lo digo, pero es como si ya le hubiera cedido los pies a otra persona. Esta noche estoy nerviosa. Sigo oyendo golpecitos en las ventanas. Quizá sean ratones que estén escondidos en la pared.

–Siempre estás en las nubes, Sofia.

Quizá sea mi padre. Ha venido a cuidar a mi madre y a darme un descanso. Quizá sea una refugiada que ha llegado nadando desde el norte de África. Yo le daría cobijo durante la noche. Lo haría. Creo que yo haría eso.

–¿Hay agua en la nevera, Sofia?

Pienso en los carteles que ponen en las puertas de los lavabos en lugares públicos y que nos dicen quiénes somos.

Caballeros Señoras
Gentlemen Ladies
Hommes Femmes
Herren Damen
Signori Signore

¿Estamos todos agazapados detrás del símbolo del otro sexo?

–Tráeme agua, Sofia.

Pienso en la forma en que Ingrid alargó el teléfono en dirección a las olas. *Estoy en la playa, Matty. ¿Oyes el mar?*

Mientras hablaba con su novio, me había puesto el pie en el interior del muslo izquierdo, justo por encima de la rodilla.

Había dejado caer sus zapatos masculinos sobre el colchón de algas marinas, donde poco después se bambolearían como botecitos al subir la marea. El olor salobre y mineral de las oscuras algas que flotaban a la deriva era intenso y atractivo.

Estoy en la playa, Matty. ¿Oyes el mar?

El mar lleno de medusas flotantes.

El mar que había empapado sus pantaloncitos cortos de terciopelo azul.

Sigo desatando los nudos antiguos en los cordones de mi madre y atándole otros nuevos. No hay duda de que alguien está dando golpecitos en la ventana. Esta vez no ha llamado suavemente con la mano, sino que ha dado unos golpes más bien fuertes. Quito los pies de mi madre de mi regazo y me dirijo a la puerta.

–¿Esperas a alguien, Sofia?

No. Sí. Quizá. Tal vez esté esperando una visita.

Ingrid Bauer lleva puestas unas sandalias romanas plateadas con las cintas anudadas hasta media pierna y parece molesta.

–Zoffie, llevo llamando mucho rato.

–No te he visto.

–Pero si estaba aquí mismo.

Me cuenta que ha hablado de mi situación con Matthew.

–¿De qué situación?

–De que no tienes transporte. ¡Esto es el desierto, Zoffie! Matthew se ha ofrecido para ir a recoger el coche a la Clínica Gómez mañana.

–Estaría bien tener un coche.

–Déjame ver tu picadura.

Me levanté la manga y le enseñé las ronchas moradas. Empezaban a salirme ampollas.

Ingrid recorrió la marca de la picadura con el dedo.

–Hueles a mar –susurró–. Como una estrella de mar. –Su dedo estaba ahora en el pliegue de mi axila–. Esos monstruitos te han atacado con ganas. –Me pidió el número de mi móvil y se lo escribí en la palma de la mano.

–La próxima vez, Zoffie, ábreme cuando llame a la puerta.

Le dije que yo nunca cerraba la puerta con llave.

Nuestra casa de la playa es oscura. Tiene las paredes gruesas para mantener el frescor durante el verano. Muchas veces dejamos las luces encendidas día y noche. Poco después de marcharse Ingrid, se fue la luz de repente. Tuve que subirme a una silla y abrir la caja de los fusibles, que está en la pared junto al cuarto de baño, para levantar la llave general. Volvió la luz, me bajé de la silla y fui a prepararle un té a Rose. Ella había metido cinco cajas de té de Yorkshire en la maleta y se las había traído a España. Hay una tienda al final de nuestra calle en Hackney que vende ese tipo de té y mi madre había ido hasta allí andando para hacer su gran compra. Y después volvió andando a casa. Ahí está el misterio de las piernas lisiadas de mi madre. A veces hacen su reaparición en el mundo como los fantasmas de unas piernas sanas.

–Tráeme una cuchara, Sofia.

Le llevo una cuchara.

No puedo vivir así. Tengo que revertir esta situación por completo.

Mi noción del tiempo se ha alterado, se ha agrietado igual que mis labios. Cuando anoto ideas para mis trabajos de campo, ya no distingo si escribo en pasado o en presente o en ambos a la vez.

Y todavía no he liberado al perro de Pablo.

Puedo ver a la chica griega quemando las espirales de citronela por la noche para ahuyentar los mosquitos. Veo la curva de su vientre y de sus pechos. Sus pezones son más oscuros que sus labios. No debería dormir desnuda si no quiere que la devoren los mosquitos en la perfumada oscuridad de su habitación.

Yo había prometido estar callada en la mesa cuando Gómez llevara a comer a mi madre. Él me había prohibido hablar y me había pedido que confiase en su criterio. De hecho, me dijo que alguien de la clínica pasaría a buscar a Rose todos los días por casa y que yo hiciera lo que quisiese. Los martes me pediría que acudiese a la clínica puesto que yo era el familiar más próximo de mi madre. Aparte de eso, podía hacer lo que quisiera con mi tiempo. Quería conocer a Rose a fondo, porque su caso le intrigaba de verdad. No le interesaba descubrir por qué no podía andar. Lo que quería saber era por qué era capaz de hacerlo de vez en cuando. Parecía una dolencia que bien podría ser de índole física, pero no debíamos ser esclavos de las teorías médicas. ¿Qué pensaba yo?

Yo veía a Gómez como mi ayudante en la investigación. Había estado estudiando aquel caso toda mi vida y él acababa de empezar. Cuando se trata de los síntomas de mi madre, no existen límites claros entre la victoria y la derrota. En cuanto él llegue a un diagnóstico, ella desarrollará otro síntoma para confundirlo. Gómez parece ser consciente de ello. Ayer le mandó a mi madre repetir varias veces en voz alta el nombre de su último achaque mirando fijamente el cuerpo de un insecto muerto, quizá de una mosca, porque son fáciles de matar. Le aconsejó que se dejara llevar ante esa extraña acción y escuchara con atención el monótono zumbido que el insecto emite antes de morir. Le dijo que probablemente llegaría a descubrir que ese zumbido, tan irritante al oído humano, tiene un timbre y un tono parecidos a los de la música folclórica rusa.

Es la primera vez que la he oído reír a carcajadas, a mandíbula batiente. Al mismo tiempo, Gómez le ha dado cita para hacerse varias pruebas y escáneres. El personal de la clínica se ocupará de cambiarle los apósitos de plata del pie derecho.

Gómez había reservado una mesa para tres en el restaurante que estaba en la plaza del pueblo dando por sentado que mi madre podría ir caminando desde nuestra casa sin demasiado problema. No fue un trayecto fácil. Mi madre resbaló con las cáscaras de pistacho que cubrían el suelo de la plaza. Yo había estado una hora ajustándole los cordones de los zapatos, pero Rose acabó en el suelo por culpa de un fruto seco del tamaño de un guisante.

Gómez ya estaba sentado a la mesa cuando llegamos. Sentó a Rose frente a él y yo ocupé una silla junto a la de Gómez, como se me había indicado. Había sustituido su traje formal de raya diplomática por uno de lino color crema que no era precisamente informal, pero sí menos serio y profesional que el que llevaba en su primera presentación como especialista de renombre. Del bolsillo de la chaqueta asomaba un pañuelo de seda amarillo colocado a la antigua usanza, doblado formando curvas en lugar de ángulos rectos. Era un hombre pulcro, amable y cortés. Él y mi madre estudiaron el menú y yo me limité a señalar una ensalada, como si fuera una muda a la que habían sacado de paseo. Rose estuvo un rato para decidirse por una crema de alubias y Gómez pidió la especialidad de la casa haciendo muchos aspavientos: pulpo a la plancha.

Rose le informó sin demora de que era alérgica al pescado y se le hincharía la boca si él pedía ese plato. Como Gómez no dio muestras de haberse enterado, Rose se inclinó hacia mí y me dio unos toquecitos en el hombro.

–Dile el problema que tengo con el pescado.

Yo no dije nada, tal y como me había pedido Gómez.

Rose se volvió hacia él.

–No puedo estar cerca de ninguna clase de pescado. El aire traerá hacia mí los vapores de su pulpo y me provocarán urticaria.

Gómez asintió levemente y la tomó de la mano. Rose se sobresaltó, aunque creo que lo que él hacía era tomarle el pulso, porque le había puesto un dedo en la muñeca.

–Señora Papastergiadis, usted toma suplementos alimenticios fabricados con aceite de pescado y además toma glucosamina. Los he hecho analizar en mi laboratorio. La glucosamina que usted consume está hecha con conchas de marisco. El otro suplemento que usted toma proviene del cartílago de tiburón.

–Sí, pero yo soy alérgica al otro tipo de pescado.

–El tiburón no es un marisco. –Su diente de oro relució bajo el sol. La mesa que había reservado no estaba a la sombra y su mechón de pelo blanco estaba empapado de sudor y olía a jengibre.

Cuando Rose abrió la carta de vinos, Gómez se la arrebató de las manos con destreza y la apartó a un lado de la mesa.

–No, señora Papastergiadis. No puedo trabajar con una paciente ebria. Jamás le ofrecería vino si estuviésemos en mi consulta. Lo único que hacemos aquí es cambiar de escenario. Esto también es una consulta, solo que no veo ninguna razón por la no podamos celebrarla al aire libre.

Levantó la mano y le pidió a la camarera una botella de un agua mineral especial que, según le explicó a Rose, embotellaban en Milán, luego la exportaban a Singapur y de allí la mandaban a España.

–¡Ah, Singapur! –Aplaudió un par de veces, quizá para hacer que prestásemos más atención–. El mes pasado estando en un congreso en Singapur me encontraba muy inquieto. Me aconsejaron que, para calmarme, les diera de comer a las carpas que había en el estanque del hotel a la hora del desayuno y que contemplara el mar del Sur de China por la tarde. ¿No le parece un nombre precioso, «mar del Sur de China»?

Rose hizo una mueca como si la idea de algo precioso le causara dolor.

Gómez se echó para atrás en su silla.

–Los turistas ingleses bebían cerveza en la piscina de la azotea de ese hotel. Estaban metidos en el agua hasta la cintura bebiendo cerveza, pero ninguno dirigía ni una sola mirada al mar del Sur de China.

–A mí me suena muy bien eso de beber cerveza en una piscina –dijo Rose con tono seco, como para recordarle que no le hacía mucha gracia comer solo con agua.

–Está sentada al sol, señora Papastergiadis –dijo, y sus dientes de oro refulgieron como llamaradas–. La vitamina D es buena para los huesos. Debe beber agua. Cambiando de tema, tengo una pregunta importante. Dígame, ¿sabe por qué ustedes, los ingleses, dicen «waifai» y en España decimos «wifi»?

Rose bebió un sorbito de agua como si la estuviesen obligando a beber su propia orina.

–Es evidente que se debe a que las vocales se enfatizan de un modo diferente, señor Gómez.

En medio de la plaza un chico de unos doce años estaba inflando un bote de plástico. Llevaba una cresta mohicana teñida de verde y bombeaba aire con el pie mientras devoraba un helado. De vez en cuando su hermanita de cinco años corría hasta el trozo de plástico arrugado para comprobar el avance de la metamorfosis que convertiría aquello en algo capaz de navegar.

El camarero trajo la ensalada y la crema de alubias, haciendo equilibrio con los dos platos sobre el antebrazo. Después se inclinó junto al hombro de Gómez para depositar delante de él y con aire teatral una gran fuente de pulpo con sus tentáculos morados.

–Ah, sí, gracias –dijo Gómez en español con acento norteamericano–. ¡Nunca me canso de estas criaturas! Lo mejor de todo es la forma en que están marinadas..., ¡los pimientos, el zumo de limón, el pimentón! Le doy mil gracias a este antiguo habitante de las profundidades. Gracias, pulpo, por tu inteligencia, misterio e increíble mecanismo de defensa.

A Rose le habían salido dos ronchas rojas en la mejilla izquierda.

–¿Sabía, señora Papastergiadis, que el pulpo puede cambiar de color para camuflarse? Mi lado norteamericano ve el pulpo como un animal misterioso, como un pequeño *monstruo,* pero mi lado español lo ve como un monstruo muy conocido.

Con el cuchillo cortó un trocito de los cárdenos tentáculos del pulpo. En lugar de comérselo, lo tiró al suelo, lo cual era una invitación descarada para que los gatos del pueblo se acercasen a la mesa. Los gatos empezaron a dar vueltas por debajo de la mesa alrededor de sus zapatos. Acudieron de todas direcciones, peleándose entre sí por un pedazo del monstruo marino. Cortó delicadamente la carne gomosa del pulpo y se metió un trozo en la boca, saboreándolo. Pasado un rato, Gómez no vio impedimento alguno en lanzar tres tentáculos más a las garras de los gatos.

Mi madre estaba muda e increíblemente inmóvil. No inmóvil como un árbol o una hoja o un tronco. Inmóvil como un muerto.

–Estábamos hablando del wifi –continuó Gómez–. Le diré la respuesta a mi acertijo. Yo pronuncio «wifi», como se escribe, para que rime con «Francis of Assisi».

Tenía tres gatos escuálidos sentados sobre sus zapatos.

A pesar de todo, Rose seguía respirando, porque de repente increpó a Gómez. Tenía los ojos rojos e hinchados.

–¿Se puede saber dónde estudió usted medicina?

–En Johns Hopkins, señora Papastergiadis. En Baltimore.

–Este está de guasa –dijo Rose por lo bajo, pero para que se le oyese.

Pinché un tomate con el tenedor y no hice caso. Además, yo estaba cada vez más nerviosa al ver cómo se iba cerrando el ojo izquierdo de Rose.

Gómez le preguntó si estaba disfrutando de la crema de alubias.

–«Disfrutar» es mucho decir. Es una sopa, pero no sabe a nada.

–¿Cómo que «disfrutar» es mucho decir?

–No es la palabra adecuada para describir lo que despierta en mí esta sopa.

–Espero que pronto recupere su apetito por el disfrute –dijo Gómez.

Rose clavó sus ojos rojos en los míos. Yo aparté la mirada como una traidora.

–Señora Papastergiadis –dijo Gómez–. ¿Ha pensado en los enemigos de los que quiere que hablemos?

Mi madre se echó hacia atrás en la silla y suspiró.

¿Qué es un suspiro? Ese sería otro buen tema para un trabajo de campo. ¿No es más que una exhalación larga, profunda y audible? El suspiro de Rose era intenso, pero no sumiso. Denotaba frustración, pero no tristeza. Un suspiro sirve para recomponer el sistema respiratorio, con lo cual era posible que mi madre hubiese estado aguantando la respiración, lo que indicaba que estaba mucho más nerviosa de lo que parecía. Un suspiro es una respuesta emocional ante una tarea difícil.

Yo sabía que ella había estado pensando en sus enemigos porque había escrito una lista. ¿Estaré yo en esa lista?

Para mi sorpresa, habló con voz calmada y en un tono casi amistoso.

–Mis padres fueron mis primeros adversarios, por supuesto. No les gustaban los extranjeros, así que, naturalmente, me casé con un griego.

Gómez sonrió con los labios manchados por el pulpo.

Le hizo un gesto a mi madre para que continuara.

–Tanto mi padre como mi madre exhalaron su último aliento aferrados a las bondadosas manos de piel oscura de las enfermeras que los cuidaron. Me parece mezquino arremeter contra ellos ahora. De todos modos, lo haré. A mis padres en el Otro Mundo: Recordadme que os deletree los nombres del personal del hospital que se sentó junto a vuestro lecho el día de vuestra muerte.

Gómez apoyó el tenedor y el cuchillo en el borde del plato.

–Usted se refiere al sistema sanitario público de su país. Pero ahora caigo en la cuenta de que ha preferido que la atiendan en la medicina privada.

–Es verdad y me da un poco de vergüenza. Pero Sofia estuvo haciendo averiguaciones, supo de su clínica y me animó a hacer el intento. Ya lo habíamos probado todo. ¿Verdad, Fia?

Clavé la mirada en el bote que estaban hinchando en la plaza. Era azul con una línea amarilla en el costado.

–¿Así que se casó con su griego?

–Sí, estuvimos once años intentando tener un hijo. Y cuando por fin me quedé embarazada y mi hija creció y cumplió cinco años, Christos fue llamado por Dios para marchar a Atenas y casarse con una mujer más joven.

–Yo profeso la fe católica –dijo Gómez, y se metió un buen bocado de pulpo extraterrestre en la boca–. Por cierto, señora Papastergiadis, «Gómez» se pronuncia como si en inglés estuviese escrito con una th final, «Gómeth».

–Respeto sus creencias, señor Gómeth. Cuando llegue al cielo, ¿colgarán cortinas de pulpos de las nacaradas puertas para su cena de bienvenida?

Él parecía preparado para cualquier cosa que ella le espetase y había cambiado el tono reprobatorio de su primera cita. Los ojos de mi madre ya no estaban rojos y poco a poco le iban desapareciendo las ronchas de la mejilla izquierda.

–Tuve que esperar mucho tiempo para tener a mi única hija.

Gómez se llevó la mano al pañuelo de seda que llevaba abullonado en el bolsillo de la chaqueta y se lo ofreció a mi madre.

–Dios y caminar. ¿Quizá sean esos sus enemigos?

Rose se dio unos ligeros toques en los ojos con el pañuelo.

–No es caminar. Es caminar fuera de casa.

Observé con desconsuelo las colillas desperdigadas por el suelo. Era un gran alivio ser muda.

Gómez era amable pero persistente.

–El tema de los nombres. Es delicado. De hecho, yo tengo dos apellidos. Gómez es el apellido de mi padre y mi segundo apellido es el de mi madre, Lucas. Yo solo utilizo un apellido, pero formalmente lo correcto sería llamarme Gómez Lucas. Su hija la llama Rose, aunque lo normal es que la llamase mamá. Es incómodo, ¿no le parece?, este ir y venir entre «Rose» y «señora Papastergiadis» y «madre».

–Todo eso que dice es bastante sensiblero –respondió Rose, apretando con fuerza el pañuelo del médico.

Mi móvil emitió un breve tintineo.

> Ya tienes coche
> Ven a buscar la llave
> Estamos aparcados junto a los contenedores
> Inge

Le susurré a Gómez que el coche alquilado había llegado y que tenía que abandonar la mesa. No me hizo caso porque estaba totalmente concentrado en Rose. De repente me sentí celosa, como si me resintiera por el hecho de que no se me prestase ninguna atención, aunque no me la habían prestado desde el principio.

El aparcamiento era un descampado cuadrado de maleza reseca junto a la playa donde se tiraba la basura del pueblo. Los contenedores malolientes desbordaban de sardinas podridas, huesos de pollo y peladuras de verduras. Mientras atravesaba una negra nube de moscas, me detuve a escuchar su zumbido.

–¡Zoffie! Venga, corre. Hace demasiado calor para estar aquí.

Las alas de las moscas eran intrincadas y grasientas.

–¡Zoffie!

Eché a correr hacia Ingrid Bauer.

Poco después aminoré el paso.

Se me había posado en la mano una mosca. La aplasté de un manotazo y me quedé mirándola fijamente, como recomendaba Gómez, pero no repetí varias veces en voz alta el nombre de ningún achaque.

Pedí un deseo.

Para mi sorpresa, musité las palabras en griego.

Ingrid estaba recostada en un coche rojo que tenía todas las puertas abiertas. En el asiento del conductor había un hombre de treinta y pocos años, debía de ser Matthew. Al principio parecía estar mirándose fijamente en el espejo, pero al acercarme me di cuenta de que estaba afeitándose con una maquinilla eléctrica.

Algo brillaba en los pies de Ingrid. Llevaba las sandalias romanas plateadas con cintas entrecruzadas que le subían por las pantorrillas. Parecía engalanada con esmero. En la antigua Roma cuanto más arriba se entrelazaban en las piernas las ataduras de las sandalias o de las botas, más importante era el rango del guerrero.

En mitad de aquel aparcamiento polvoriento, Ingrid me pareció una gladiadora lista para luchar en la arena del Coliseo. Un coso precisamente cubierto de arena para absorber la sangre de su oponente.

–Es mi novio, Matthew –dijo. Agarró mi sudorosa mano con su mano fresca y poco menos que me empujó dentro del coche, de tal forma que aterricé encima de Matthew haciendo que la maquinilla de afeitar se le cayera de la mano. En el parabrisas del coche había una pegatina en la que ponía «Europcar».

–Eh, Inge, ten más cuidado.

Matthew tenía una melena rubia, como ella, que le llegaba por debajo de la mandíbula, todavía cubierta de espuma de afeitar. Yo había caído encima de sus rodillas y forcejeamos un instante para separarnos mientras la maquinilla zumbaba en el suelo del Europcar. Cuando logré salir del coche y regresar al pútrido hedor de los contenedores de basura, me dolía otra vez la picadura de medusa porque me había golpeado el brazo contra el volante.

–¡Por Dios! –Matthew fulminó a Ingrid con la mirada–. ¿Se puede saber qué te pasa hoy? –Recogió la maquinilla y salió del coche. La apagó y se la entregó a Ingrid para que la sostuviese mientras él se metía la camiseta blanca por dentro de sus chinos color beige. Me estrechó la mano–. Hola, Sophie.

Le agradecí que fuera a buscar el coche.

–Ah, no es nada. Un colega con quien juego al golf me acercó hasta allí y así mi adorada novia pudo quedarse en la cama hasta tarde. –Le pasó a Ingrid el brazo por los hombros. Incluso llevando sandalias planas ella le sacaba por lo menos dos cabezas.

Matthew tenía la mitad de la cara cubierta de espuma. Parecía una pintura tribal.

–Oye, Sophie, ¿no te parece que hace un calor de locos?

Ingrid apartó el brazo de su hombro y señaló el Europcar.

–¿Te gusta, Zoffie? Es un Citroën Berlingo.

–Sí, pero no sé si me gusta el color.

Ingrid sabía que yo no conducía, así que yo no entendía por qué se había tomado el trabajo de hacer que me trajesen el coche.

–¿Quieres venir a casa y probar mi limonada?

–Me gustaría, pero no puedo. Estoy a mitad de una comida con el médico de mi madre en el restaurante de la plaza.

–Muy bien. ¿Nos vemos en la playa, entonces?

De repente Matthew pareció pletórico de energía y amabilidad.

–Cuando termine con este afeitado eléctrico con espuma, que es algo de locos, cerraré el Berlingo y te llevaré las llaves y los documentos del coche al restaurante. Por cierto, ¿por qué no le alquilaron un coche automático a tu madre? Porque no puede andar, ¿verdad?

Ingrid pareció molesta, aunque no sé la razón. Le dio una patadita a Matthew en la rodilla en plan de broma con la suela de su sandalia plateada y él le agarró la pierna, se arrodilló en la tierra y le besó las pantorrillas morenas entre los huecos del entrelazado de las ataduras.

Cuando regresé a la plaza, mi madre y Gómez parecían estar pasándoselo bien. Mantenían una animada conversación y no me prestaron ninguna atención al volver a sentarme a la mesa. Debo reconocer que Rose parecía entusiasmada. Estaba eufórica y coqueteaba. Incluso se había quitado los zapatos y se había quedado descalza al sol. Los mismos zapatos que yo había estado desatando y atando durante una hora estaban ahora abandonados. En ese momento me pasó por la cabeza que mi madre llevaba décadas durmiendo sola.

Después de marcharse mi padre, cuando yo tenía cinco, seis, siete años, a veces iba y me metía en la cama con ella, pero recuerdo que me sentía incómoda. Como si mi madre intentara volver a guardarse en el vientre a su cría ya crecida del mismo modo que un avión pliega las ruedas en su interior después de despegar. En ese instante Rose estaba diciendo que necesitaba tomar las tres pastillas que le habían suprimido y que aquello de ir a España para curar sus maltrechas piernas era como pedir la luna. Creo que quiso decir que pretendíamos una cura fuera de nuestro alcance.

Si pudiera, aunque solo fuera por una vez, fulminaría a mi madre con la mirada y la convertiría en piedra. No a ella en concreto. Convertiría en piedra las constantes referencias a las alergias, los mareos, las palpitaciones y los efectos secundarios. Aniquilaría ese lenguaje y lo dejaría más muerto que una piedra.

El chico delgado con la cresta de mohicano seguía hinchando su bote. Su hermanito le enseñaba los remos y discutían acaloradamente mientras la hermana tanteaba con el pie descalzo el bote de plástico azul. Estaban entusiasmados con la aventura que emprenderían en el mar con su nuevo barco. Esas son las cosas que deberían despertar nuestro entusiasmo. Muy diferentes a limitarse a esperar la desaparición de ciertos síntomas.

Gómez tenía los labios manchados por el pulpo que había comido con tanto deleite.

–Lo ve, Rose, he traído el mar hasta usted con mi pulpo y usted ha sobrevivido.

Rose sonrió y su rostro se volvió hermoso y lleno de vida.

–Me siento estafada, señor Gómez. Podría haber ido a Devon por menos de cien libras, sentarme frente al mar con un paquete de galletitas sobre el regazo y acariciar uno de tantos perros ingleses. Usted es más caro que Devon. Francamente, estoy desilusionada.

–La desilusión es desagradable –admitió él–. La compadezco.

Rose llamó al camarero con la mano y pidió una copa grande de rioja.

Gómez me lanzó una mirada y noté que estaba molesto por lo del vino. La mesa estaba coja y había estado moviéndose durante todo el almuerzo. Sacó un talonario de recetas del bolsillo, arrancó cinco hojas y las dobló formando un cuadrado.

–Sofia, hazme el favor de ayudarme a levantar la mesa para colocar esto debajo de la pata.

Me puse de pie y levanté la mesa de mi lado. Era increíblemente pesada para ser de plástico. Me costó un gran esfuerzo mantenerla a dos centímetros del suelo mientras Gómez metía el papel debajo de la pata.

De pronto, Rose dio un salto.

–¡Me ha arañado un gato!

Miré debajo de la mesa que acabábamos de afirmar. Había un gato sentado sobre el pie izquierdo de mi madre.

Gómez se dio unos tironcitos en el lóbulo de la oreja izquierda. Empecé a percibir que anotaba mentalmente todo lo que sucedía, igual que lo había estado haciendo yo toda mi vida. Si mi madre no tenía sensibilidad en las piernas, las garras que le arañaron los pies no eran más que un producto de su imaginación.

Era como si Gómez fuera Sherlock y yo Watson; o al revés, dado que yo tenía más experiencia. Comprendí que él había puesto a prueba la supuesta insensibilidad de las piernas de mi madre invitando a comer con nosotros a los gatos del pueblo. Volví a mirar debajo de la mesa y vi que Rose tenía un minúsculo arañazo en el tobillo con unos puntitos de sangre. No cabía duda de que había sentido clavarse las uñas en su piel.

Entonces entendí por qué Gómez le había dado permiso para conducir el coche alquilado.

Alguien se había detenido junto a nuestra mesa. Matthew, ya perfectamente afeitado, estaba de pie detrás de mi madre.

–Perdón –le dijo a Rose, inclinándose por encima de ella para entregarme las llaves del coche y un sobre de plástico morado–. Aquí dentro tienes los papeles del coche.

–¿Y tú quién eres? –Rose parecía desconcertada.

–Soy la pareja de Ingrid, una amiga de su hija. Ella me dijo que usted necesitaba un vehículo, así que esta mañana fui a recogerle el coche de alquiler. Es muy suave de conducir. –Clavó los ojos en un gato que estaba masticando un tentáculo de pulpo e hizo una mueca de asco–. Estos gatos callejeros tienen enfermedades, ¿sabe?

Rose resopló y asintió con gesto pícaro dándole la razón.

–¿De qué conoces a este hombre, Sofia?

A mí se me había prohibido hablar, así que permanecí en silencio.

¿De qué conozco a Matthew?

Estoy en la playa, Matty. ¿Oyes el mar?

Estoy en la playa, Matty. ¿Oyes el mar?

No había razón para inquietarse, porque Gómez se ocupó de la situación.

Con tono formal, agradeció a Matthew que nos hubiese traído el coche y le dijo que esperaba que la enfermera Luz del Sol hubiese comprobado que los papeles del seguro estaban en regla. Matthew le confirmó que estaba todo bien y que había sido un placer recorrer los jardines de la clínica con el colega que había tenido la amabilidad de acercarle hasta allí en coche. Que los jardines eran «de locos». Iba a añadir algo más, pero mi madre lo interrumpió dándole unos golpecitos en el brazo.

–Matthew, necesito que me ayudes. Por favor, acompáñame a casa. Necesito descansar.

–Ah –dijo Gómez–. Está deseando tumbarse en la cama,

¡y descansar! Pero ¿por qué? No será porque haya estado usted picando piedra de la mañana a la noche.

Rose volvió a dar unos golpecitos en el brazo de Matthew.

–Apenas puedo andar, ¿sabes?, y me ha atacado un gato. Te agradecería que me ofrecieras tu brazo.

–Por supuesto –dijo Matthew, sonriendo de oreja a oreja–. Pero antes voy a echar de aquí a estos mininos roñosos.

Dio unos fuertes zapatazos en el suelo de cemento con sus botines de cuero de dos colores. Con aquel corte de pelo estilo paje, parecía un príncipe europeo bajito en medio de un berrinche. Todos los gatos salieron huyendo menos un intrépido macho, al que Matthew empezó a perseguir en zigzag por toda la plaza. Después de perderlo de vista, le hizo señas a mi madre, que ya se había vuelto a poner los zapatos.

Matthew estaba a unos cuatro metros de nuestra mesa, pero no sabía el tiempo que podía llevarle a Rose llegar hasta su brazo. Miró un par de veces el reloj en su muñeca mientras ella avanzaba cojeando hacia él. Resultaba penoso presenciar el esfuerzo que estaba haciendo Rose para ir hacia un hombre que no tenía ningunas ganas de que ella llegase. Por fin, apoyó su brazo en el de Matthew.

–Que descanse, señora Papastergiadis. –Gómez levantó la mano y saludó alzando dos dedos en dirección a mi madre.

Cuando Rose se volvió para dirigir una última mirada a Gómez, se quedó horrorizada al ver que el médico se estaba comiendo la sopa que ella había dejado en el plato.

Poco después, Gómez me felicitó por mi silencio.

–No has intercedido por tu madre. Eso es un gran logro.

Permanecí callada.

–Te das cuenta de que, cuando tu madre está enfadada o se siente agraviada, entonces camina.

–Sí, a veces anda sin ayuda alguna.

–Vamos a hacerle diferentes pruebas en mi clínica para

comprobar el estado de sus huesos, en particular de la columna, las caderas y los antebrazos. Pero he observado que, cuando venía hacia el restaurante, tropezó y no sufrió un esguince ni se torció un pie ni se fracturó nada. A partir de eso ya podemos descartar la osteoporosis. Lo que me preocupa es su empecinamiento en negarse a caminar. No sé si podré ayudarla.

Quería rogarle que no se diera por vencido, pero todavía no había recuperado el habla.

–Permíteme preguntarte, Sofia Irina, ¿dónde está tu padre?

–En Atenas –respondí con voz ronca.

–Ah. ¿Tienes alguna foto de él?

–No.

–¿Por qué no?

Mi voz había desaparecido igual que el gato.

Gómez llenó su vaso con el agua embotellada en Milán, pero que tenía algo que ver con Singapur, y me la ofreció. Bebí un sorbo y me aclaré la garganta.

–Mi padre se ha casado con su novia. Han tenido una niña.

–¿Así que tienes una hermanita en Atenas a la que no conoces?

Le dije que hacía once años que no veía a mi padre.

Me recalcó una y otra vez que si yo desease ir a visitar a mi padre, el personal de su clínica haría turnos para cuidar de Rose todos los días.

–Déjame decirte algo, Sofia Irina. Te veo algo débil para ser una joven sana como eres tú. A veces cojeas, como si te hubieses contagiado del estado emocional de tu madre. Necesitas recobrar fuerzas. Esta situación, a pesar de no ser de extrema gravedad, ha supuesto un gran esfuerzo para ti. No estoy diciendo que tengas que hacer más ejercicio físico. Es algo más relacionado con la actitud, con mostrar menos apatía. ¿Por qué no robas un pescado en el mercado para aprender a ser más atrevida? No tiene por qué ser el pescado más grande, pero tampoco el más pequeño.

–¿Por qué tengo que ser atrevida?

–Eso tienes que responderlo tú. –Su tono de voz era calmado y serio, tranquilizador, sobre todo teniendo en cuenta la probabilidad de que estuviese loco–. Ahora hay otra cosa de la que debo hablarte. –Gómez parecía realmente disgustado.

Me contó que alguien había hecho una pintada en una pared de su clínica con pintura azul esa misma mañana. En la pintada ponía «MATASANOS», acusándole nada menos que de charlatán, de estafador, de no ser un médico reputado. Creía que mi amigo estaba implicado en el asunto, el que había ido a buscar el coche. El tipo ese, Matthew. La enfermera Luz del Sol le había entregado los papeles y las llaves del coche y poco después de que él se marchase descubrieron la palabra pintarrajeada en el lado derecho de la cúpula de mármol.

–¿Por qué iba a hacer él algo así?

Gómez se llevó la mano al bolsillo de la chaqueta en busca de su pañuelo y descubrió que no estaba allí. Se limpió la boca con el dorso de la mano y después se limpió la mano con la servilleta.

–Sé que juega al golf con el ejecutivo de una compañía farmacéutica que ha estado molestándome durante años. Esa farmacéutica me ha ofrecido financiar las investigaciones que llevo a cabo en mi clínica. A cambio, estarían encantados de que yo les comprase sus medicamentos y se los recetara a mis pacientes.

Gómez estaba visiblemente afligido. Cerró los ojos, de mirada brillante y angustiada, y apoyó las manos en las rodillas.

–Mis empleados borrarán la pintada del exterior de mármol, pero no puedo dejar de pensar que hay alguien que busca desacreditar mi clínica.

En ese momento el chico con cresta de mohicano y su hermanita cruzaban la plaza arrastrando el bote azul ya inflado rumbo a la playa. El otro hermano les seguía, cargando los remos.

¿Era Gómez un matasanos? Rose había expresado algo parecido.

A mí ya me daban igual los veinticinco mil euros que tanto nos costó pagarle. Por mí, podía quedarse con mi casa. Si resulta que era un curandero y mataba un ciervo para descubrir en sus entrañas la cura para hacer que Rose volviese a andar, yo le estaría muy agradecida. Mi madre cree que su cuerpo es víctima de unas fuerzas malignas, así que no le pago a Gómez para que sea cómplice de su manejo de la realidad.

Aquella noche, mientras paseaba por el pueblo, cogí dos ramitas del jazmín que crecía delante de la casa que está a mitad de la cuesta. En el patio de la casa había un bote de remos azul con el nombre «Angelita» pintado en un costado. Estrujé los pétalos blancos y delicados entre los dedos. Aquel perfume era sinónimo de olvido, un trance. El arco que formaba el jazmín del desierto era una zona en la que caías en una especie de sopor. Cerré los ojos y cuando volví a abrirlos Matthew e Ingrid subían por el repecho en dirección a la tienda de ropa de segunda mano. Ingrid corrió hacia mí y me dio un beso en la mejilla.

–Hemos venido a buscar la ropa que tengo que arreglar para la tienda –dijo.

Llevaba un vestido naranja con plumas cosidas alrededor del escote y unos zapatos a juego.

Matthew nos alcanzó.

–Inge se hizo este vestido. Yo creo que le pagan poco. Voy a negociar para que le aumenten el sueldo. –Se colocó el pelo por detrás de las orejas y se echó a reír cuando ella le dio un golpe en el brazo–. Tú cuídate de no enfadar a Inge.

Es de locos cuando se cabrea. En Berlín va a clase de *kick boxing* tres veces por semana, así que no te metas con ella.

Se encaminó hacia donde estaba la dueña de la tienda, encendió un cigarrillo y se quedó de espaldas a nosotras.

Ingrid alargó la mano y me tocó el pelo.

–Tienes un nudo. Estoy bordando dos vestidos con un punto que se llama nudo francés. Tengo que dar dos vueltas de hilo alrededor de la aguja. Cuando los termine voy a coser algo para ti.

Las plumas temblaron alrededor de su cuello cuando le acerqué el jazmín a la nariz.

A nuestro lado pasó rugiendo una motocicleta con dos adolescentes encaramados en el asiento.

–Creo que has cogido esas flores para mí, Zoffie.

El olor a gasolina mezclado con el de jazmín hizo que me marease.

–Sí, he cogido estas flores para ti.

Me coloqué detrás de ella y le sujeté los pétalos por debajo de la cinta de la trenza. Su cuello era suave y tibio.

Cuando se volvió para quedar de frente a mí, las pupilas de sus ojos eran grandes y negras como el mar que resplandecía a lo lejos.

UNA HISTORIA CLÍNICA

Rose está de pie bajo la ducha. Le cuelgan los pechos, el vientre se le arruga en varios pliegues, su piel es pálida y suave, su pelo plateado está mojado, le brillan los ojos, le encanta sentir el agua tibia cayéndole sobre el cuerpo. Su cuerpo. ¿Qué es lo que quiere su cuerpo, a quién le gusta, es feo o es otra cosa? Rose está esperando que afloren los síntomas producidos por la retirada de tres pastillas de su medicación. De momento los síntomas no han aparecido. Sin embargo, ella sigue esperándolos como una amante excitada y nerviosa. ¿Se decepcionará si no aparecen?

Hoy Julieta Gómez va a elaborar la historia clínica del cuerpo de Rose y me han pedido que yo esté presente. ¿Dónde empieza una historia clínica?

–Empieza por la familia –dice Julieta–. Es una historia. –Ha cambiado sus zapatos de ante gris por unas zapatillas de deporte. Lleva una blusa de gasa fina metida por dentro de unos pantalones pegados al cuerpo y hechos a medida. Acompaña a Rose hasta una silla en la sala de fisioterapia y se sienta frente a ella.

–¿Lista para empezar?

Rose asiente con la cabeza mientras Julieta manipula los botones de una cajita negra y lustrosa ubicada entre ambas sobre el escritorio. Julieta le había asegurado a mi madre que aquel aparato se usaba para el registro confidencial de todos los archivos clínicos de audio. Estaba regulando el volumen de grabación. En teoría, ambas olvidarían al cabo de un rato que su conversación estaba siendo grabada.

Primero habló Julieta para proporcionar algunos datos. Dijo la fecha, la hora, el nombre de mi madre, edad, peso y altura.

Yo estoy sentada en el rincón de la sala de fisioterapia, inquieta, con mi ordenador portátil sobre el regazo y la extraña sensación de encontrarme flotando en un espacio atemporal. Me parece mal, incluso falto de ética, que me hicieran estar presente, pero le dije que sí a Gómez porque me dio a entender que, a excepción de los martes, yo estaría libre el resto del tiempo que durase el tratamiento. El precio de mi libertad es tener que escuchar las palabras de mi madre.

Está hablando.

Su padre tenía un trastorno psicológico. Lo que puede confundirse con ser hiperactivo. Lo que puede confundirse con ser obsesivo. No necesitaba más de dos horas de sueño por las noches. Su madre sufría por culpa de su padre. Lo que puede confundirse con una depresión. Ella no necesitaba menos de veintitrés horas de sueño. Conozco la historia, pero no quiero oírla. Me pongo los auriculares y miro YouTube en mi pantalla resquebrajada, que contiene toda mi vida. Parte de esa vida es la tesis de mi doctorado inacabado que se agazapa detrás de las constelaciones digitales producidas en una fábrica a las afueras de Shanghái.

De vez en cuando me quito los auriculares.

Mi madre está contando la historia de su enfermedad actual. ¿Dónde empieza esa historia? Se mueve en círculos en el tiempo y emerge en una historia pasada, en una enfermedad de la infancia y todo lo demás. No sigue un orden cronológico. Julieta va a tener que transcribir las palabras de

Rose y organizar su historia clínica. Yo aprendí a hacer algo parecido, solo que yo no soy fisioterapeuta, soy etnógrafa. En un momento determinado Julieta tendrá que describir las dolencias que hicieron que la paciente acudiera a su clínica. Los síntomas y sus manifestaciones. No es una dolencia. Ni siquiera son seis. Oí enumerar cerca de veinte, pero hubo más. El pasado, el presente y el futuro afloran simultáneamente en todas esas dolencias.

Los labios de Rose se mueven y Julieta escucha, pero yo no. Me pidieron que estuviese presente, pero no estoy presente. Estoy viendo un concierto de 1972 de David Bowie en YouTube y lo grabo al mismo tiempo. Bowie lleva el pelo rojo como una naranja sanguina, su brillante camisa emite destellos oscuros para provocar asociaciones con viajes intergalácticos y calza zapatos de plataformas altísimas que lo elevan por encima de la Tierra. Lleva las pestañas plateadas como las naves espaciales. Las chicas chillan, lloran y extienden los brazos para tocar aquel ser extraño venido del espacio, aquel *Space Oddity* que se contonea sobre el escenario. Es un bicho raro, como la medusa. Las chicas son unas salvajes, fértiles y desquiciadas.

Estamos tan atados a la Tierra.

Si yo hubiese estado allí, habría sido la que chillaba más fuerte.

Todavía soy la que chilla más fuerte.

Quiero deshacerme de las estructuras parentales que, supuestamente, me sostienen. Echar por tierra la historia que me contaron de mí misma. Volverla del revés.

Rose está tosiendo. He observado que siempre que tose es porque está a punto de desvelar algo delicado e íntimo. Como si la tos fuese un desatascador que desbloquease la memoria. Está hablando de su historia clínica. A veces oigo algunas frases. Empiezo a sentir curiosidad por la forma en que Julieta Gómez lleva a cabo la entrevista. Los antropólogos la describirían como una «entrevista a fondo». Mi madre sería «la informante». Me fijo en que las preguntas son escuetas, pero las emociones de mi madre están a tope. Ojalá yo estuviese en cualquier otro lado. Julieta está relajada, pero alerta. No curiosea ni presiona y no se da prisa por romper los silencios. He oído grabaciones en las que los etnólogos han indagado demasiado a fondo las historias de los informantes provocando su silencio, pero los labios de mi madre están casi todo el tiempo moviéndose. No parece que «fisioterapia» sea la descripción correcta para la clase de conversación que está teniendo lugar. Quizá Rose guarde los recuerdos en sus huesos. ¿Será por eso por lo que se usan huesos como instrumentos adivinatorios desde los albores de la humanidad?

Mi madre siente un gran desprecio por su cuerpo.

–Lo que tendrían que hacer es cortarme los dedos de los pies –dice.

Julieta ha concluido el primer informe médico y está ayudándola a levantarse de la silla.

–Mueva el pie izquierdo.

–No puedo. No puedo mover el pie izquierdo.

–Tendría que hacer algunos ejercicios con pesas para adquirir fuerza y resistencia.

–He practicado la resistencia toda mi vida, enfermera Luz del Sol. Recuerde que mi primer enemigo y adversario es la resistencia.

–¿Cómo se escribe resistencia en inglés?

Rose se lo dice.

Julieta coloca las manos debajo de la barbilla de Rose para ayudarla a alinear la cabeza.

Rose busca con la mirada la silla de ruedas, pero parece haberse esfumado de la sala.

–Me duele todo. Podría vivir perfectamente sin estos pies inútiles. Sería un alivio.

Julieta me miró. Llevaba tanto rímel en las pestañas que parecían pinchos.

–Creo que Rose no se mantiene erguida porque es alta.

–No, odio estos pies –le gritó mi madre.

Julieta la condujo hasta la silla de ruedas, que pareció materializarse de repente, empujada por un celador que intentaba leer el periódico apoyado en el reposabrazos. En portada había una fotografía de Alexis Tsipras, el primer ministro griego. Me fijé que tenía un herpes en el labio inferior.

–Que me corten los pies, eso es lo que quiero –le dijo mi madre a Julieta.

A modo de respuesta, Julieta dio un hábil empujoncito a la silla de ruedas con su zapatilla izquierda.

–¿Por qué dice eso, Rose? ¿Qué sentido tiene?

Mi madre empezó a hacer círculos con los hombros, moviéndolos primero hacia delante y después hacia atrás, como si se estuviese precalentando para un combate de lucha libre.

–Nada tiene sentido –contestó.

Julieta estaba pálida y parecía agotada. Se acercó y me entregó una tarjeta de visita.

–Ven a verme a mi estudio, si quieres. Vivo en Carboneras.

No había salido todavía de mi sorpresa, cuando Gómez entró en la sala seguido de Jodo, su gata blanca. El mechón blanco del médico hacía juego con el pelo de la gata. La gata era regordeta y tranquila y ronroneaba sonoramente a los pies de su amo.

–¿Qué tal su fisioterapia, señora Papastergiadis?

–Llámeme Rose.

–Ah, sí, es bueno dejar las formalidades de lado.

–Si se le olvidan las cosas, señor Gómez, escríbaselas en el dorso de la mano.

–Lo haré –dijo.

Julieta le comunicó a su padre que ya había acabado con

la primera parte de la historia clínica, que estaba cansada, que le gustaría descansar veinte minutos y tomarse un café y un pastel. Gómez se llevó la mano al cabello y se peinó con los dedos el mechón de un blanco vívido.

–No hay cansancio posible a horas tan tempranas, enfermera Luz del Sol. Los jóvenes no descansan. Los jóvenes deben permanecer despiertos toda la noche igual que los fareros. Los jóvenes deben discutir hasta el amanecer.

Le pidió a Julieta que repitiese en voz alta los fragmentos relevantes del juramento hipocrático. Ella fue hasta el aparato de grabación y lo apagó.

–Estableceré el régimen de los enfermos de la manera que les sea más provechosa según mis facultades y mi entender, evitando todo mal y toda injusticia –recitó Julieta con tono sombrío.

–Muy bien. Si los jóvenes están cansados deben mejorar su estilo de vida.

Parecía como si estuviese regañándola. ¿Habría visto la patadita que su hija le dio a la silla de ruedas?

Gómez estaba totalmente concentrado en mi madre. Le tomaba el pulso, pero desde lejos parecía una escena íntima, como si estuviesen cogidos de la mano. Él le hablaba con voz suave, como flirteando.

–Veo que todavía no usa el coche, Rose.

–No, tendré que practicar antes de llevar a Sofia por estas carreteras de montaña.

Gómez le presionaba la muñeca levemente con los dedos. Parecían estar quietos, pero se movían un poco. Como una hoja. Como un guijarro en un arroyo.

–Lo ves, Sofia Irina, tu madre está preocupada por tu seguridad.

–Mi hija está malgastando su vida –respondió Rose–. Sofia está gordita y ociosa, y vive de su madre a pesar de ser ya mayorcita.

Es verdad que mi cuerpo ha pasado por todo tipo de tallas a lo largo de mi vida. Las palabras de mi madre son mi espejo. Mi ordenador es el velo que cubre mi vergüenza. Me escondo en él todo el tiempo.

Me metí el ordenador portátil debajo del brazo y salí de la sala de fisioterapia. Jodo me siguió un rato. Sus pisadas eran suaves y silenciosas. Después desapareció. Debí de equivocarme al girar por un pasillo porque me perdí en un laberinto de corredores de mármol lechoso. Aquellas paredes veteadas empezaron a agobiarme, como si se me echasen encima. Mis pisadas sobre el suelo de mármol me recordaron mi primera visita a la clínica, cuando oí el eco amplificado de los pasos de Julieta huyendo de su padre. Ahora era yo quien huía de mi madre. Fue un alivio dar con la puerta de salida de vidrio para poder respirar, por fin, el aire de la montaña y detenerme entre las plantas carnosas y las mimosas.

Podía ver el mar a lo lejos, al pie de la montaña, y una bandera amarilla clavada en la tosca arena de la playa. Aquella bandera me perseguía. ¿Dónde empezaba y terminaba la historia clínica de Medusa? ¿Se sintió impactada, destrozada, horrorizada, al descubrir que ya no era admirada por su belleza? ¿Se sintió desprovista de su feminidad? ¿Elegiría la puerta en la que ponía «Señoras» o la que decía «Caballeros»? ¿«Hommes» o «Femmes»? ¿«Gentlemen» o «Ladies»? Empecé a plantearme si Medusa tendría más poder en su vida como monstruo. ¿Qué he logrado yo en mi propia vida intentando complacer todo el tiempo a todo el mundo? Estar aquí, retorciéndome las manos.

Una ráfaga de arena fina me golpeó las mejillas. Era como si se hubiesen abierto los cielos y lloviese arena. Vi un destello de pelo blanco cuando Jodo corrió a cobijarse bajo las hojas plateadas de una planta carnosa con forma de paraguas. Un operario con mono de trabajo y gafas protectoras estaba lavando la pared cercana a la salida de la clínica con una manguera. La limpiaba con un chorro de arena. Al acercarme distinguí que habían escrito cinco palabras con un espray de pintura azul. Apenas podían leerse, así que el operario ya había intentado borrarlas más de una vez. ¿Era esa la pintada a la que se había referido Gómez días atrás? Pero no ponía «MATASANOS». Podía ver perfectamente la forma de las letras, a pesar del esfuerzo empleado en borrarlas. Era obvio que Gómez había querido decirme que sabía que mi madre lo consideraba un matasanos. Como si el pensamiento de mi madre hubiese cometido por sí mismo el crimen de pintarrajear la pared de su clínica. La pintada azul no consistía en una sola palabra.

Eran cinco.

LUZ DEL SOL ES SEXY

Algunos días va con sombrero, paseando sin rumbo. No tiene a nadie que la lleve en un bote remando hasta las calas pequeñas, nadie que le oiga decir qué clara es aquí el agua oh guau voy a zambullirme para coger esa estrella de mar. Me he dado cuenta de que tiene dos tarjetas de crédito para ayudarla a llegar a fin de mes. ¿Quizá debería ofrecerme a prestarle algo de dinero?

CAZA Y RECOLECCIÓN

–¿Por qué quieres matar una lagartija?

Ingrid estaba agachada en un callejón junto a la pizzería que pertenece a un taxista rumano. Al principio no entendía lo que estaba haciendo y después vi que sostenía un arco y una flecha diminutos. Eran tan pequeños que cabían en la palma de su mano. Apuntaba la flecha a una lagartija que había salido disparada de una grieta en la pared. La flecha rebotó en la pared y cayó al suelo.

–¡Zoffie! Tu sombra me distrajo. Casi siempre doy en el blanco. –Recogió la flecha que tenía una punta afilada y el tamaño de un lápiz y me enseñó el pequeño arco curvado con su hilo de nailon tensado.

–Lo hice yo con bambú.

–Pero ¿por qué quieres matar una lagartija?

Sacudió la cajita de cartón blanco que yo había dejado junto a la pared.

–Parece que no paras de flipar conmigo, Zoffie. ¿Qué llevas en la caja?

–Una pizza.

–¿Qué tipo de pizza?

–Margarita con extra de queso.

–Deberías comer más ensaladas.

Ingrid lleva su larga cabellera recogida en un moño alto. Parece una estatua, fuerte y musculada en su vestido de algodón blanco con cintas entrelazadas. Lleva unas playeras también blancas. Cuando la lagartija volvió a asomar por la grieta, Ingrid me hizo un gesto para que me apartase. Tenía la cola verde y círculos azules en el lomo.

–¡Apártate! Márchate, Zoffie, estoy trabajando. ¿Ya has liberado al perro de Pablo?

–No. Esta mañana despidió a uno de los marroquíes. Pablo todavía le debe dinero.

–No le pagará jamás, Zoffie. Tienes que ser menos sensible, tener la piel más dura, como la de nuestra amiga la lagartija.

Le pregunté si podía sacarle una foto con el arco y la flecha.

–Adelante.

Saqué mi iPhone y enfoqué a su cabeza.

¿Quién es Ingrid Bauer?

¿Cuáles son sus creencias y ceremonias sagradas? ¿Tiene autonomía económica? ¿Cuáles son sus rituales con la sangre menstrual? ¿Cómo reacciona ante la estación invernal? ¿Cuál es su actitud frente a los mendigos? ¿Cree que tiene alma? Si es así, ¿qué animal la representaría? ¿Un pájaro o un tigre? ¿Tiene la aplicación de Uber en el móvil? Sus labios son tan suaves.

Apreté el icono de lapso temporal, después el de ralentizar la velocidad de disparo y a continuación el de foto. A través de la lente la vi abrir la caja y sacar la pizza. Frunció el gesto al ver el queso naranja solidificado y la tiró al suelo.

–Prefiero comerme la lagartija. ¿Has sacado ya la foto?

–Sí.

–¿Qué vas a hacer con la foto?

–Acordarme del mes de agosto en Almería contigo.

–La memoria es una bomba.

–¿Ah, sí?
–Sí.
–¿Qué vas a hacer con la lagartija cuando la atrapes?
–Estudiar el diseño geométrico de su piel. Me inspira ideas para mis bordados. En cualquier momento volverá a salir de la pared. ¡Apártate! ¡Apártate!

Como no me moví, corrió hacia mí en sus playeras blancas como si fuese a atacarme. Me rodeó la cintura con los brazos y me levantó por encima de la cabeza, para después volver a bajarme y levantarme el vestido con una mano. La sentí temblar como la flor del jacarandá al desprenderse del árbol que había detrás del muro.

–¡Eres un monstruo, Zoffie! –Se apartó de mí y le dio una patada a la caja de la pizza–. Vete a estudiar algún poblado de la Edad de Piedra o algo por el estilo. ¿Es que no tienes nada que hacer?

Claro que tengo algo que hacer. Estoy estudiando el arco y la flecha de Ingrid Bauer. En mi mente está cobrando cada vez mayor tamaño hasta convertirse en un arma que podría herir a su presa. El arco tiene forma de labios. La punta de la flecha es afilada. ¿Por qué le parezco un monstruo a Ingrid? Cree que soy una criatura extraña. Soy su criatura. Su flecha apunta a mi corazón.

Me siento muy ligera. Como una flecha en pleno vuelo.

Era la última hora de la tarde y la playa estaba vacía. Entré en el mar tibio y oleaginoso, por fin despejado de colchonetas hinchables y embarcaciones de plástico. Me dije para mis adentros que nadaría hasta llegar al norte de África, cuya costa podía ver vagamente perfilada en el horizonte. Para nadar a crol durante un largo trecho siempre me imagino que pongo rumbo a un país totalmente distinto, que me dirijo hacia un lugar al que es imposible llegar. El agua fue tornándose más clara y limpia a medida que me alejaba de la costa.

Después de nadar cerca de treinta minutos me detuve y me puse a hacer el muerto bajo el sol, sintiendo cómo mis labios volvían a agrietarse por la sal y el calor.

Estoy lejos de la costa, pero no lo suficientemente perdida. Debo regresar a casa, pero no tengo un lugar adonde ir que sea mío. No tengo trabajo, dinero ni un amante que se alegre de mi regreso. Al girarme de cara al agua, las vi allí flotando. Las medusas, lentas y tranquilas como naves espaciales, delicadas y peligrosas. Sentí un latigazo de dolor, un ardor intenso justo debajo del hombro izquierdo, y empecé a nadar de vuelta a la costa. Sentía como si me desollasen viva al picarme las medusas una y otra vez. Me dirigí cojeando por la arena hacia el puesto de primeros auxilios y el estudiante barbado parecía estar esperándome, porque ya tenía el tubo de ungüento especial en la mano. Me volví para enseñarle la espalda y me dijo: «Esto tiene muy muuuuy mal aspecto.» Me pasó los dedos por las marcas que las medusas me habían dejado en la espalda. Era un dolor insoportable, a pesar de que el roce de su mano era muy leve al extender el ungüento en círculos. Al principio me habló en un tono tranquilizador, como el de una madre, quizá, no lo sé.

–Te vi nadar mar adentro. ¿No viste la bandera? –Subió un poco la voz–. Te grité varias veces, Sofia.

Se acordaba de mi nombre.

–Sofia Papastergiadis, ¿puedes respirar?

–No.

–Estás loca al nadar tan adentro cuando está la bandera de medusas.

Ahora gritaba, como un hermano, quizá como un amante, no lo sé. Estaba pasando algo raro, porque sentí ganas de tirarlo al suelo y hacerle el amor. Tantas picaduras habían despertado el deseo en mí. Un deseo desbordante. Me estaba transformando de tal modo que no me reconocía. Estaba aterrada de mí misma.

El estudiante me tomó de la mano y me condujo hasta una mesa baja. Me tumbé sobre el lado derecho (imposible tumbarme boca arriba) y él me dio un almohadón para apoyar la cabeza. Cuando acercó una silla y se sentó junto a mí yo estaba superexcitada de solo ver cómo se acariciaba la barba. Las picaduras me tenían electrificada. Oí un borboteo. Se había puesto de pie, había cogido un balde de agua y me estaba quitando la arena de los pies. Lo que yo deseaba era que se subiese a la mesa y cubriese mi cuerpo con el suyo y deseaba abrazarle la cintura con las piernas como una amante y deseaba darle tanto placer que acabase tumbando el puesto de primeros auxilios con sus gritos. Él, en cambio, me acercó el formulario para que lo rellenase.

Nombre:
Edad:
País de origen:
Ocupación:

Esta vez dejé todo en blanco, excepto el apartado Ocupación, donde escribí: Monstruo. Él miró el formulario y luego me miró a mí.

–Pero tú eres una mujer hermosa –dijo.

La noche era húmeda y tranquila. No podía dormir. No había postura que no me irritase la espalda, los hombros o los muslos. Ya había tirado al suelo la sábana que me cubría. Débil y sedienta como estaba, debí de sufrir alucinaciones porque vi a mi madre de pie junto a mi cama. Me pareció muy alta. Recogió la sábana del suelo y me cubrió con ella. Una voz masculina empezó a susurrarme en español al oído. Me decía que visitase las salinas en el pueblo de Almadraba de Molteleva, las palmeras de Las Presillas Bajas y las montañas de El Cerro Negro. Debía de ser el estudiante del puesto de primeros auxilios. Dos horas después, en mi delirio, sentí el perfume de la colonia de Matthew. No había podido quitármelo de la cabeza desde que vi la pintada en la pared de la clínica. Había alguien más en mi habitación, respirando, al acecho. Me dormí y, cuando desperté, vi una mujer con la melena rubia peinada con las puntas hacia arriba como una estrella de cine antiguo. Llevaba un vestido de noche rojo sin espalda y sostenía un bote de cristal en sus manos enguantadas.

–Zoffie, déjame ver las picaduras.

Me levanté la blusa.

–Oh, pobrecita, esos monstruos marinos son malvados. Parece que has estado en una guerra.

Rose gritó desde otra habitación.

–Sofia, hay alguien en la casa.

Me tapé la cabeza con la sábana.

Ingrid me destapó.

–¿Le has dicho a tu madre que nunca cierras la puerta con llave?

–No.

Ingrid se quitó el guante blanco de la mano derecha.

–Te he traído miel de manuka para tus labios agrietados. –Metió un dedo en el bote y me extendió la miel por los labios–. Estás tomando demasiado sol, Zoffie.

–Me gusta estar morena.

–¿Dónde está tu padre?

–En Atenas. Tengo una nueva hermanita. Tiene tres meses.

–¿Tienes una hermana? ¿Cómo se llama?

–No lo sé.

–Yo también tengo una hermana. Vive en Düsseldorf. –Tomó aire y sopló encima de las marcas que me dejó la medusa–. ¿Te alivia?

–Sí.

Me dijo que iba a una fiesta de los años treinta en la tienda de ropa *vintage*. Que una orquesta de Almería iba a tocar música de esa época. Que esperaba que pudiera oír la música desde mi lecho de enferma, que pensase en ella y que ella cogería unos jazmines del desierto y pensaría en mí. Me acarició el hombro con su guante blanco.

–¿Te gusta el sabor de la miel?

–Sí –contesté.

Me dijo que se sabía todos los pasos de los bailes de los años treinta, pero que preferiría salir a galopar a caballo por las montañas porque tenía demasiada energía para emplearla solo en bailes lentos.

–¿Puedo tumbarme un rato contigo, Zoffie?

–Sí.

–Eres un monstruo –susurró.

Se inclinó sobre mí y lamió la miel de mis labios. Cuando se puso de pie, los pliegues de su vestido rojo rozaron las baldosas del suelo. Se quedó quieta durante mucho tiempo.

Después de un rato empecé a sentir el mismo pánico que había experimentado en el baño de señoras el día que la conocí. Quería que se fuera, pero no sabía cómo pedírselo. Cuando le dije que debía levantarme para alcanzarle agua a mi madre, se rió en la oscuridad.

–Si quieres que me vaya, ¿por qué no lo dices?

Dos moscas volaron en círculo junto a mis labios. Tengo que ser más atrevida. No quiero que esté ahí, al acecho, en la oscuridad. Me resulta tan difícil decir en voz alta las cosas que quiero decir.

–¿Irás a visitarme a Berlín?

–Sí.

Empezó a hablar otra vez en susurros allí de pie, como una doliente glamourosa en un velatorio. Me dijo que quería que pasase la Navidad con ella y que me pagaría el pasaje. En Berlín hacía mucho frío en invierno. Tenía que ponerme un abrigo grueso y ella me llevaría de paseo en un coche de caballos. Los usaban los turistas, pero a ella le gustaban, sobre todo cuando nevaba. El paseo empezaba en la Puerta de Brandeburgo y terminaba en Checkpoint Charlie. Ella sostendría una ramita de muérdago encima de mi cabeza y yo tendría que cumplir las reglas del ritual. Parecía insinuar que sería el muérdago, y no mi libre albedrío, lo que me conduciría hasta sus labios.

–¿Pasearás conmigo en uno de esos estúpidos carruajes?

–Sí.

–¿Te parece bien que te haya visitado tan tarde?

–Sí.

–¿Estás contenta de que nos hayamos conocido, Zoffie?

–Sí.

Salió de mi habitación y se marchó por la puerta que nunca cerraba con llave.

ATREVIMIENTO

El mercado de pescado del pueblo resultó estar cerca de la pizzería rumana en el subsuelo de un edificio de apartamentos. Pocos turistas sabían que estaba ahí, pero cuando entré aquello estaba atestado de mujeres del pueblo comprando la pesca del día.

Gómez me había sugerido que robase un pescado para adquirir más valor y determinación. Consideré la tarea como un experimento antropológico, aunque rayaba en algo parecido a la magia o, quizá, al pensamiento mágico. Cuando busqué en Google cómo limpiar pescado, aparecieron más de nueve millones de resultados.

El primer pescado que me llamó la atención como ladrona fue un rape con cara de monstruo que boqueaba con las fauces abiertas exhibiendo una doble fila de afilados dientecitos. Le metí un dedo en la boca tímidamente y descubrí un mundo desconocido, igual que Colón cuando descubrió las Bahamas. La pescadera, una mujer temible con su delantal de plástico amarillo, me gritó en español que no tocara los pescados. Ya me había puesto en evidencia, cuando el objetivo de un ladrón es deslizarse sin ser visto en la noche, no en la boca de un pescado. Yo llevaba colgada al hombro una cesta con correas de cuero que me rozaban las picaduras de medusa, convertidas ya en abultadas marcas, en una intrincada y extensa red de tatuajes trazada a fuerza de veneno. La pescadera, que en aquel momento estaba pesando tres caballas en una balanza antigua de bronce, no les quitaba ojo a los clientes, incluida la delincuente que había entre ellos. Aquella pesca era su sustento, ella les pagaba a los pescadores con una parte de la venta del botín conseguido con gran esfuerzo, pero en aquel momento yo no podía pensar en eso.

Me acerqué a las plateadas sardinas; podría robar una sin ningún problema, pero sería algo tan nimio que ni valía la pena el riesgo. Las mujeres fruncían el ceño y movían la cabeza delante de la balanza, como si no pudiesen creer lo que marcaba. A veces me incluían en la conversación, alzando las manos en una caricaturesca desesperación ante el peso exagerado de un pescado que parecía engañosamente delicado.

Estudié los bigotudos langostinos, gris claro y ojos negros saltones. Eran los profesores del mar, pero no hacían que me sintiera atrevida. Un enorme atún yacía en un colchón de hielo. ¿Y si lo dejaba caer dentro de la cesta? No cabría. Tendría que cogerlo con las dos manos, apretarlo contra el pecho y echarme a correr con los ojos cerrados por el pueblo, a ver qué me deparaba la suerte. Era la joya más preciosa del mercado, la esmeralda del mar. Alargué la mano hacia él, pero no pude ir más allá. Un atún era algo demasiado ambicioso, más que atrevido era temerario.

La novia sueca de Ingmar, que era dueña de uno de los restaurantes más caros de la playa, entró en el mercado y saludó a la muchedumbre a gritos. Alguien le alabó los zapatos de ante turquesa que llevaba puestos y que tenían una hilera de campanillas doradas cosidas en el empeine. Era joven y rica, así que todos sabían que compraría mucha mercancía para su restaurante, aunque regateando. Llevaba un vestido de croché rosa y los labios delineados con lápiz rosa de forma que solo resaltaba su contorno. No entiendo cómo a alguien puede gustarle pintarse solo el contorno de los labios. Le pidió a la pescadera las tres langostas, el rape y que pesara el atún. Hablaba demasiado alto. Quizá ella no pudiese oírse a sí misma, pero nosotros sí que podíamos. Las campanillas de sus zapatos tintineaban cada vez que movía los pies. Hizo una oferta por el atún, todos la escuchaban, y a continuación soltó su amenaza. Como no le quedaba ningún margen de ganancia, si no le hacían un buen precio no tendría más remedio que ir a comprar todo el pescado a Almería.

Era evidente que alzando la voz atraía la atención e intimidaba, pero ¿era atrevida? ¿Quería yo ser atrevida como ella? ¿Qué tipo de atrevimiento quería lograr yo?

Me alejé de su lado para echar una ojeada a la pila de viscosos pulpos. Gómez había saboreado uno como aquellos con enorme deleite. Un pulpo sería fácil de robar, ya que era amorfo y blando. Coloqué la cesta debajo del mostrador de mármol y me preparé mentalmente para deslizarlo dentro con la mano. Me detuve. Aquello, más que hacerme sentir atrevida, me inquietaba. Si estaba vivo, cambiaría su identidad para imitar la de su depredador. Quizá hasta se mimetizara con el color y la textura de mi piel, que también es capaz de mudar de color en un estado de excitación, humillación o miedo. La piel del pulpo podría expresar un estado de ánimo, podría sonrojarse como me pasa a mí cada vez que me piden que deletree mi apellido. Miré sus ojos raros, inteligentes y muertos, sus pupilas dilatadas, y sentí vergüenza, así que aparté la vista y entonces fue cuando vi mi pescado. Me miraba directamente con ojos furibundos. Era una dorada regordeta y colérica. Supe que estaba destinada a ser mía.

La novia de Ingmar me fue de gran ayuda porque todo el mundo la estaba mirando. No despertaba ningún afecto en la comunidad. Era audaz, pero no atrevida.

Para robar la dorada tenía que vencer mi miedo a ser descubierta y a quedar en evidencia. Relajé todos los músculos hasta quedar quieta como una mansurrona, que rima con ladrona. Me acerqué a la dorada muy despacio y con la mano izquierda toqué el cartelito del precio de los langostinos para distraer a la pescadera mientras deslizaba la malhumorada dorada dentro de mi cesta con la mano derecha.

Por lo que yo había observado, aquel era el modelo adoptado por la mayoría de los políticos para dirigir sus democracias o dictaduras. Si la realidad de la mano derecha sufre interferencias por parte de la mano izquierda, sería acertado afirmar que esa realidad no es un producto estable. Alguien chocó contra mi espalda, cerca de donde tenía las picaduras de medusa, pero no hice caso y salí directa por la puerta. Me di cuenta de que lo había hecho sin perder tiempo y de que habían surgido en mí una determinación y una intencionalidad nuevas. Mi determinación era abrumadora. Había bloqueado los accesos a todos mis otros sentidos, las ventanas de la nariz, los ojos, la boca, los oídos. Me había convertido en alguien con una idea fija, ajena a todo lo demás. La determinación exige que el sujeto pierda algunas cosas y gane otras, pero no estaba segura de que valiese la pena.

Ya en la cocina del apartamento en la playa, levanté la dorada sosteniéndola por la cola y la miré a los ojos. Sí, seguía estando furiosa. Su humor no había cambiado. Era pesada. Gorda, brillante y lustrosa. Era un pescado grande. Me quité los zapatos y dejé que los dedos de mis pies se estirasen sobre el suelo. El perro de la escuela de buceo aullaba desconsoladamente mientras yo sentía todo el peso de la gravedad anclándome al suelo. Agarré el pescado por la cabeza y empecé a raspar las escamas con un cuchillo desafilado. El perro de Pablo estaba desquiciado, no había ni un segundo de silencio entre un ladrido y otro. Puse el pescado de costado, le clavé el cuchillo en la cola y lo deslicé a todo lo largo del cuerpo hasta la cabeza. El lado griego de mi familia, el de

Tesalónica, no necesitaba buscar en Google para saber cómo se limpia un pescado. Le abrí el vientre y llegué a las tripas, que eran blancas y viscosas. Mis antepasados de la Grecia antigua pescarían platijas en las zonas poco profundas del Egeo. El lado inglés de mi familia, el de Yorkshire, compraba el pescado a los pesqueros de arrastre del puerto, a hombres que habían sobrevivido a los mares árticos y que pasaban diez horas en cubierta en medio de fuertes vientos.

Aquel pescado tenía un montón de sangre. La sangre me chorreaba por las manos. Si en ese momento alguien hubiera aporreado la puerta reclamando el producto robado, me habrían pillado con las manos en la masa.

El pobre perro alsaciano había recobrado energía para reanudar sus aullidos. Estaba histérico y me estaba volviendo completamente loca. Solté el cuchillo, corrí descalza por la arena hasta la entrada de la escuela de buceo y abrí la puerta de un empujón con mi hombro lleno de ampollas.

PABLO. PABLO. PABLO. ¿Dónde está?

Pablo estaba inclinado delante de su ordenador con un vaso de vermú en la mano. Un hombre robusto, de mediana edad, de cabello negro, grueso y grasiento, que llevaba peinado con raya a un lado, levantó la vista de la pantalla, me miró con sus grandes ojos marrones y somnolientos, y se sobresaltó.

–Suelta al perro, Pablo.

Había un espejo colgado en la pared a sus espaldas. Tenía las mejillas chorreteadas de la sangre del pescado y del pelo me colgaban trozos de las entrañas. Más que pelo, lo mío era una maraña de rizos enredados de tanto nadar en el mar a diario. Yo era una especie de monstruo marino surgido de los caracoles y las estrellas de mar que decoraban el marco de aquel espejo. Me aterroricé a mí misma y también estaba aterrorizando a Pablo.

Apartó la silla como disponiéndose a salir corriendo, pero luego debió de cambiar de parecer, porque volvió a sentarse y se llevó una mano a los ojos. Tenía un anillo de oro en el dedo meñique. La banda de oro estaba incrustada en la carne regordeta.

–Si no sale ahora mismo de mi casa llamaré a la policía –dijo. Tuve que hacer un esfuerzo para oír el resto porque el perro había intensificado sus intentos por lograr la libertad, pero entendí la mitad de lo que decía–. Mi hermano es el policía de este pueblo y mi primo es el policía del pueblo de al lado y mi mejor amigo es el policía de Carboneras.

Le agarré de la mano donde tenía incrustado el anillo de oro y apreté mi frente contra la suya, mientras su mano derecha buscaba algo a tientas debajo de la mesa. Quizá fuese una alarma conectada a su extensa familia de policías. Me pidió que me quitase de en medio para poder subir la escalera que conducía a la azotea.

Di un paso atrás. Era un hombre corpulento. Para mantener el equilibrio, apoyé una mano en la pared blanca recién pintada esperando que él se moviese. Quedó marcada la huella de una mano ensangrentada, así que hice otra. Y otra. La pared de la escuela de buceo empezaba a parecerse a una pintura rupestre.

Pablo me gritó e insultó en español y luego se marchó escaleras arriba. Llevaba un hueso en la mano, un hueso amarillo y apestoso. Eso es lo que intentaba coger de debajo de la mesa.

Pablo estaba en la azotea con su hueso y su perro. Le daba patadas a una silla. El perro había parado de ladrar y había empezado a gruñir, y Pablo chasqueaba la lengua, lo cual parecía tener un efecto calmante.

Oí que caía una maceta y se hacía añicos.

Dentro de la recepción de la escuela de buceo se estaba fresco. El teléfono empezó a sonar sobre la mesa de Pablo, junto a una espiral de citronela encendida y a su vaso de vermú. Saltó el contestador automático: «Hablamos alemán, holandés, inglés y español y enseñamos a principiantes y profesionales.»

Me llevé el vaso a mis labios agrietados y, despacio, tranquilamente, bebí un sorbito. En el flamante silencio oí el mar como si tuviese el oído pegado al lecho marino. Podía oírlo todo. El estruendoso terremoto de un barco y los cangrejos moviéndose entre las algas.

AUSTERIDAD Y ABUNDANCIA

–¡Zoffie! ¡Va a haber una masacre!

Llamé a Ingrid y la invité a cenar conmigo la dorada para celebrar la liberación del perro de Pablo. Aceptó, dijo que vendría a las nueve en punto.

Me duché y me puse aceite en el pelo y después fui hasta la plaza para comprarle una sandía a la mujer de la furgoneta que al principio creí que era un hombre. Estaba sentada en el asiento del conductor con su nieto despatarrado encima del regazo. Estaban comiendo higos. Unos higos morados y polvorientos, del color del crepúsculo. Le dijo al niño que me eligiera una sandía, él lo hizo y cuando ella cogió el dinero lo guardó en una cartera de algodón que llevaba atada alrededor de la cintura de su vestido negro. Se había quitado las sandalias y las había puesto en el bolsillo de la puerta de la furgoneta. Me fijé en una bola de hueso que le crecía como un islote en el borde del pie derecho. Tenía los brazos fuertes y morenos, los pómulos quemados por el sol y las caderas anchas, que acomodó para dejar espacio a su nieto cuando este volvió a trepar a su regazo. Su cuerpo. ¿A quién le gusta? ¿Para qué servirá? ¿Es feo o es otra cosa? Puso en silencio otro higo en la mano del niño al tiempo que apoyaba el mentón en su cabecita. Era una campesina y una abuela que se encargaba de su propia economía con la cartera de dinero apretada contra el vientre.

Ingrid Bauer entró por la puerta abierta sin llamar, justo cuando yo metía la dorada en el horno. Llevaba unos shorts plateados y sus sandalias romanas plateadas atadas hasta debajo de la rodilla. También llevaba las uñas de los pies pintadas de plata. La conduje hasta la mesa de la terraza que había dispuesto para un festín. Incluso había encontrado platos a juego, cubertería y copas de vino. Había metido un cuenco con trocitos de sandía y menta a enfriar en la nevera. Había preparado una tarta de queso. Sí, esta vez había hecho yo solita mi propia tarta agridulce de queso al amaretto, con galletitas amaretti, licor amaretto dulce y ralladura de naranja amarga de Sevilla.

Era el comienzo de una vida atrevida.

Le ofrecí vino a Ingrid, pero prefirió agua. Yo siempre tenía un montón de agua preparada para Rose, así que no me supuso ningún problema. Era la clase de agua adecuada para Ingrid. Se sentó cerca de mí.

Y después más cerca.

–¿Así que liberaste al perro?

–Sí.

–¿Lo miraste a los ojos?

–No.

–¿Le diste carne?

–No.

–¿Lo soltaste y ya está?

–Lo soltó Pablo.

–¿Y el perro estaba tranquilo y le lamió las piernas?

–No.

Las dos sabíamos que Pablo había sido visto esa tarde paseando a su perro por el pueblo. Fue una catástrofe. El perro había intentado morderle la mano a una belga que estaba en el bar esperando a que le devolvieran el cambio. Tuvieron que ponerle un bozal, y Pablo no paraba de gritar y de dar puntapiés a todo lo que encontraba en su camino. Tendrían que haberle puesto un bozal a Pablo, pero iba protegido por su ejército de policías.

–¡Enhorabuena, Zoffie!

Me dio un regalo, una blusa amarilla de seda sin espalda ni mangas, que se ataba en la nuca. Dijo que la seda aliviaría el escozor de las picaduras de medusa y señaló el lado izquierdo, donde había bordado mis iniciales en hilo de seda azul. SP. Debajo de SP había bordado la palabra «Querida».

Querida.

Ser Querida era ser algo muy ajeno a mí. La blusa de seda olía a su champú y a miel de manuka y a pimienta. Ninguna de las dos dijo nada sobre la palabra «Querida», pero ambas sabíamos que estaba ahí y que su aguja era la autora. Ingrid me dijo que podía coser cualquier tipo de material si disponía de la aguja adecuada (un zapato, un cinturón, incluso metal muy fino y distintos tipos de plástico), pero lo que más le gustaba trabajar era la seda.

–Está viva como un pájaro –dijo–. Tengo que atraparla con mi aguja y obligarla a obedecerme.

Coser era su forma de mantener juntas las cosas. Le gustaba arreglar algo que parecía imposible de reparar. Solía usar una lupa para encontrar la solución a un desgarrón oculto en el tejido. La aguja era el instrumento con el que pensar y bordar todo aquello que cruzaba por su mente. Tenía esa regla, no censurar jamás ninguna palabra ni imagen que le surgiera. Ese día había bordado una serpiente, una estrella y un puro en dos camisas y en el bajo de una falda.

Le pedí que repitiese lo que acababa de decir.

–Una serpiente. Una estrella. Un puro.

Dijo que la palabra que bordó en mi blusa surgió de una idea que tenía en mente porque había estado pensando en su hermana de Düsseldorf.

–¿Cómo se llama tu hermana?

–Hannah.

–¿Es mayor o menor que tú?

–Yo soy la mayor, la mala.

–¿Por qué eres mala?

–Pregúntale a Matty.

–Te lo pregunto a ti.

–Vale, te lo diré.

Se bebió el vaso de agua de un trago y lo depositó de golpe sobre la mesa. Se le llenaron los ojos de lágrimas.

–No, no te lo diré. Yo estaba hablando de mi costura.

Parece ser que había montones de ropa de la tienda *vintage* esperando a que su aguja la transformase. Lo mismo pasaba en Berlín y ahora tenía un contacto en China que le enviaba paquetes de ropa para reformar. Lo que más le interesaba era la geometría, que era lo que había estudiado en la universidad, en Baviera, y lo que le gustaba de la aguja era su precisión. Prefería la simetría y la estructura. Eran el motor de sus ideas. No se sentía limitada por la simetría sino que esta le proporcionaba un espacio de libertad. Una libertad mayor que la que jamás lograría el perro de Pablo.

Me pasó el brazo por los hombros y sus dedos estaban fríos como agujas. Yo no esperaba ser la destinataria de una palabra tan contundente como «Querida», escrita con hilo de seda azul y con las iniciales de mi nombre flotando por encima. Ingrid había dejado que la palabra surgiese libremente, eso es lo que dijo, lo primero que aflorase en su cabeza era lo que se convertía en el diseño.

Ingrid se secó los ojos con el dorso de la mano y me dijo que no podía quedarse.

–No te vayas, Ingrid. –Le besé la húmeda mejilla y le susurré un gracias por su precioso regalo. En sus orejas perforadas resplandecían unas perlas diminutas.

–Tú siempre estás trabajando, Zoffie. No quiero molestarte.

–¿Qué quieres decir con que siempre estoy trabajando?

–Para ti todo el mundo representa un trabajo de campo. Me hace sentirme rara. Es como si estuvieses observándome todo el rato. ¿Cuál es la diferencia entre estudiar antropología y ejercerla?

–Bueno, si la ejerciera me pagarían.

–No es eso a lo que me refiero. De todas formas, si necesitas dinero, yo puedo prestártelo. Tengo que irme.

Ingrid y Matthew habían quedado con unos amigos esa noche en un bar de tapas. Después irían todos a una fiesta que daba un amigo DJ en un descampado en las afueras del pueblo. En aquel momento Matthew estaba montando las luces. Se suponía que ella se encargaría de llevar en el coche un montón de cubos y bolsas de hielo para la fiesta, pero en lugar de eso se había quedado bordando mi blusa. No daría tiempo a que se enfriase la cerveza antes de que llegase todo el mundo y parecía que era por mi culpa.

–Gracias por el agua, Zoffie. La necesito porque después me voy a coger una buena borrachera.

Vi que, al salir por la puerta, se detuvo unos segundos junto a la mesa dispuesta para dos en la terraza. Y después continuó rumbo a su vida real.

¿Era así como era ser querida por Ingrid Bauer?

Sobre la mesa de la cocina había dos cuchillos muy afilados junto a una copia de un ánfora griega antigua. Guardé los cuchillos en el cajón y me detuve a observar con más detenimiento el ánfora color azafrán. Tenía un friso dibujado en resina negra representando siete esclavas negras que portaban cántaros en la cabeza y esperaban su turno frente a una fuente para coger agua. Era obvio que el ánfora era falsa, pero mostraba una imagen de la vida cotidiana que era real desde un punto de vista histórico. Era difícil llevar el agua al interior de las ciudades griegas mediante canales, así que había que ir a buscarla a las fuentes públicas. Los hombres acaudalados bebían vino mezclado con el agua que las esclavas les llevaban a su casa, pero las mujeres no tenían casa propia. Esa noche era la primera vez que invitaba a alguien a mi hogar transitorio en España. Todo se había estropeado cuando le pregunté a Ingrid sobre su hermana.

Apagué el horno con la dorada dentro y de pronto me vi atravesando la playa rumbo al puesto de primeros auxilios.

Me estaba volviendo atrevida.

Invité a cenar al estudiante.

Pareció sorprendido y después contento.

–Te interesará saber que me llamo Juan –dijo.

–Sí –contesté–; y necesitaré saber tu fecha de nacimiento, país de origen y ocupación.

Estaba grapando los formularios de ese día todos juntos (catorce picaduras de medusa registradas), pero me dijo que se reuniría conmigo en veinte minutos y me agradeció la invitación. ¿Sabía que el perro de Pablo había desenterrado toda una fila de sombrillas en la playa? Los hermanos de Pablo habían corrido tras él para atraparlo, así que el perro se metió en el mar presa del pánico. Había nadado mar adentro y había desaparecido. Nadie sabía adónde había ido a parar el perro de Pablo ni si se había ahogado. Si el pastor alemán continuaba con vida, el puesto de primeros auxilios tendría que ocuparse de heridas mucho peores que las picaduras de medusa. El estudiante se echó a reír mientras se recogía el pelo castaño con los dedos. Tenía un cuello largo y grácil.

–Pablo va diciendo que tú lo amenazaste.

–Sí, con la sangre del pescado que vas a cenar conmigo.

Nuestras miradas se encontraron y clavé mis ojos en los suyos con toda la fuerza de alguien que es querido. Yo sabía que Ingrid me había rechazado, pero eso quedaba al margen de lo que mi mirada le estaba diciendo.

Llegó con cuatro botellines de cerveza. Me dijo que los tenía en la nevera del puesto de primeros auxilios. Preguntó por mi madre. Le contesté que estaba durmiendo y que, por primera vez, no había cerrado las cortinas para ocultar las «desquiciadas estrellas». Nos comimos la dorada sentados uno frente al otro en la mesa dispuesta para dos en la terraza. La carne blanca del pescado estaba tierna bajo su piel plateada. El estudiante me dijo que era un pescado suculento porque tenía una capa de grasa entre la piel y la carne. Después nadamos desnudos en la tibia noche y besó todas las picaduras de medusa que yo tenía en el cuerpo, las marcas y las ampollas, hasta hacer que me lamentase de no tener más. Lo que me había picado era el deseo. Él era mi amante y yo su conquistadora. Hubiera sido acertado afirmar que yo era muy atrevida.

Me ha destrozado el corazón con sus garras de monstruo.

BISUTERÍA

Rose estaba sentada, carente de todo entusiasmo, al volante del coche alquilado mientras yo limpiaba los cristales con un trapo. Eran las once de la mañana y el sol me abrasaba la nuca. Mi madre iba a llevarme a un mercadillo que se montaba los domingos cerca del aeropuerto para comprar fruta y verdura para toda la semana. Juan me había hablado de un puesto donde vendían unas uvas verdes dulces del norte de África y también tenía que encontrar un bote de leche de coco para llevarlo esa tarde a casa de Ingrid, porque me había invitado a hacer helados. Rose estaba callada y no tan resentida como de costumbre, algo raro en ella. Normalmente, eso era lo que me transmitía mi madre, resentimiento. Era una persona resentida, no conmigo (aunque algo de eso había, por supuesto), sino que estaba como enfadada con el mundo.

–Siempre estás en las nubes, Sofia.

No estoy en las nubes, estoy demasiado pegada al suelo. Demasiado pegada a sus enfados.

Sentía los pinchazos de las picaduras de medusa, pero me gustaba esa sensación en la piel, igual que me gustaba sentir la palabra «Querida» bordada en mi blusa nueva. Querida era el antídoto contra las picaduras. Rose había arrancado el coche con gesto impaciente, así que tiré el trapo dentro del cubo y lo escondí detrás de un cartel en el que ponía «HOTEL FAMILY. HABITACIONES LIBRES». Familias furiosas que echan humo, otras en estado de ebullición; familias monógamas, polígamas, por línea materna, por línea paterna, nucleares.

Nosotras somos madre e hija, pero ¿somos una familia?

Subí al coche y cerré la puerta con ímpetu.

¿Cómo iba a conducir mi madre si no sentía las piernas? Pero lo hizo. Movió los pies del embrague al freno, al acelerador, y a mí solo me quedaba confiar en que aquello no se le fuera de las manos y en que regresaría a casa ilesa para seguir llevándole agua aunque no fuera el agua adecuada. Al mercado se iba todo recto por la autovía recién asfaltada. Rose conducía muy rápido. Estaba disfrutando e iba con el brazo izquierdo apoyado en la ventanilla abierta. Cuando me preguntó por qué nunca había aprendido a conducir, le recordé que había suspendido el examen práctico cuatro veces y también el teórico y que después de eso decidí darlo por perdido y me compré una bicicleta.

–Sí –dijo–. No te imagino conduciendo.

¿Cómo hacemos para no imaginar algo? ¿Qué pasaría si yo digo que no me imagino la sexualidad humana? ¿Qué pasaría si no me imagino la sexualidad humana de una forma que todavía no me han descrito? ¿Qué pasaría si no me imagino otra cultura? ¿Cómo comenzaría el día y cómo finalizaría si estuviese fuera de mi alcance imaginar Grecia, el país natal de mi padre? ¿Qué pasaría si me fuera imposible imaginar que él echa de menos a la hija que ha abandonado y que un día podríamos reconciliarnos?

Bajé la mirada hacia el pie de mi madre apoyado sobre el freno. Levantaba los dedos del pie y luego volvía a apoyarlos en el pedal con delicadeza y seguridad.

–Yo puedo imaginarte caminando a lo largo de toda la playa –le dije.

A modo de respuesta, empezó a cantar la letra de un himno: «Y estos pies en tiempos remotos / recorrieron las verdes montañas inglesas.»

Ojalá. Los pies de mi madre están casi siempre en huelga, pero no tengo claro cuáles son sus reivindicaciones ni qué se está negociando. De pie calza un cuarenta y tres. Tiene la mandíbula grande. Nuestros antepasados desarrollaron una mandíbula prominente porque siempre estaban luchando. Vivir continuamente enfadado es agotador. Mi madre necesita su mandíbula para acabar con todo aquel que intente apartarla de su dosis de resentimiento. Yo necesito encontrar algo que despierte mi interés, porque no recibo ningún sueldo que me ayude a mantener el interés en los síntomas de mi madre. He abandonado el doctorado, que hubiese contribuido a desarrollar mis intereses de forma pública y no privada, además de otorgarme un título que me habilitase a enseñar la asignatura que ocupa todo mi tiempo. Obtener un título es otro de mis problemas.

Rose puso el intermitente y giró a la derecha, en dirección al mar.

–Parece que has hecho algunos amigos aquí en Almería.

No contesté.

–Hay algo que debo decirte sobre tu padre. Comparado con el mío, tu padre es un hombre afectuoso.

Ahora me vendría bien zamparme una de esas pastillas que toma mi madre contra el mareo, pero se las habían suprimido del menú de medicamentos. Mi padre es un hombre tan increíblemente afectuoso que no ha hecho el más mínimo esfuerzo por ponerse en contacto conmigo en once años.

Quizá las sesiones con Julieta Gómez para elaborar su historia clínica estuvieran ofreciéndole a Rose una visión diferente de su exmarido. Mi madre tenía su propia opinión sobre la enfermera Luz del Sol. Mientras aceleraba por la autopista, Rose afirmó tener muy claro que Julieta era alcohólica. El aliento solía olerle a alcohol durante las sesiones de fisioterapia. La verdad es que, desde el punto de vista ético, era preocupante.

Conducía demasiado rápido. Yo contenía la respiración y, a la vez, me mordía los labios agrietados.

–Julieta es astuta. Muy inteligente. Nunca me juzga, Sofia, por eso soy reacia a juzgarla. Pero es complicado y voy a tener que sopesar qué opciones hay.

Rose había tenido ya tres sesiones con Julieta Gómez para elaborar su historia clínica. Se había vuelto más reflexiva, reservada, incluso más amable; aunque seguía odiando a la gata blanca, Jodo, a pesar de lo cual había llegado a considerarla, no sin ciertas reticencias, parte del personal de la clínica. No le sorprendería nada que Jodo empezase a administrarle las inyecciones de vitaminas. Gómez le había recomendado a Rose que dibujase a Jodo en la suela de sus zapatos, así podría pisotear a la gata el día entero.

Ese comentario me pareció una forma muy inteligente de hacer que mi madre caminase.

Aparcamos en la entrada de coches de una casa abandonada, al borde de la autovía. El suelo del porche estaba cubierto de harapos que alguien había tirado. Mientras sacaba la silla de ruedas del maletero podía ver el despliegue del mercadillo al otro lado de la carretera. Un avión cruzó el cielo volando bajo, a punto de aterrizar en el aeropuerto cercano. Es terriblemente trabajoso ayudar a mi madre a levantarse y a colocarse en la silla de ruedas. Ya está. La empujo por el asfalto caliente hacia un puesto que tiene unas pocas mesas y sillas dispuestas a la sombra. Rose me pidió que hiciera cola para comprarle unos churros, que acompañaría con anís. Incluso remató su pedido con un «gracias, Fia».

Estamos en un paisaje lunar, Así es como los folletos turísticos describen Almería. Batida por el viento y calcinada por el sol. Los lechos de los ríos están secos y agrietados. Un azulado vapor de gasolina flota suspendido por encima de los destartalados puestos que venden bolsos, uvas y cebollas. Dejé a Rose a la sombra de un toldo de plástico sujeto por cuatro postes oxidados. De inmediato entabla conversación con un hombre mayor que está sentado allí con la rodilla derecha vendada. Creo que están hablando de bastones.

Hay dos clases de churros: unos largos como salchichas para mojar en el tazón de chocolate y otros más cortos. Compro los más largos y le llevo a Rose su anís en un vasito de papel.

El anciano agita su bastón en el aire y le enseña a mi madre el extremo que apoya en el suelo, que es de goma.

Hoy todo me da igual, después de mi atrevida noche haciendo el amor bajo las verdaderas estrellas. Me gustaría estar sentada aquí con un amante, muy cerca, más cerca, tocándonos. Sin embargo, estoy aquí con mi madre, que es una especie de inválida profesional. Soy joven e incluso podría ser el motivo de los sueños eróticos recientemente acuñados por Juan, que había dicho «se acabó el sueño» el día que nos conocimos. Y podría ser alguien querida para Ingrid, que me sigue atormentando.

Rose me da unos golpecitos en la mano.

–Fia, me gustaría comprar un reloj.

Me metí un churro en la boca. Estaba crocante y aceitoso, y espolvoreado de azúcar. No me extraña que el cuerpo se me esté ensanchando hacia el este y el oeste mientras estoy en España.

Rose tenía el aliento caliente por el anís. Parecía que le resultaba más fácil tragar un licor fuerte que tragar un sorbo de agua.

–Por cierto, si tú eres capaz de manejar esas máquinas de café tan complicadas, entonces eres perfectamente capaz de conducir un coche, créeme –dijo mi madre, y llevó la cabeza hacia atrás para beber el licor de un solo trago. Creí que iba a hacer gárgaras con él.

En ese momento mi madre real se fundió con mi madre ficticia (la mujer espléndida, triunfante, sana y vital). Ese era otro tema interesante para un trabajo de campo (la forma en que la imaginación y la realidad se mezclan confundiéndolo todo), pero no podía detenerme a pensar en el asunto porque estaba demasiado distraída mirando a una mujer que se había puesto uno de los sombreros de paja más llamativos de los que vendía en su puesto. Todavía tenía el precio colgando y la etiqueta le caía entre los ojos. Era como si se lo hubiese puesto para llamar la atención. De vez en cuando sacudía la cabeza para hacer oscilar la etiqueta de un lado al otro del rostro.

Me levanté de mi sitio, ocupé mi lugar detrás de la silla de ruedas, quité el freno con el pie (lo que me resultó difícil porque las alpargatas se me salían) y empecé a empujar a mi madre por la calle de tierra, esquivando los baches y las cacas de perros, y pasando por delante de los bolsos y de las carteras, de los sudorosos quesos, los salchichones retorcidos, el jamón ibérico de Salamanca, las ristras de chorizo, los manteles de plástico, las fundas para teléfonos móviles, los pollos dando vueltas en un espetón de acero inoxidable, las cerezas, las manzanas machacadas, las naranjas y los pimientos, los cestos de cuscús y de cúrcuma, los botes de *harisa* y de limones en conserva, las linternas, las llaves inglesas y los martillos, mientras Rose espantaba las moscas que se posaban en sus pies con un ejemplar enrollado del *London Review of Books.*

Me detuve en aquella calle de tierra.

Mi madre es capaz de sentir que una mosca se posa sobre sus pies.

Una mosca. Puede sentir el peso de una mosca.

No tiene insensibilidad en los pies. Tiene una sensibilidad extrema.

Cuando volví a empujar la silla de ruedas y continuamos la marcha, seguí oyendo el chasquido del suplemento literario convertido en matamoscas mientras fijaba mi atención en los inhóspitos bloques de apartamentos de cemento gris, abandonados a medio construir debido a la recesión.

–Para Para Para.

Rose estaba señalando un puesto de relojes baratos. Un africano alto y con una elegante túnica blanca le hacía señas con la mano izquierda. El brazo derecho lo tenía curvado formando una C y de él colgaba una colección de auriculares. Auriculares blancos, rojos y azules. Rose me gritó que la acercase al puesto y con gesto rápido agarró un reloj de reluciente metal dorado, con una pulsera ancha y la esfera salpicada de brillantes falsos.

–Siempre quise tener un reloj de gángster. Esta es la bisutería que me ayudará a sobrevivir.

–¿Sobrevivir a qué?

–En la Clínica Gómez me están matando poco a poco, Sofia. Están reduciendo mi medicación y el personal de la clínica no tiene ningún tipo de experiencia en diagnóstico. Me dicen que está todo en orden. ¿Tengo aspecto de estar mejorando? –Dio una patada en el reposapiés de la silla–. Hasta el momento, debido a las úlceras de los pies, creen que tengo diabetes. Es lo único que ese matasanos y su gata se están tomando en serio.

El africano arrancó amablemente el reloj de los dedos de mi madre y empezó a manipular la cuerda. Se llevó la esfera con diamantes incrustados a la oreja y después la sacudió. Estaba claro que no le gustaba lo que oyó. Metió la mano en el bolsillo de su túnica blanca y sacó un destornillador diminuto. Cuando empezó a desarmarlo, comprendí que a Rose no le quedaría más remedio que comprarlo.

Me coloqué delante de ella.

–¿Cuánto cuesta ese reloj? –pregunté, con los brazos en

jarras, como si estuviese indignada, cosa que no era cierta. Eso era raro. Estaba haciendo como que estaba indignada, pero mi corazón estaba en otro lado. ¿Dónde aprendí a expresar una indignación que no sentía, a subir la voz varias escalas hasta dar con la nota que podría describirse como incriminatoria? ¿Dónde aprendí a adoptar una actitud en la que no creía? ¿Y la palabra «Querida»? Quizá Ingrid estaba imitando algo que no sentía cuando bordó esa palabra con hilo azul y me la regaló como si no tuviera ninguna importancia.

El africano me dijo que el reloj costaba solo cincuenta y un euros.

Me eché a reír, aunque el sarcasmo no es lo mismo que la risa y él lo sabía.

En ese momento sostenía entre sus largos dedos un diminuto disco de acero. Rose me explicó que era la batería, como si fuese un invento totalmente nuevo.

Los dos estaban concentrados en el asunto de la batería. El africano asentía con la cabeza y sonreía mientras Rose le hablaba y le señalaba los diamantes como si fuesen inestimables. El anís le había encendido las mejillas. Cuando ella empezó a contar los brillantes que rodeaban la esfera, el africano intuyó que la muñeca de su clienta no permanecería desnuda por mucho tiempo. Me di cuenta de que mi madre tenía encanto y brío. Si soplara sobre las letras de su nombre, ROSE, estas se desordenarían y formarían la palabra «EROS», el dios del amor, alado pero cojo.

Ella extendió el brazo y el hombre le colocó el reloj.

Vi que era demasiado grande para sus delgados huesos y siempre lo sería. El hombre arrastró un taburete, lo colocó junto a la silla de ruedas e invitó a mi madre a que apoyase la muñeca sobre su pierna mientras él maniobraba con los eslabones de la pulsera dorada. Los eslabones le pellizcaron el vello del brazo. Me vi a mí misma entrecerrando los ojos como si estuviese sintiendo los pellizcos en lugar de mi madre. La empatía resulta más dolorosa que las picaduras de medusa. Mientras mi madre continuaba con la compra de un instrumento para medir el tiempo que la ayudase a «sobrevivir», yo me acerqué hasta un puesto donde vendían escobas, trampas para ratones y cosas por el estilo. Había un montón de velitas rosas y azules para tartas de cumpleaños expuestas sobre papel de plata. Tres velas por un euro. Las más caras eran las plateadas con el soporte del mismo color que tenía un pincho en la base para clavarlo en la tarta. Me fijé en la gran variedad de fregonas y cubos, ollas y sartenes, cucharas de madera y coladores. Yo nunca había tenido un hogar propio siendo ya adulta. Si tuviera un hogar, ¿qué compraría en este puesto de ferretería y droguería? Parece que era normal tener que exterminar polillas y ratones y también a las ratas y moscas. Cogí un ambientador en aerosol con forma de mujer curvilínea. Llevaba un delantal de lunares que no ocultaba su abultado vientre y sus enormes pechos. Tenía las pestañas largas y rizadas y la boca pequeña y fruncida. Las instrucciones para su uso estaban traducidas al italiano, griego, alemán, danés y a un idioma que no logré identificar, pero ella era «extremadamente inflamable» en todos los idiomas.

También había instrucciones en inglés. Agitarla bien. Apuntar al centro de la habitación y rociar. Las dimensiones de su vientre y de sus pechos no diferían mucho de las que se veían en las primeras diosas griegas de la fertilidad datadas alrededor del año 6000 a. C., solo que estas no llevaban delantal de lunares. ¿Serían hipocondríacas? ¿Histéricas? ¿Serían atrevidas? ¿Cojas? ¿Serían más buenas que el pan?

Compré el ambientador por cuatro euros porque era una especie de artefacto traducido a varios idiomas y también porque representaba claramente a una mujer (pecho vientre delantal pestañas) y porque yo había malinterpretado los símbolos de los servicios en los lugares públicos. No podía distinguir por qué un símbolo era masculino y el otro femenino. El símbolo del monigote, que era el más corriente, no era particularmente masculino ni femenino. ¿Necesitaba aquel aerosol para tener las cosas más claras? ¿Qué tipo de aclaración estaba buscando?

Yo había conquistado a Juan, que para mí era como Zeus, el dios del trueno, pero los símbolos estaban confusos porque su trabajo en el puesto de primeros auxilios era el de atender a los heridos con su tubo de ungüento. Era una figura maternal, quizá paternal, o fraterna; era como una hermana y se había convertido en mi amante. ¿Estamos todos agazapados detrás del símbolo del otro sexo? La mujer del espray ambientador y yo, ¿estamos detrás del mismo símbolo? Otro avión sobrevoló el mercadillo; su cuerpo metálico pesaba sobre el cielo. Un piloto que conocí en la Coffee House me había dicho que en inglés la palabra «avión» era siempre femenina. Su tarea consistía en mantener la máquina siempre equilibrada, en hacer que fuese una prolongación de sus manos, lograr que respondiese al más mínimo contacto. Era una máquina sensible y debía manejarse con delicadeza. Una semana más tarde, después de haber dormido juntos, descubrí que también él respondía al más mínimo contacto.

No era claridad lo que yo buscaba. Yo quería que las cosas fuesen menos claras.

Parecía que el africano y mi madre estaban haciendo buenas migas. Él le contaba la historia de Almería mientras le quitaba el reloj de la muñeca para que ella se pudiera frotar el vello que le habían pellizcado los eslabones. Estaba dedicando un montón de tiempo a venderle aquel reloj a mi madre.

–Almería significa en árabe «espejo del mar».

Rose fingía escucharle, pero tenía toda su atención puesta en el reloj tachonado de brillantes.

–¡Funciona! Puedo sentir el tictac en la muñeca porque no tengo los brazos insensibilizados como las piernas.

Es un instrumento de medición del tiempo para ayudarla a sobrevivir y que hace tictac.

–Tengo problemas para andar –le dijo Rose al vendedor africano. Él movió la cabeza en un gesto de compasión comercial mientras ella agitaba un billete de cincuenta euros que luego le entregó con una floritura.

–Gracias por su tiempo.

Nos hizo adiós con la mano mientras el sol calentaba la salmuera en el cubo de aceitunas y alcaparras gigantes del puesto de al lado. Todo olía a vinagre fuerte y oscuro.

–¿Quieres saber qué hora es, Sofia?

–Ah Sí Por Favor.

–Es la una menos cuarto. Hora de mi medicación cada vez más menguante.

De vuelta al coche, le pedí a Rose que se levantara de la silla de ruedas y se quedase un momento de pie mientras yo la plegaba y la guardaba en el maletero.

–No es cuestión de voluntad, Sofia. Hoy no puedo estar de pie.

Para cuando logré levantar a mi madre y sentarla en el asiento del coche, en medio de gruñidos, quejidos e insultos, todos dirigidos a mí, y de oír la lista de mis defectos, imperfecciones e irritantes hábitos, sentí que ella era, sin duda, una desalmada que me estaba secuestrando la vida.

Me senté en el asiento del acompañante, cerré la puerta de un portazo y esperé a que arrancase, pero mi madre estaba muy quieta, como si estuviese en shock. Habíamos aparcado el coche en la entrada de una casa en ruinas que creímos deshabitada. Pero vimos que allí vivía gente, a pesar de los agujeros en el tejado y de las ventanas rotas. Una madre y su hijita estaban tomando sopa en el porche. Todo estaba roto, la carretilla, el cochecito, las sillas, la mesa y la muñeca con un solo brazo que estaba tirada cerca de nuestro coche.

Era un hogar roto en todos los sentidos.

Mi madre era la cabeza de su propia familia, pequeña y rota.

Era responsabilidad suya mantener alejados a los animales salvajes para que no entrasen en casa y aterrorizaran a su niña. Era como si aquella casa tan triste fuese un espectro que ella llevase en su interior, el miedo de no mantener al lobo alejado de nuestra puerta en Hackney, en Londres. A mí me habían dado una beca para comer gratis en mi colegio, pero Rose sabía que aquello me avergonzaba. Casi todos los días, antes de irse al trabajo, me preparaba sopa y me la daba en un termo. Aquel termo de sopa era un tormento, pero para mi madre era la prueba de que todavía no había llegado el lobo. Mi guía de Almería dedica una página entera a los lobos ibéricos *(Canis lupus signatus),* que habían sido abundantes en Almería. Parece ser que durante la dictadura de Franco hubo una campaña especial para exterminarlos. Obviamente, algunos sobrevivieron y no se habían molestado en llamar a la puerta de aquella casa. Habían irrumpido por la ventana.

Un aeroplano trazó una estela blanca en el cielo.

La niña agitó la cuchara en dirección a mi madre.

–Sofia, conduce tú de vuelta a casa. –Rose me lanzó las llaves encima del regazo.

–No sé conducir.

–Sí que sabes. De todos modos, ese anís era muy fuerte y yo no puedo conducir.

Empezó a desplazar el cuerpo hacia el asiento del acompañante, de modo que tuve que saltar fuera del coche. Di la vuelta, me senté en el asiento del conductor e inserté la llave en el arranque. El motor se encendió. Quité el freno de mano y metí la marcha atrás.

–Perfecto –dijo Rose–. Una marcha atrás perfecta.

Algo crujió bajo una rueda.

–Es la muñeca de esa pobre niña –dijo mi madre, mirando por la ventana–. No importa, mete la primera, pon el intermitente, abróchate el cinturón, muy bien, vámonos.

Yo conducía a veinte kilómetros por hora y Rose se inclinó hacia delante para recolocar el espejo retrovisor.

–Más rápido.

La marcha no era la adecuada, pero después metí la que tocaba e incluso me atreví a acelerar por la autovía nueva y vacía.

–Sofia, me siento totalmente a salvo en tus manos. Solo he de hacerte una observación.

–¿Qué?

–En España se conduce por la derecha.

Me reí y Rose me informó de la hora que marcaba su reloj nuevo.

–Ahora vamos cuesta arriba, así que tienes que cambiar de marcha. ¿Has visto que hay un coche que intenta pasarnos?

–Sí, ya lo veo.

–Es una mujer –dijo–. Una mujer que va a pasarte porque tiene buena visibilidad y ha visto que no viene ningún vehículo de frente. Es la una en punto, por cierto.

Habiendo trabajado con las máquinas de café, conducir era coser y cantar, tal y como Rose había vaticinado.

Había algo dentro del maletero que rodaba de un lado a otro cada vez que tomaba una curva. Reduje la velocidad y el coche se caló.

–Tienes que combinar mejor el movimiento del pedal del freno y el del acelerador. Punto muerto y arranca de nuevo.

El Berlingo avanzó a trompicones y el objeto del maletero golpeó contra uno y otro costado.

–Ese no es el punto muerto. –Rose metió el cambio por mí y arrancamos–. Lo que me preocupa no es que no tengas permiso de conducir, sino que no tengas gafas de ver. Tendré que ser tus ojos.

Ella es mis ojos. Yo soy sus piernas.

Nada más llegar al aparcamiento al borde del pueblo y poner yo el freno de mano, Rose anunció que tenía nuevo chófer.

Mi amor por mi madre es como un hacha. Hiere en lo más hondo.

Estiró un dedo para tocar los rizos llenos de aceite que caían sobre mi nuca.

–No sé qué le estás haciendo a tu pelo, Fia. Me recuerdas al taxista que se perdió llevándonos a tu padre y a mí al hotel de Cefalonia durante nuestra luna de miel.

Me hizo un gesto para que le pasara las llaves.

–Tu padre estaba muy orgulloso de su pelo y me tenía prohibido tocárselo. En aquella época llevaba el pelo largo y los rizos negros y suaves le llegaban a los hombros. Al final, empecé a ver su cabello como algo simbólico.

Yo no quería saber nada al respecto. Pero, como mi madre le había dicho a Gómez, yo era su única hija.

Cuando le abrí la puerta en mi nuevo papel de chófer, me dijo que iría a casa andando. Por lo visto, caminar ya no representaba ningún problema. Le di la espalda y abrí el maletero para buscar el objeto que había estado produciendo tanto traqueteo durante el trayecto. Cuando di con él, supuse que Matthew debió de esconderlo allí después de recoger el coche y de firmar los papeles con la enfermera Luz del Sol.

Era un bote de pintura en aerosol de color azul.

Rose estaba recostada contra el tronco de la palmera al otro extremo del aparcamiento. Se inclinaba hacia delante como si cargara algo demasiado pesado para ella.

TIRA Y AFLOJA

El Beso. No hablamos de eso, pero está ahí, en el helado de coco que estamos haciendo juntas. Está ahí, en el espacio que hay entre nosotras cuando Ingrid raspa las semillas de una vaina de vainilla con su navaja. Está agazapado en sus largas pestañas y en las yemas de los huevos y en la nata y está escrito con hilo de seda azul con la aguja que es como la mente de Ingrid. No sé qué espero de Ingrid ni por qué ella disfruta humillándome ni por qué lo tolero.

Parece como si yo hubiese consentido que me hiciese daño.

Ingrid me enseña la ropa apilada en cestos por todo el suelo de su casa española y extrae un vestido de raso blanco con tirantes finos y deshilachados. Tiene una mancha en el bajo, pero ella dice que el vestido me quedará bien. Lo arreglará cuando le llegue el turno porque sabe que las picaduras de medusa no me dan tregua.

Ya no me duelen de continuo, pero no quiero desilusionarla. Mientras esperamos que el helado tome consistencia en el congelador, Ingrid enrosca un mechón de mi pelo entre sus dedos.

–Déjame cortarte este nudo –dice.

Coge unas tijeras muy ornamentadas y afiladas que están encima de uno de los cestos de ropa. Las cuchillas cortan a través de mi pelo. Cuando me vuelvo, veo que sostiene en la mano un abundante mechón de rizos como si fuese un trofeo. Siento inquietud, pero una inquietud más apasionante que la que me provoca aguardar los efectos secundarios y los síntomas de abstinencia de mi madre. ¿Será la inquietud un efecto secundario?

–Zoffie, ¿los antropólogos roban cabezas de las tumbas para medirlas y clasificarlas?

–No, eso era antes. Yo no voy buscando cabezas por las tumbas.

–¿Entonces qué buscas?

–Nada.

–¿De verdad, Zoffie?

–Sí.

–¿Por qué nada te parece interesante?

–Porque así lo abarco todo.

Ingrid me pellizcó el brazo.

–Pasas demasiado tiempo sola. Deberías hacer algo con las manos.

–¿Como qué?

–Un puente.

Pues si Ingrid es un puente que me ayudará a cruzar la ciénaga que se extiende bajo mis pies, lo cierto es que no cesa de quitar unos cuantos ladrillos siempre que nos vemos. Es como un rito de iniciación erótico. ¿Quizá mis sufrimientos sean recompensados si logro cruzar el puente sin caer en la ciénaga? Ingrid tiene los labios suculentos, suaves y carnosos. Es una persona ecuánime, una mujer de pocas palabras, pero la palabra que ha elegido, «Querida», es una palabra importante.

Me manda a sentarme en el jardín con Matthew, que acaba de llegar de trabajar.

Matthew está tumbado en una hamaca colgada a la sombra entre dos árboles.

–El día de hoy ha sido toda una ex-pe-rien-cia. –Matthew se da impulso apoyando el pie contra uno de los árboles y la hamaca comienza a balancearse de izquierda a derecha–. Lo más difícil, Sophie, es lograr que la gente se comporte con naturalidad.

Agita las manos en dirección a las hojas suspendidas por encima de su cabeza como conjurando una naturalidad que le resulte lo bastante auténtica.

Me entero de que Matthew es *coach* personal. Enseña a altos directivos a comunicarse mejor, a vender sus productos y a expresarse con humor y convicción.

¿Está Matthew comportándose con naturalidad?

Es simpático pero taimado y no le culpo, porque su novia anda liada conmigo y él también anda liado en algo, pero no sé bien de qué se trata. Es algo relacionado con que su mano derecha le escribía un mensaje azul a Julieta Gómez mientras su mano izquierda acariciaba los muslos largos y morenos de Ingrid Bauer.

Ingrid trae una bandeja con su limonada casera, unas pinzas de plata, unas hojas de menta fresca y un cubo de hielo. Después de besar formalmente a Matthew en la mejilla, llena de hielo un vaso de plástico, luego sirve la limonada y le añade una rodaja de lima y unas hojas de menta. No se comporta exactamente como una esposa. Es más una camarera que sirve cócteles, aparte de atleta y matemática. Ha estudiado geometría, además de ser una costurera con clientes en China. También es «hermana mayor y mala», pero no quiere hablar de ese tema.

A Matthew le gusta coleccionar vinos. Ha asistido a algunos cursos impartidos por expertos, coleccionistas y sumilleres especializados en alguna uva en particular o en una región donde se da cierto tipo de uva. En España ha conocido a un experto en vinos, un profesor de equitación llamado Leonardo que tiene un cortijo con cuadra propia. Ingrid le alquila una de las habitaciones del cortijo como taller de costura. Va a trabajar allí los martes y los miércoles, solo dos días, porque la vida es corta y Matthew, que también es corto de estatura, la echa de menos cuando está lejos de él.

–Zoffie, ¿te gustaría visitar el cortijo? Mis máquinas son antiguas, de la India, las compré por eBay y jamás se han roto. Son máquinas pesadas, unos objetos realmente hermosos.

Matthew parece aburrido, así que Ingrid empieza a hablar de él. Matthew se considera encantador y da la impresión de que Ingrid le ama. Él irradia autoestima.

Todo lo que sé de mí misma se resquebraja e Ingrid es el martillo.

Matthew le insiste en que vaya a sentarse junto a él a la sombra. Ella no le hace caso y se sienta al sol, junto a mí.

Matthew levanta la cabeza y me sonríe, como si ambos compartiésemos un interés en el bienestar de Ingrid.

–Dile a Inge que salga del sol. Tiene la piel muy blanca y el sol es malo para su salud.

Mis rizos se agitan de un lado al otro mientras niego con la cabeza.

–La luz del sol es sexy –le digo.

Matthew quita una hoja de menta de su vaso y empieza a masticarla.

–No es un asunto tan sencillo, Sophie. Hay mucho debate en el mundo científico sobre la luz del sol. Calienta el planeta todos los días, pero también nos puede dejar ciegos.

–¿Ciegos respecto a qué?

–A nuestras responsabilidades diarias. La luz del sol es muy atractiva.

Tras tocar el tema de las responsabilidades, Matthew me pregunta por mi madre.

–Habréis pagado un montón de dinero en la Clínica Gómez.

–Sí.

Se coloca el pelo rubio detrás de las orejas y asiente con la cabeza, como si ya lo supiese de antemano.

–Mira, Sophie, yo te digo que a ese tipo que se hace llamar doctor deberían suspenderle de ejercicio.

–Puede que tengas razón.

–*Tengo* razón. Gómez es peligroso y además es un gilipollas.

–¿Cómo lo sabes?

–Uno de mis clientes es un ejecutivo de Los Ángeles que trabaja aquí, en España. Dice que Gómez es un matasanos desacreditado.

Mientras hablamos, Ingrid coloca unas piedrecitas alrededor de un cactus pequeño plantado en una maceta que descansa en su regazo.

–Zoffie solo intenta ayudar a su madre y tu cliente es poco fiable.

Matthew niega con la cabeza muy des-pa-cio al tiempo que la hamaca cruje y se balancea.

–No, no es poco fiable. Tony James es un gran tipo. Hoy hice un ejercicio con él que consiste en lanzar hacia arriba una pelota de golf y volver a atraparla mientras habla. Dejó de ser un zombi. Fue como ver cambiar las luces de un semáforo. –Estira el brazo hacia las hojas suspendidas por encima de su cabeza y las toca con la punta de los dedos.

Tengo que ser atrevida. Tengo que armarme de valor, animarme e indagar más en profundidad.

–¿Tony James trabaja para una empresa farmacéutica?

–Sip –dijo Matthew, y tiró al suelo el vaso ya vacío.

Las cigarras habían comenzado su concierto anunciando la tarde.

«Sip» sería un buen tema para un trabajo de campo original.

El «sip» ha cubierto el tema de la empresa farmacéutica con el mismo plástico blanco con que se cubren los tomates y los pimientos en los invernaderos del desierto. Y Matthew ha cubierto la pared de mármol de la Clínica Gómez con las palabras «Luz del Sol es Sexy». Sin embargo parece enfadado con Julieta Gómez.

No estoy muy segura de que esté realmente enamorado de Ingrid.

Después de un rato le digo que me gusta su cinturón de cuero rojo.

–Gracias. A mí me gusta porque me lo compró Ingrid. –Parece aliviado de que la conversación vuelva a su carril.

Los antropólogos debemos salirnos del carril marcado; si no, resultaría imposible reorganizar nuestras propias impresiones. Nadie echará agua para disipar nuestras cortinas de humo. Nadie nos dirá que nuestra realidad es incompatible con otras realidades ni nos ayudará a comprender el significado de la disposición de un poblado y de sus viviendas, su relación con la vida y la muerte, ni por qué las mujeres viven en la periferia del pueblo.

Matthew mantiene su carril. Se acomoda en la hamaca y empieza a balancearse con renovado ímpetu mientras explica cómo desarrolló el método para ayudar a sus clientes, la mayoría de empresas relacionadas con el aceite, a hacer sus presentaciones con PowerPoint. Su trabajo consiste en ayudarlos a desarrollar su personalidad y su valía, a aprender a expresarse con autoridad y soltura, y a no reprimirse a la hora de soltar algún que otro chiste para mantener la atención del público. Les ha prohibido usar frases como «poner el carro delante de los bueyes» o «eres un campeón». Los altos directivos siempre se atascan con las notas que utilizan para hablar en público, así que Matthew les enseña trucos para sortear esos escollos, para sacar provecho de la situación, en lugar de fingir que no ha pasado nada. Para él es muy gratificante ayudar a liberar el potencial de liderazgo que encierran sus clientes. Cuando estos revelan sus debilidades a la hora de actuar en público o sus miedos a no ser apreciados por sus empleados, surge entre sus clientes y él un sentimiento parecido al amor. Matthew los anima a desarrollar sus excentricidades. Ayer le dijo ese tal Mister James de Los Ángeles que llevase la pelota de golf con él a todas las reuniones. Lanzarla al aire mientras habla se convertirá en su gesto característico.

Matthew extiende los brazos a los lados de la hamaca y hace como que vuela. Lo curioso es que detecté rastros de algunas cosas que Julieta Gómez le había sugerido a mi madre, usando menos palabras, cuando redactó su historia clínica, aunque dichas por Matthew sonaban distintas. Era como si Matthew se hubiese apropiado de algo que ella hacía y lo hubiera aplicado a lo que él hacía. Los ejecutivos que Matthew entrena son su vaca sagrada. Él los ayuda a construir un personaje, una máscara a través de la cual poder hablar con sinceridad en nombre de su empresa. El rostro tiene que adaptarse sin fisuras a la máscara. Si esta se resquebraja, los ejecutivos pueden llamarlo para que la recomponga.

Ingrid se dirige hacia la sombra y se detiene debajo del árbol. Noto por primera vez que lleva un *piercing* en el ombligo que es como una joya de color verde con forma de lágrima. Se le han clavado algunas espinas del cactus en los dedos y quiere que Matthew se las quite.

–Eh, no te pongas tan cerca de la hamaca, Inge. –Lo dice de un modo levemente amenazador.

Ingrid agita sus finos dedos delante del rostro de Matthew.

–Matty, deberías cerrar el pico. –Se lleva los dedos a los labios y hace el gesto de cerrar una cremallera–. Todo es materia de estudio para Zoffie. Está tomando nota. Créeme, escribirá un ensayo sobre tus métodos de asesoramiento personal y entonces todo el mundo conocerá tus secretos.

–Mantente alejada, Inge. Esta es mi hamaca y no necesito que me empujen. –Es como si estuviese regañándola por algo.

Ingrid regresa donde yo estoy y apoya la mano en mi rodilla.

–Entonces Zoffie me quitará las espinas.

–¿Tú a qué te dedicas, Sophie? –Matthew la interrumpe. Ha cerrado los ojos y se balancea lentamente bajo las hojas de los árboles.

–Hago café artesanal.

–Eso es todo un arte. ¿Cómo logras que salga perfecto?

–Uso granos de calidad, tengo en cuenta su textura al molerlo, cuido el filtrado del agua a través del café.

Matthew asiente con seriedad, como si estuviésemos discutiendo algo importante.

–Entonces, ¿qué es lo que deseas?

–¿Qué quieres decir?

–Ya sabes, cosas malsanas como un trabajo, dinero, formar parte del juego. Si tuvieses que escribir tu lista de deseos y pudieses usar tinta invisible, ¿qué escribirías?

Veo que me pongo colorada, mi rostro se refleja en los trocitos de espejo colocados alrededor de las plantas del jardín.

–Zoffie no tiene nada escrito en su lista de deseos. Nada nada nada. –Ingrid tamborilea sobre mi rodilla con sus delgados dedos.

Mi cara está contraída por la vergüenza. ¿Alguna vez he dicho lo que quería yo en la vida? Entonces, ¿por qué iba a decírselo a Matthew?

Matthew chasquea los dedos y ríe.

–¡Necesitas un apuntador, Sophie! Eso es lo que hace Julieta Gómez, ¿no es así? ¿No pincha a sus clientes para refrescarles la memoria?

Me levanto y salto por encima del murito de piedra que separa su jardín de la playa. Una de las cosas buenas que me pasan en España es que ahora salto por encima de las cosas.

Estoy tan sola.

Camino por la arena y la marea está baja. Una mujer galopa a lomos de su caballo por la arena caliente de la playa. Un caballo alto andaluz. Sus crines relucen, sus cascos repiquetean, el mar resplandece. La amazona lleva unos shorts de terciopelo azul y botas de montar marrones y sostiene entre sus manos un arco y una flecha gigantescos. Tiene los brazos musculados, la larga melena peinada en una trenza, los muslos apretados al caballo para aferrarse a él. Puedo oírla respirar cuando la flecha cruza el aire y me traspasa el corazón. Estoy herida. Herida de deseo y lista para la ordalía del amor.

En la playa hay cuatro chicos jugando al voleibol y lanzan la pelota por encima de la red. La pelota sale disparada hacia mí, doy un salto y se la devuelvo pegándole fuerte con el puño. Me aplauden y saludan con la mano.

Uno de ellos era Juan.

Ingrid y Juan. Él es masculino y ella femenina, pero, como si de un intenso perfume se tratase, las fragancias se entremezclan y se confunden.

Cuando la chica griega habla su acento es inglés pero su pelo es negro como el pan que come mi padre con manteca de cerdo salada y mostaza. Por la mañana la chica griega guarda las cáscaras de sandía para las gallinas que viven en el descampado junto al cementerio, a las afueras del pueblo. Todas las mañanas mete las cáscaras en una bolsa de plástico y se las lleva a la señora Bedello, que es la dueña de las gallinas. El ala ancha de su sombrero proyecta sombra sobre sus hombros. Están desapareciendo las marcas que le dejaron las medusas.

ESCUDOS HUMANOS

Había una atmósfera rara en la sala de consulta. Gómez parecía irritado. Llevaba las mangas de la camisa arremangadas y su mechón de pelo increíblemente blanco estaba empapado de sudor.

–No estoy seguro de cómo interpretar esta última radiografía. No hay duda de que usted, Rose, está perdiendo densidad ósea, pero eso es normal en mujeres de cincuenta años o más. –Suspiró y cruzó los brazos por encima de la raya diplomática–. Los huesos son muy interesantes. Están hechos de colágeno y de minerales. Son un tejido vivo. A partir de los cuarenta y cinco años de edad todos nuestros huesos pierden fuerza y densidad. Sin embargo, usted no ha sufrido una pérdida importante de materia ósea. Yo le propongo que vuelva a casa andando.

El vello blanco y solitario que mi madre tiene en la barbilla se puso tieso.

–Señora Papastergiadis, si quiere continuar con el tratamiento tendrá que suprimir toda la medicación que está tomando. Toda. Ni una sola pastilla. Las que toma para el colesterol, para dormir, para las palpitaciones, para la indigestión, para la migraña, para el dolor de espalda, para la tensión arterial y los calmantes. Todas.

Para mi sorpresa, Rose le miró a los ojos y accedió a su requerimiento.

–Estoy lista para empezar a trabajar con usted, señor Gómez.

Claro que Gómez tampoco la creyó. Aplaudió y dijo:

–¡Pero tengo buenas noticias! ¡Mi gran amor está preñada!

Al principio no supe de qué hablaba, pero después comprendí que se refería a su gata blanca. Gómez vino hacia mí y me ofreció su brazo. Era una invitación para que entrelazara mi brazo con el suyo antes de abandonar la consulta. Hueso con hueso, con todas nuestras densidades y orificios cubiertos por piel y ropa, me condujo fuera de la sala como a una novia y cruzamos el suelo de mármol hasta un pequeño hueco junto a las columnas.

En la sombra había una caja de cartón. Jodo estaba tumbada dentro sobre una alfombrita de piel de oveja. Cuando vio a Gómez, entrecerró los ojos y empezó a lamerse sus lechosas patas. Gómez se arrodilló y le acarició la barbilla hasta que el ronroneo intenso y profundo de Jodo cubrió todos los demás sonidos que reverberaban bajo la cúpula de mármol de la clínica. Por primera vez me fijé en que los techos eran bajos. De algún modo la arquitectura recordaba a una carpa desplegada en el reseco desierto.

–El veterinario dice que está embarazada de seis semanas, así que le quedan otras tres por delante. –Señaló la barriguita de Jodo–. ¿Ves que está hinchada? Yo le regalé esta piel de cordero con todo mi amor. Pero tendremos que quitársela. Debe estar sobre una mantita suave que no tenga ningún olor extraño, porque la madre y los gatitos se reconocen a través del olor.

Gómez estaba mucho más interesado en su gata blanca que en mi madre. ¿Quizá su mechón de pelo blanco había reforzado la afinidad entre ellos? Me negué a arrodillarme junto a él para adorar a la regordeta y blanca Jodo.

–Estás moviendo los labios, Sofia Irina –dijo–. Es como si la lengua te hirviera dentro de la boca.

Yo quería que me asegurase que no era peligroso que mi madre abandonase toda su medicación, pero no me atrevía a preguntárselo.

–Tú trabajas en el ámbito de la antropología. Dime tres palabras relacionadas con tu educación que te vengan a la cabeza.

–Arcaico. Residual. Preemergente.

–Son palabras potentes. Hasta podrían dejarme embarazado a mí si pienso demasiado en ellas.

Arqueé una ceja, imitando la expresión de desconcierto de Ingrid.

–Una cosa más. Creo que estás conduciendo el coche alquilado a nombre de tu madre.

–Sí.

–Supongo que tendrás permiso de conducir.

Algo pitaba en el bolsillo derecho de los pantalones de Gómez, pero él no parecía oírlo.

–Te has acostumbrado a administrarle los medicamentos a tu madre. ¿Así que también tú sientes como si te quitasen la medicación? Estás utilizando a tu madre como un escudo protector que te impide desarrollar tu propia vida. La medicación constituye un ritual que acabo de eliminar de la vida de las dos. Pero, ¡cuidado!, tendréis que inventaros otro.

Los círculos azul oscuro que le bordeaban el iris de un azul celeste me recordaron el amuleto en forma de ojo azul que mi padre solía llevar encima todo el tiempo.

–Sofia Irina, ¡escucha los pitidos de mi busca! Siempre me ha encantado mi busca, desde que hacía mis prácticas médicas cuando era joven. Solo suena cuando hay una verdadera urgencia. Pero sé que tiene sus días contados. La enfermera Luz del Sol quiere que lo cambie por otro aparato.

El busca seguía sonando mientras Gómez acariciaba la

barriguita blanca de la gata. Después de un rato, lo sacó del bolsillo y lo miró.

–Ya lo sabía. Un ataque cardíaco en Vera, al sureste de Huércal. Allí no crece ni un solo árbol, a diferencia de Taberno, que tiene unos naranjales preciosos. Pero no puedo contestar a esta llamada, porque no soy cardiólogo. –Apagó el busca y volvió a meterlo en el bolsillo.

Está de pie y desnuda en su habitación. Tiene los pechos redondos y firmes. Y ahora salta. Salta con los brazos abiertos como si fuese un avión. No se depila las axilas. ¿Qué está haciendo? Está saltando en el sitio y forma una estrella, abriendo y cerrando brazos y piernas a la vez. Seis siete ocho. Los pezones son más oscuros que la piel. Me vio en el espejo colgado en la pared. Parpadeó, desvió la mirada hacia la izquierda y se tapó la boca con la mano. No tiene a nadie que le diga que cierre las cortinas.

Julieta Gómez me había indicado cómo llegar a su estudio. Estaba cerca de un pequeño parque en Carboneras, así que me dijo que aparcase el coche en una calle lateral y fuese andando desde allí. Para entonces yo ya conducía el Berlingo todo el tiempo. Era fácil, menos lo de poner punto muerto, pero ese era un problema menor en mi vida. Mi mayor miedo era que me parase la policía, porque conducía sin un permiso legal. Ese era otro de los rasgos que tenía en común con los marroquíes a los que Pablo había despedido sin pagar y con los inmigrantes que trabajaban cocinándose en los abrasadores invernaderos.

¿Tiene permiso de conducir?

Sip.

Al estilo de los antiguos antropólogos de la época de la colonia, le daría al *guardia civil de tráfico*[1] trece cuentas de cristal y tres conchas de madreperla. Si eso no fuese suficiente, le daría un paquete de anzuelos de pesca bolivianos y, si quisiese más, le ofrecería dos huevos de las gallinas de la señora Bedello que le deslizaría en el bolsillo que tiene junto a la pistola. No sé qué haría. Metí la marcha atrás para aparcar

1. En español en el original. *(N. de la T.)*

en un espacio vacío entre un coche y tres cubos de basura y tiré todos los cubos.

Doce colegialas recibían una clase de baile sobre un escenario de madera en el parque, que estaba rodeado de limoneros marchitos. Todas llevaban trajes de faralaes de vivos colores, zapatos de baile a juego y el pelo recogido en un moño tirante y sobrio. Las miré chasquear los dedos y taconear con brío. Intentaban no reírse, pero algunas no podían evitarlo. Tenían alrededor de nueve años. ¿Llegarán a obtener un permiso de conducir, cosa que yo nunca logré, además de todos los demás permisos que se necesitan para funcionar en la Tierra? ¿Hablarán múltiples idiomas con fluidez y tendrán amantes, amantes mujeres y amantes hombres, y sobrevivirán a los terremotos, a las inundaciones y a las sequías del cambio climático e insertarán una moneda en el carrito del supermercado para recorrer los pasillos en busca de tomates y calabacines de los que crecen en los abrasadores invernaderos esclavistas?

Una enorme buganvilla morada cubría la pared de la nave industrial que resultó ser el estudio de Julieta Gómez. Era la última de tres naves pequeñas al final de una callejuela empedrada. Apreté el botón del timbre que estaba junto a su nombre.

Julieta abrió la puerta de metal y me condujo a una habitación vacía que olía a pintura y a trementina. Ahora iba de vaqueros, camiseta y zapatillas deportivas, pero llevaba los ojos perfectamente delineados y las uñas pintadas de rojo. El suelo era de hormigón, las paredes de ladrillo visto y, recostados contra ellas, había seis cuadros y algunos lienzos vacíos. Los únicos muebles eran un sofá de cuero, tres sillas de madera, una mesa y una nevera. Desde luego, allí no había ninguna de las cosas necesarias para crear un hogar que yo había visto en los puestos de droguería y ferretería del mercadillo. Ni siquiera un matamoscas, un antipolillas o una trampa para ratones. Sobre la mesa había algunos vasos y tazas y dos tablas para cortar el pan. Las estanterías estaban atestadas de libros.

Julieta me enseñó a pronunciar su nombre.

–Juuulieeta.

Me explicó que su apellido completo es Gómez Peña. La razón por la que su padre la llama enfermera Luz del Sol es porque su madre murió cuando ella era adolescente y nunca sonreía.

–El truco le da bastante resultado, hace sonreír a los pacientes –dice Julieta mientras me alcanza una cerveza de la nevera y coge otra para ella.

Le dije que más de una vez había pensado en cambiarme el apellido porque nadie lo pronuncia bien. No hay un solo día de mi vida en que no me pregunten cómo se pronuncia la parte que viene detrás de «Papa» en «Papastergiadis».

–Pero no te has cambiado el apellido, así que quizá sea una situación que también te interesa, ¿no? –Se llevó la cerveza a los labios y dio un buen trago–. Esto es lo que hago en mi tiempo libre.

¿Se refiere a que bebe en su tiempo libre?

Fue hacia la pared y giró uno de los lienzos para enseñármelo. Era el retrato de una joven con un vestido tradicional andaluz, un traje de faralaes negro. La joven tenía unos ojos tan redondos y saltones que llamaban la atención. Unos ojos viscosos, como los de una mosca, solo que más grandes, del tamaño de una moneda de dos euros. Sostenía un abanico debajo de la barbilla y se parecía un poco a Julieta.

–Soy yo con ojos de camaleón. –La verdadera Julieta se rió del prolongado silencio que denotaba mi horror–. No naces siendo un camaleón sino que te conviertes en camaleón.

Me pregunté si estaría borracha.

–¿Así que te gustan los animales?

Yo parecía tonta, pero lo cierto es que no sabía qué decir sobre aquellos ojos de pesadilla.

–Sí. Me gusta vivir con animales. A mi padre también.

Julieta me contó que cuando era niña tenía un cocker spaniel y que en esa parte de España robaban mucho esa raza de perros. Los vecinos habían visto una furgoneta Toyota parada delante de su casa a primera hora de la mañana y después de eso el perro había desaparecido. La madre de Julieta era ingeniera. Había diseñado un sistema para canalizar el agua y transportarla desde los ríos de las zonas más fértiles de Andalucía hasta el desierto. Su madre había muerto al estrellarse el helicóptero en el que viajaba cuando sobrevolaba Sierra Nevada y su padre había tenido que identificar el cadáver en el hospital de Granada. Fue la segunda desaparición en la vida de Julieta, quien a veces mezclaba ambas desapariciones en sus sueños y hacía que la furgoneta Toyota en la que se habían llevado a su perro se llevase a su madre.

Le pregunté dónde había estudiado las técnicas de entrevista que utilizaba para elaborar lo que ella llamaba la «historia clínica» de mi madre.

–Ah, yo me encargo de todos los historiales de la clínica porque hablo un buen inglés. –Presionó el suelo de hormigón con la puntera de la zapatilla como si estuviese apagando un cigarrillo con el pie.

Cuando bajé la mirada vi que había aplastado una cucaracha.

–¿Y por qué llamáis fisioterapia a la elaboración de una historia clínica? –pregunté, observándola con mayor detenimiento que el que había empleado en su autorretrato.

Se sentó en el enorme sofá de cuero cuarteado con el botellín de cerveza en una mano y cruzó las piernas.

–Por favor, siéntate. –Señaló una de las tres sillas de madera junto a la mesa.

La acerqué al sofá y me senté. El estudio era claro y fresco. Me gustaba estar allí con ella, bebiendo cerveza y hablando. Hacía mucho tiempo que no me sentía tan tranquila. Tranquila como un pájaro que flota plácidamente en el mar, dejándose llevar por las olas y por las corrientes. Me sentía cómoda, lo cual se debía probablemente a que ella no me miraba como a un bicho raro, algo que me ahorraba el esfuerzo de imitar a alguien menos raro y, por ende, tener que hacer el papel de camaleón.

Quizá yo también estuviese borracha.

Julieta le dio un trago a su cerveza y me preguntó si me gustaba esa marca. Ella prefería Estrella, pero aquella era San Miguel.

A mí me gustaba.

–La fisioterapia es un parte importante de nuestra labor en la clínica. Mi padre tiene sus estrategias y procedimientos. Aunque, por supuesto, ha estado buscando al mismo tiempo las claves que lo ayuden a diagnosticar los síntomas de tu madre. Le ha realizado pruebas para medir la actividad eléctrica muscular y cerebral, pero no ha encontrado nada preocupante. Mi padre no cree haber pasado por alto ninguna enfermedad orgánica rara ni ninguna dolencia vascular.

–Sí –le dije–, pero yo te preguntaba por las historias clínicas.

–Es mejor, Sofia, que no interpretemos erróneamente su parálisis como una fragilidad física.

–Por eso estamos aquí, en España, para descubrir si hay un problema físico. –Me estaba volviendo atrevida.

Levantó la vista y me miró, estaba sonriendo. Yo también sonreía.

¿Quizá ambas imitábamos la sonrisa de la otra y hacíamos el papel del camaleón?

Solo que sus dientes eran deslumbrantemente blancos y, la mayor parte, de porcelana. Eran perfectos. No sé por qué la perfección es extraordinaria, pero lo es. A veces pienso en las fundas dentales de porcelana. ¿Qué pasaría si se te cayeran y dejaran al descubierto los dientes que hay debajo y que han sido limados y convertidos en unos tocones puntiagudos como los colmillos de un monstruo?

Julieta recostó la cabeza en el respaldo del sofá y observó la mancha negra en la punta de su zapatilla.

–La elaboración de historiales constituye lo más interesante de mi trabajo. Yo no quería estudiar la parte científica, pero obedecí a mi padre y acepté un trabajo clínico en Barcelona. Todos los días me aburría enormemente. Querían que me especializase en hemorragias posoperatorias. ¡Qué horror!

–¿Y por qué no estudiaste arte?

–No tengo talento. Aunque fui yo quien sugirió que la clínica se construyese de mármol en homenaje a la pálida piel de mi difunta madre.

Éramos como mellizas. Una no tenía madre, la otra no tenía padre.

Era maravilloso hablar con Julieta en su estudio. Me dijo que ella vivía en otro lado, pero que, gracias a la crisis, le había surgido la oportunidad de comprar una parte de aquella propiedad, que antes era un almacén de conservas de sardina. Empecé a darme cuenta de que Julieta era formidable. La primera vez que la vi, me pareció tan acicalada y estilosa que dudé de que fuese eficaz. Pero ¿qué aspecto esperaba yo que ofreciese una enfermera o una fisioterapeuta? Era un consuelo que tuviese problemas con su padre porque yo los tenía con el mío. Y le interesaba la tesis que estaba escribiendo para mi doctorado. De pronto me vi hablándole de los temas de la tesis, relacionados con la memoria cultural. Le dije que me sentía culpable cuando las cosas me iban bien, como si las cosas que me fueran bien fuesen responsables de las que a mi madre le fueran mal.

–Rose sería la primera en decirte que la culpa es algo que te incapacita. –Julieta señaló el techo. Una araña había tejido una intrincada tela entre las vigas y acababa de caer una avispa en su sedosa trampa.

Di un sorbo a mi cerveza y le confesé lo difícil que me resultaba volver a la casa de la playa que alquilábamos en España y vivir con mi madre después de que le retirasen toda la medicación, pero que no tenía ningún otro sitio adonde ir. Siempre vivo en la casa de otro.

Hablé durante un buen rato.

La araña no se había movido de su lugar en la telaraña ni tampoco la avispa.

A esas alturas yo ya había perdido la noción del tiempo.

Ahora Julieta Gómez era la poseedora de los secretos, algunos míos, pero la mayoría de la infancia de mi madre. Si los huesos de Rose eran objeto de estudio médico, los esqueletos que guardaba en el armario también constituían otro objeto de estudio. Todo lo transmitido de generación en generación estaba allí, en el archivo de audio de Julieta. Volví a preguntarle por qué llamaba fisioterapia a aquel proceso. ¿Es porque los recuerdos de mi madre están localizados en sus huesos y músculos?

–Bueno, Sofia, tú eres la experta en eso porque tu tesis trata de la memoria cultural.

Hablamos durante más de una hora y empecé a preguntarme si no habría allí un aparato grabándolo todo. Me puse nerviosa al pensar que había desvelado demasiadas cosas, pero también ella había desvelado algo sobre su persona, porque se había bebido otros dos botellines de cerveza durante nuestra conversación. De todos modos, yo había empezado a considerarla un modelo que había que seguir (solo que no podría alcanzar su nivel de elegancia en el vestir, el de sus zapatos de marca ni su fuerte consumo de cerveza, ni tampoco lograr, que no es poco, su habilidad en la técnica de la entrevista). Estuvo callada el resto de nuestra conversación, pero no pasiva. Yo estaba pensando cuáles era los fallos en mi propio estilo de diálogo, cuando oí una motocicleta que aceleraba delante de su estudio. Me estaba acordando de un informante en particular al que interrumpí durante algunas de sus respuestas y eso lo había desorientado por completo. Mis interrupciones hicieron que acabase por marcharse de la entrevista. Oí que alguien gritaba por la abertura del buzón en el portal de Julieta. Oí cómo abrían la puerta de un empujón, el roce metálico de la puerta sobre el suelo de hormigón y cómo esta se cerraba de un portazo.

Matthew entró en el estudio con una botella de vino en la mano. Cuando me vio sentada en la silla su cara se contrajo como si alguien le hubiese clavado un tenedor en la mejilla. Intentó recomponer la cara poniéndola en punto muerto, que es lo que más me cuesta a mí hacer en el Berlingo. Tampoco a él parecía dársele muy bien que digamos.

–Ah, hola, Sophie –dijo. Miró a Julieta en el sofá y ladeó la cabeza de forma que el pelo le cayó sobre los ojos–. Solo pasaba a traerle una botella de vino de mi bodega a la enfermera de tu madre.

Julieta entreabrió los labios y enseñó sus deslumbrantes dientes.

–No, Matthew, no. Nunca entres en mi estudio sin llamar antes a la puerta. Fuera hay un timbre con mi nombre. –Julieta volvió la mirada hacia mí–. Matthew cree que puede entrar así como así cuando estoy trabajando –dice–. No sé por qué motivo piensa que puede gritar a través del hueco del buzón y hacer lo que quiera. Así que ahora tengo que quedarme a solas con él para enseñarle modales.

Matthew se había quedado totalmente absorto mirando la cucaracha aplastada en el suelo.

–Es un caso un poco complicado. –Julieta se puso de pie y lo señaló con sus uñas pintadas de rojo–. Bueno, ¿eres mi paciente o eres alguien que solo ha venido a traerme una botella de vino? No es raro querer seducir a tu fisioterapeuta, pero expresar ese deseo a través de una pintada en las paredes del lugar de trabajo del padre de ella como si fueras un gato marcando el territorio con orina eso ya es de locos.

Me pregunté si Julieta había utilizado la expresión «de locos» del mismo modo que lo hacía Matthew o si lo decía en serio. Matthew me había parecido un poco desquiciado cuando estaba tumbado en su hamaca agitando los brazos como un mesías corporativo.

–Vale, está bien. –Matthew se apartó el pelo de los ojos y levantó el pulgar hacia donde yo estaba–. Julieta piensa que yo soy un gato. A los de la Clínica Gómez les encantan los animales.

Crucé andando el pequeño parque en dirección a mi coche. Las niñas habían acabado su clase de flamenco y ahora empezaba otra para adolescentes. Me recosté en uno de los limoneros y las observé bailar. Tendrían unos dieciséis años y estaban colocadas en línea, vestidas con sus trajes de brillantes colores. Cuando empezó la música permanecieron muy quietas, después arquearon la espalda de repente y levantaron los brazos. Era una danza de seducción y dolor.

INGRID LA GLADIADORA

Nos hemos hecho amantes. Ingrid está desnuda. Su cabello rubio es pesado. Una fina bruma de sudor le cubre el rostro. Dos brazaletes de oro le rodean las muñecas. Las astas del ventilador giran y traquetean encima de nuestras cabezas. Estamos en el cuarto de atrás del cortijo, una hacienda con caballos cerca del enclave turístico de San José, en el corazón del Parque Natural del Cabo de Gata. Las tres máquinas de coser indias de Ingrid están colocadas sobre una mesa larga junto a los rollos de tela y a la ropa que ella rediseña para Europa y Asia. Un pasaje abovedado, a modo de galería, conduce a unas duchas. Se supone que es un cuarto de trabajo, pero la cama ocupa casi todo el espacio. Es enorme, una cama para gladiadores. Las sábanas son de un algodón suave e Ingrid me dice que no solo son blancas, sino que son de un blanco profundo sin trazo alguno de amarillo y que las trajo a España desde Berlín.

La chimenea de piedra está vacía, aunque junto a ella hay un cesto con leña y astillas. Sobre un leño grande y seco reposa un hacha pequeña. Cuando llegue el invierno alguien usará el hacha para hacer añicos los círculos del tiempo que forman espirales en el interior del tronco y encender un fuego, pero ahora hay cuarenta grados de calor fuera.

Me gusta

– cómo se quita su cinturón profusamente bordado

– cómo le gusta su cuerpo

– cómo sus pies están cubiertos de tierra roja

– la joya que lleva en el ombligo, que parece un lago, y cómo mi cabeza descansa junto a él; cómo el presente es más misterioso que el pasado, cómo ella cambia de postura, igual que una hoja mecida por el viento.

Al otro lado de la ventana enrejada veo un cactus alto, sus seis brazos cargados de higos chumbos. Me recuerda una ocasión en que yo estaba en mitad de una escalera saludando a alguien que no estaba allí, pero el recuerdo se desdibuja porque voy hacia otro lugar, quizá hacia otro país, gobernado por Ingrid, cuyo cuerpo es largo y firme como una *autobahn.*

Me gusta

– su fuerza

– cómo le gusta mi cuerpo

– el vino que robó de la sofisticada bodega de su novio

– cómo me asusta su fuerza, aunque yo vivo asustada

– el pan de higo sobre la mesa que está junto a la cama

– cómo pronuncia mi nombre en inglés.

Las curvas de su cuerpo son femeninas, pero a veces habla como Matthew. Dice cosas como «el tamaño de esta habitación es de locos», «esa leña es de cedro, ¿no es alucinante cómo huele?» y además usó una expresión curiosa, «ampliación de la misión».

Le pregunté qué quería decir y cuando me lo explicó, me sentí rara, porque es un término bélico. Era como si ella estuviese luchando en una batalla donde había ocurrido una digresión, algo más allá de su misión original. Volví a pensar en Margaret Mead, en sus maridos y en todo lo demás, y recordé que todo lo demás era la mujer que fue su amante, otra antropóloga. Eso debía de rondarme la cabeza cuando escribí aquella cita en la pared.

Yo no tuve que ir a Samoa o a Tahití, como Margaret Mead, para investigar la sexualidad humana. La única persona que he conocido desde la infancia hasta su edad adulta soy yo misma, pero mi propia sexualidad es un enigma para mí. El cuerpo de Ingrid es una bombilla desnuda. Pone la mano sobre mi boca, pero su boca también está abierta. Yo había visto su cara antes de conocerla, una vez en el Hotel Lorca y otra en un espejo cuando el día transcurría despacio y ahora levanta la espalda y cambiamos de postura.

Conocer a Ingrid es una misión asignada sin que ninguna de las dos la planificáramos. Estaba ahí de antes, como un moratón previo a la caída.

Después de un rato fuimos a la ducha. El cubículo estaba alicatado en piedra hasta el techo. El agua caía con la fuerza de una tormenta tropical, solo que estaba helada y temblábamos mientras nos chocaba contra el pecho.

Cuando salimos de la ducha ambas intuimos que pasaba algo raro. Era una sensación de peligro. Invisible, pero estaba allí. Silente, pero nos había puesto los vellos del brazo de punta. Y entonces la vimos salir reptando del cesto de la leña junto a la chimenea. Era azul, como un relámpago cruzando al lado opuesto de la habitación, hacia la ventana.

–Una serpiente. –La voz de Ingrid sonaba tranquila, pero un poco más aguda de lo normal. Estaba envuelta en una toalla blanca y tenía el pelo empapado. Volvió a decirlo en español–. *Serpiente.*

Se dirigió hacia el hacha que estaba encima del leño. La serpiente se había quedado totalmente quieta, pegada a la pared. Ingrid fue hacia ella muy despacio, sosteniendo el hacha como si fuese un palo de golf y dejando una estela de huellas húmedas en el suelo de piedra. Levantó el hacha apenas unos centímetros y golpeó fuerte sobre la cabeza del reptil. El cuerpo seccionado se arqueó y las dos partes continuaron retorciéndose por separado.

Yo estaba temblando, pero sabía que no debía gritar ni exteriorizar mi miedo delante de Ingrid. Ayudándose del hacha, le dio la vuelta a la serpiente. La panza era blanca. Todavía se movía. Ingrid se volvió hacia mí con el hacha en la mano, la toalla envuelta alrededor del cuerpo como una toga, los brazos musculados por sus clases de boxeo y me habló en alemán:

–*Eine Schlange.*

Le dije que se apartase de allí, pero ella quería que yo me acercase. Sus dedos, que podían bordar con las agujas más delicadas, seguían aferrados al mango del hacha y yo estaba asustada, aunque siempre lo había estado desde el primer día que la conocí. Yo no estaba convencida de que la serpiente estuviera muerta, a pesar de estar cortada en dos en el suelo. Fui donde estaba la botella de vino de Matthew y bebí de ella. El vino me tiñó los labios de morado y me dejó la lengua áspera. Fue como beber plumas aplastadas y hojas de laurel. Y me acerqué a Ingrid y la besé. Le rodeé la cintura con el brazo izquierdo y con el derecho le quité el hacha de la mano.

Nos vestimos como si allí no hubiese ninguna serpiente muerta, nos pusimos nuestros vestidos y anillos, nos ajustamos los pendientes, nos peinamos y después abandonamos la habitación, las suaves sábanas blancas de cien hilos, las máquinas de coser, las telas, los gruesos muros, las vigas de madera, el pan de higo, la botella de vino aromático, una serpiente azul cercenada en dos, nuestras huellas húmedas en el suelo de piedra y la ducha todavía goteando.

Cuando íbamos hacia el coche, vi a un hombre con pantalones de montar ajustados de color beige recostado contra la puerta. Era bajo y moreno. Ingrid me dijo que era el profesor de equitación, Leonardo, el hombre que le alquilaba el cortijo. Estaba fumando un cigarrillo y la miraba, después clavó la vista en mí.

Me aparté el pelo de los ojos. Sentí como si introdujese algo dentro de mí a través de su mirada, como un oscuro trapicheo de drogas en un bar, en el que alguien desliza un fajo de sucios billetes en la mano de otra persona. Me estaba amenazando.

Me estaba diciendo que lo que veía no le parecía nada bien, que a mí había que ponerme en mi sitio, un sitio en el que él pudiese asustarme con la mirada, que era el avatar de su mente.

Sus ojos me estaban debilitando.

Tenía que vencer aquella mirada, que era su mente, cortarle la cabeza con mi mirada, igual que Ingrid se la había cortado, más literalmente, a la serpiente, así que le clavé la mirada y la introduje dentro de sus ojos.

Se quedó congelado, con el cigarrillo suspendido en el aire entre el índice y el pulgar.

De repente Ingrid corrió hacia él y lo besó en los labios. Aquello pareció despertarlo. Él levantó la mano abierta y la chocó contra la de ella a modo de saludo, *plaf,* mano contra mano, mientras Ingrid se inclinaba ágilmente hacia él, las manos todavía unidas pues sus labios no se habían separado cuando las entrechocaron.

Era como si ella estuviese sugiriendo una especie de traición: sí, puede que esté con ella, pero no soy como ella, estoy contigo.

Empezaron a hablar en español mientras los caballos hollaban el suelo con los cascos en los establos cercanos.

No sé lo que Ingrid quiere de mí. Mi vida no es nada envidiable. Ni siquiera a mí me gusta. Sin embargo, a pesar de que mi falta de glamour es bochornosa (una madre enferma, un trabajo sin ningún porvenir), Ingrid me desea y busca mi atención.

Ingrid le estaba contando a Leonardo cómo había matado a la serpiente. Él le apretó el bíceps del brazo derecho con las yemas de los dedos como diciendo: *Caramba, qué fuerte eres que has matado una serpiente tú solita.*

Las botas de montar de cuero marrón le llegaban hasta las rodillas.

Ingrid parecía eufórica.

–Leonardo dice que me va a regalar sus botas.

–Sí –dijo él–. Necesitarás estas botas para montar mi mejor caballo andaluz. Se llama Rey, porque es el rey de los caballos y tiene unas crines maravillosas, como tú.

Ingrid se rió, trenzando el pelo con los dedos mientras se inclinaba hacia él.

Me volví hacia Leonardo y le dije con voz calma:

–Ingrid montará el caballo andaluz con un arco y una flecha en las manos.

Ingrid se golpeó el dorso de la mano con el extremo de la trenza.

–Ay, ¿de verdad, Zoffie? ¿A quién le voy a disparar?

–Me dispararás a mí. Le dispararás a mi corazón con la flecha de tu deseo. En realidad, ya lo has hecho.

Una expresión de sorpresa le cruzó el rostro solo un instante y de inmediato me tapó la boca con las manos.

–Zoffie es mitad griega –le dijo a Leonardo, como si eso lo explicase todo.

Leonardo la golpeó suavemente con el puño en plan amistoso. En cuanto pudiese le traería las botas y le enseñaría cómo sacarles brillo.

–Gracias, Leonardo. –Ingrid le miró con ojos grandes y rubor en las mejillas–. Zoffie me llevará a casa en su coche. Es una conductora novata.

COJA

Llevo tres noches sin dormir. El calor. Los mosquitos. Las medusas del oleaginoso mar. Las montañas desnudas. El pastor alemán que liberé y que podría estar muerto, ahogado. Las incesantes llamadas a la puerta en la casa de la playa. He cerrado con llave y no abro a nadie, excepto ayer, que vino Juan. Era su día libre y se ofreció a llevarme a Cala San Pedro en su motocicleta. Es la única playa con un manantial de agua dulce. Me dijo que haríamos la mitad del camino por carretera y que después un amigo suyo nos llevaría hasta allí en barco. Le dije que mi madre estaba melancólica. Yo soy sus piernas y ella está coja. No sé qué hacer conmigo misma. He empezado a cojear de nuevo. He perdido las llaves del coche y no encuentro mi cepillo de dientes.

El incidente con la serpiente y después el de Leonardo socavándome la moral no dejaban de interferir con mis otros pensamientos.

Yo estaba asustada cuando le quité el hacha de la mano a Ingrid. Pero no tan asustada como para no querer saber lo que sucedería a continuación.

Leonardo se había convertido en su nuevo escudo.

Mi madre me estaba hablando, pero yo no la escuchaba y ella se dio cuenta, porque levantó la voz.

–Supongo que habrás pasado otro día feliz al sol.

Le dije que no había hecho nada, nada en absoluto.

–Qué maravilla poder no hacer nada. La nada es un gran privilegio. A mí me han quitado toda mi medicación y no hago más que esperar que suceda algo.

Miró el reloj de gángster en su muñeca. Seguía haciendo tictac. Marcaba el tiempo correcto. Mi madre esperaba que pasase algo mientras su reloj seguía haciendo tictac. Le resultaba difícil renunciar a toda su medicación. Esperar la aparición de un dolor nuevo era la mayor aventura de su vida. Mientras esperaba, desmenuzaba migas de pan blanco, las amasaba formando una bolita en la palma de la mano y después las chupaba durante horas. Las bolitas de pan se parecían a sus pastillas y le procuraban cierto consuelo. Esperaba. Esperaba día tras día algo que podía no suceder. Me vino a la cabeza una cancioncilla que aprendí en el colegio.

Cuando las escaleras subo
encuentro a un hombre que allí nunca estuvo.
Tampoco allí estaba hoy.
Ojalá, ojalá, siga lejos de donde estoy.

–No sé qué estarás esperando, pero quizá no llegue nunca –le dije–. No llegó ayer y puede que tampoco llegue hoy. –Le pregunté si no deseaba comer algo más suculento que el pan.

–No. Yo solo como porque no se puede tomar medicamentos con el estómago vacío.

Aquello me desconcertó durante un rato, pero después dejé de prestarle atención y fijé la vista en la pantalla resquebrajada de mi ordenador portátil.

–Supongo que te estoy aburriendo, Sofia. Bueno, yo también me aburro. ¿Cómo vas a distraerme esta noche?

–No. Distráeme tú a mí. –Me estaba volviendo atrevida.

Apretó los labios para poner más cara de víctima de lo normal.

–¿Tú crees que una persona que sufre sin remedio es una especie de payaso?

–No, no lo creo.

Las constelaciones de mi pantalla flotaban delante de mis ojos, con sus formas nebulosas e indefinidas. Una de ellas parecía un ternero. ¿Dónde iba a encontrar hierba en esa galaxia? Tendría que comer estrellas.

Rose me dio unos golpecitos en el hombro.

–Le expliqué al médico que yo sufría una enfermedad degenerativa crónica. Él reconoce que sabe muy poco sobre el dolor crónico. Dice que eso podría sorprender a muchos pacientes hoy en día y la verdad es que sí, que estoy sorprendida, porque ¿para qué le pagamos? Me dijo que mi dolor todavía no había desvelado sus secretos. Lo único que sé es que mi dolor crece día a día.

–¿Te duelen los pies?

–No, no tengo ninguna sensibilidad en los pies.

–Entonces, ¿cuál es el dolor que crece día a día?

Cerró los ojos. Abrió los ojos.

–Tú podrías ayudarme. Podrías ir a la *farmacia*[1] y comprarme mis calmantes, Sofia. Aquí en España no se necesita receta para eso.

Cuando me negué, me dijo que yo estaba hecha una gorda. Me pidió que preparase té, té de Yorkshire. Echaba de menos las ondulantes colinas de Yorkshire, que hacía veinte años que no veía. Le llevé el té en una taza en la que ponía «ELVIS VIVE». La cogió de mi mano con aire afligido, como si le hubiese dado algo que no había pedido y que la obligaba a beber. ¿Era la frase «ELVIS VIVE» la que provocó que torciese el gesto? ¿Le levantaría el ánimo recordarle que,

1. En español en el original. *(N. de la T.)*

en realidad, Elvis estaba muerto? Quejas. Lamentaciones. Aflicción. Mi madre vivía en un edificio llamado Cumbres Lamentosas. ¿También yo tendré que vivir allí? ¿Habrá entregado ya Rose una señal para reservarme un apartamento en Cumbres Lamentosas? ¿Y qué pasaría si no tengo dinero para irme a otro sitio? Tengo que borrar mi nombre de esa lista de reservas, de esa larga fila de tristes hijas que se pierde en el pasado y llega hasta el origen de los tiempos.

Rose estaba sentada en su sillón. Vista desde atrás ofrecía una imagen terrible. La imagen de la vulnerabilidad. La gente ofrece su aspecto más auténtico si la miras desde atrás. Rose llevaba el pelo recogido y le veía el cuello. Estaba empezando a perder pelo. Le caían unos pocos rizos sobre la nuca. Pero fue el detalle de la chaqueta de punto que se había puesto sobre los hombros en medio del calor del desierto lo que me hizo pensar que aquel ritual lo había heredado de su madre y lo había exportado a Almería. Aquella chaqueta de punto era muy conmovedora. Mi amor por mi madre es como un hacha. Hiere en lo más hondo.

–¿Estás bien?

Hasta donde llega mi memoria, me recuerdo a mí misma haciendo siempre esa pregunta. Si no la hacía en voz alta, la hacía para mis adentros: ¿está mi madre bien, está bien? Rose contestó con tono molesto, quizá un poco confuso, y se me ocurrió que quizá ella no me preguntaba lo mismo a mí porque no quería oír la respuesta. Preguntas y respuestas conforman un código complejo, igual de complejo que las estructuras de parentesco.

P = Padre. M = Madre. MS = Mismo sexo. SO = Sexo opuesto. No tengo H (Hermanos) o N (Niños) o E (Esposo) ni tampoco tengo un Padrino ni una Madrina (a los que clasificamos como parientes imaginarios porque los padrinos pueden inventarse sus responsabilidades y deberes).

Yo no estoy bien. No estoy nada bien y hace tiempo que no lo estoy.

No le decía lo desanimada que me sentía y lo avergonzada que estaba por no ser más fuerte ante las adversidades y ante todo lo demás, que incluía ambicionar una vida más grande, pero hasta el momento no había sido lo suficientemente atrevida para apostar por aquellas cosas que quería que pasasen, y que tenía miedo de que estuviese escrito en las estrellas que acabaría teniendo una vida tan limitada como la suya, que esa era la razón por la cual yo estaba buscando la clave de la conversación que sus piernas lisiadas mantenían con el mundo, pero que, al mismo tiempo, estaba asustada de que le encontrasen algo maligno en la columna vertebral o alguna otra enfermedad grave. Aquella noche en el sur de España no podía quitarme la palabra «grave» de la cabeza. Eran las siete de la tarde, empezaba a anochecer, el final de un largo día de sol y el principio de la noche. Entonces, con la vista clavada en la resquebrajada cosmología de unas estrellas solitarias y unas nebulosas hechas añicos, oí salir de mis labios un canturreo de lamento cuya letra hablaba de que estaba perdida, de una nave espacial extraviada y de que tenía que ponerme mi casco, de que algo iba mal y había perdido contacto con la Tierra, pero nadie podía oírme.

Veía a Rose arrastrando los pies, el tobillo izquierdo torcido dentro de la zapatilla. Yo no sabía bien a quién le estaba cantando, si era a M o a P o a E o a H o al padrino imaginario o incluso a Ingrid Bauer. Me llegaba el olor a calamares fritos del bar de la esquina, pero echaba de menos Inglaterra, las tostadas, el té con leche y las nubes que anunciaban lluvia. Notaba que mi voz era muy londinense porque allí fue donde nací, y entonces dejé mi habitación. Mi madre me llamaba, decía mi nombre una y otra vez (Sofia Sofia Sofia) y después empezó a gritar, aunque no era un grito de enfado y supongo que lo que yo quería era que mi fantasmagórica madre emergiese entre las resquebrajadas estrellas fabricadas en China y me dijese: *Mañana será otro día, aterrizarás a salvo. Lo harás lo harás.*

Entré en la cocina y sobre la mesa estaba la falsa vasija griega con el friso de esclavas portando cántaros de agua en la cabeza. La cogí y la tiré al suelo. Al estrellarse contra el suelo y hacerse añicos, sentí que el veneno de las picaduras de medusa me provocaba la sensación extraña de estar flotando.

Cuando levanté la vista, mi madre se encontraba de pie (realmente de pie) en la cocina entre los trozos de la falsa Grecia antigua. Rose era alta. Llevaba una chaqueta de punto sobre los hombros. Había trabajado toda su vida y tenía permiso de conducir, pero no había sido ciudadana ni forastera en la antigua Grecia. No habría tenido ningún derecho entre aquellas ruinas que alguna vez fueran una gran civilización que consideraba a la mujer una vasija para fecundar. Yo era la hija que había tirado el ánfora al suelo y la había roto. Mi madre había intentado mantenerla entera durante un tiempo. Había aprendido a hacer queso de cabra salado para mi padre, lo recuerdo, lo recuerdo, calentar la leche, añadir el yogur, remover el cuajo, cortarlo, había que hacer algo con una muselina y la salmuera, madurar el queso en botes. Mi madre le echaba hierbas al cordero que preparaba al horno para él, hierbas de las que jamás había oído hablar en Warter, Yorkshire, pero recuerdo que, cuando él se fue, ella no pudo pagar las facturas con hierbas ni con queso, claro que me acuerdo, tuvo que salir de la cocina y ponerse a hacer otra cosa, recuerdo que apagó el horno, se puso el abrigo, abrió la puerta de casa y allí estaba el lobo acechándonos sobre el felpudo, pero ella lo ahuyentó y buscó trabajo y no hizo mohines ni se rizó la pestañas para sentarse día tras día a ordenar libros alfabéticamente en la biblioteca, pero siempre fue perfectamente peinada, con su moño sujeto con una sola horquilla.

–Sofia, ¿se puede saber qué te pasa?

Empecé a explicárselo, pero un animador infantil que actuaba en la plaza comenzó a lanzar petardos. Oía a los niños reírse y sabía que el hombre iba montado en su monociclo y escupía fuego por la boca. Bajé la mirada hacia la falsa vasija griega hecha añicos y me di cuenta de que era la señal de que debía volar a Atenas a ver a mi padre.

Mi padre me estaba esperando en el Aeropuerto Internacional de Atenas, pero no estaba solo. Yo estaba sola con mi equipaje y él estaba con su nueva esposa, que sostenía en brazos a su hija recién nacida. Lo saludé con la mano en alto y el sonido de las ruedas de mi maleta sobre el suelo de mármol marcó nuestro encuentro. No nos habíamos visto en once años, pero nos reconocimos sin dudarlo. Fui hacia él y mi padre se acercó, cogió mi maleta, me besó en la mejilla y dijo: «Bienvenida.» Estaba moreno y tranquilo. Me llamó la atención su pelo oscuro, porque yo lo recordaba canoso. Llevaba una camisa azul perfectamente planchada, la raya bien marcada en el codo y el cuello.

–Hola, Christos.

–Llámame papá.

No sé si seré capaz, pero voy a escribirlo y veré qué me parece.

Mientras nos dirigíamos hacia su nueva familia, papá me preguntó qué tal el vuelo. Si había podido dormir un poco, si me habían servido algo de comer, si tenía asiento de ventanilla y si los baños estaban limpios. Así llegamos junto a su mujer y a su hija pequeña.

–Te presento a Alexandra y a tu hermana pequeña, Evangeline, que significa «mensajera», como un ángel.

Alexandra tenía el pelo negro, corto y liso, y llevaba gafas. Era bastante corriente, pero joven, y tenía la camisa vaquera azul (marca Levi Strauss) manchada de leche a la altura del pecho. Estaba pálida y parecía cansada. Llevaba un aparato metálico en los dientes. Alexandra me miró a través del aumento de sus gafas y su mirada era franca y cordial, un poco recelosa pero, por encima de todo, acogedora. Miré a Evangeline, que también tenía el pelo negro, un montón de pelo. Mi hermanita abrió los ojos. Eran marrones y brillantes, como la lluvia que resplandece sobre los tejados.

Cuando mi padre y su nueva esposa miraron a Evangeline pude ver el más puro amor en sus ojos, un amor manifiesto y sin remilgos.

Eran una familia. No hacían muy buena pareja puesto que él tenía sesenta y nueve años y ella veintinueve. En realidad, parecían otra cosa: un padre con su hija y su nieta. Pero a pesar de esta falsa imagen, el afecto entre ambos era auténtico. Mi padre, Christos Papastergiadis, quería a sus dos nuevas mujeres. Había construido una nueva vida y yo formaba parte de la antigua vida que le había hecho desdichado. Para armarme de valor, me había recogido el pelo con tres broches con forma de flores escarlata, de inspiración flamenca, que me había comprado en España.

Mi padre me dijo que iría a buscar el coche y que lo esperásemos fuera, en la zona de recogida de pasajeros. Después me proporcionó información adicional. Me dijo que había un autobús (número X95) que paraba justo delante de la puerta del aeropuerto. Costaba cinco euros y era bueno que yo supiese, para la próxima vez que fuese a Atenas, que ese autobús me llevaba directo a la plaza Sintagma, en el centro de la ciudad. Papá agitó las llaves por encima de la cabecita de Evangeline, como un bondadoso abuelito, y después desapareció por una puerta de vidrio.

Le pregunté a Alexandra si quería un café con hielo porque yo iba a comprar uno en el quiosco. Me dijo que no, porque quedarían residuos de cafeína en la leche con la que amamantaba a Evangeline y eso excitaba mucho a la pequeña. Sonrió y el aparato de los dientes hizo que pareciese mucho más joven que yo. Se me ocurrió pensar si llevaría puesto el aparato cuando dio a luz, pero en ese momento Alexandra me preguntó en qué trabajaba y le contesté (mientras tomaba mi café frío marca Frappuccino con una pajita) que todavía no había decidido qué hacer con mi licenciatura en Antropología.

–Bueno, deberías visitar el Partenón. ¿Sabes que es el edificio más importante que queda de la Grecia clásica?

Claro que lo sé, sí.

Volvió a preguntármelo, porque le había respondido mentalmente pero no lo había hecho en voz alta.

–El Partenón –repitió.

–Sí, he oído hablar de él.

–El Partenón –volvió a decir.

–Es un templo –dije.

Alexandra llevaba unas zapatillas de andar por casa de felpa gris que en la parte de arriba, a la altura los dedos de los pies tenían pegadas unas nubes blancas y esponjosas. Las nubes tenían un par de ojitos que rotaban en todas direcciones cada vez que movía los pies. ¿Las nubes tienen ojos? A veces se representan las nubes de tormenta con las mejillas infladas para simbolizar el viento, pero no suelen tener ojos moviéndose a izquierda y derecha. Es que no eran nubes. Eran corderitos.

Alexandra se dio cuenta de que le miraba los pies y se rió.

–Son muy cómodas. Me costaron menos de setenta euros. En realidad son pantuflas, pero tienen una suela de goma dura así que las puedo usar fuera de casa.

La segunda mujer de mi padre era una niña que llevaba aparato en los dientes y pantuflas de animalitos. Empecé a observarla de arriba abajo, a ver si le descubría unos pendientes con mariquitas o un anillo con un emoticono sonriente, pero lo único que le vi fue un par de lunarcitos en el cuello y otro justo encima del labio. Me di cuenta de que mi madre era una mujer sofisticada. De que detrás del muro de su enfermedad se escondía una mujer glamourosa que sabía cómo vestir elegantemente.

Llegó el coche. Papá ayudó a Alexandra y a Evangeline a acomodarse en el asiento de atrás. A esas alturas ya había dicho varias veces «papá» en voz alta y para mis adentros y me gustaba cómo sonaba. Estuvo un rato ajustando el cinturón de seguridad de Alexandra mientras ella sostenía a la niña. Mi padre desplegó una sábana blanca, la extendió sobre el regazo de su mujer y le dijo en inglés que intentase dormir un poco. Después me hizo un gesto para que me sentase en el asiento del acompañante. Mi maleta estaba en el maletero y mi padre nos llevaba por la autovía rumbo a Atenas, mirando una y otra vez por el espejo retrovisor para cerciorarse de que su familia se encontraba bien, sonriéndole a Alexandra para demostrarle que él estaba allí y solo allí.

–¿Dónde vives ahora, Sofia?

Le dije que de lunes a viernes dormía en el almacén de la Coffee House y los fines de semana en casa de Rose.

–¿Estás pasando unas buenas vacaciones en España? ¿Estás descansando? ¿Duermes siesta por las tardes?

Todo el tiempo usaba palabras como «dormir», «descansar», «siesta». Le dije que yo no solía dormir mucho, que pasaba la mayoría de las noches en blanco, pensando en mi tesis doctoral inconclusa y también en otras obligaciones, muchas relacionadas con mi madre, que estaba enferma. Le conté que ahora sabía conducir. Me felicitó. Le expliqué que todavía no tenía el permiso, pero que me lo sacaría nada más volver a Londres. Evangelina hizo un ruidito como si estuviese ahogándose y él le preguntó algo a Alexandra en griego. Ella le respondió en griego y yo no entendí ni una sola palabra. Papá me explicó que algunas medicinas escaseaban debido a «la crisis» y que su mayor preocupación era que Evangeline se mantuviese sana. Después de un rato, Alexandra me preguntó por qué yo no hablaba griego. Mi padre respondió por mí en inglés.

–Bueno, Sofia no tiene oído para los idiomas. Y no fue al colegio griego los miércoles y los sábados porque su madre pensaba que ya se atragantaba bastante con el colegio inglés.

En realidad, yo no me atragantaba con nada en mi colegio inglés. Lo único que tomaba era sopa que llevaba en un termo y, a veces, era sopa de lentejas griega.

–Alexandra habla italiano perfectamente. De hecho, es más italiana que griega. –Mi padre tocó la bocina un par de veces.

–Sì, parlo italiano –oí que susurraba una voz aguda e infantil, y me sobresalté, lo que provocó que mi padre diese un volantazo.

Cuando me giré para mirar a Alexandra, vi que se reía tontamente, tapándose la boca con la mano.

–¿Has nacido en Italia, entonces? –No sé por qué, pero lo pregunté con tono molesto. Quizá porque ella había rebajado mi estatus evidenciando que yo era la única extraña dentro de aquel coche familiar que olía a leche y a vómito.

–No lo sé seguro. –Negó con la cabeza como si fuese un misterio.

La identidad es siempre difícil de establecer.

Me quité los broches que me sujetaban el pelo y dejé caer la maraña de rizos sobre los hombros. Todavía tenía los labios agrietados. También la economía de Europa estaba llena de grietas. Y las instituciones financieras del mundo entero.

Esa noche oí a papá cantándole a Evangeline en griego después de acostarla. Mi hermana tendrá oído para el idioma de su padre. Aprenderá las veinticuatro letras del alfabeto con su grafía antigua y moderna, desde la alfa hasta la omega.

A	**B**	**Γ**	**Δ**	**E**	**Z**
Alfa	Beta	Gamma	Delta	Épsilon	Dseta
H	**Θ**	**I**	**K**	**Λ**	**M**
Eta	Zeta	Iota	Kappa	Lambda	Mu
N	**Ξ**	**O**	**Π**	**P**	**Σ**
Nu	Xi	Ómicron	Pi	Ro	Sigma
T	**Y**	**Φ**	**X**	**Ψ**	**Ω**
Tau	Ípsilon	Fi	Ji	Psi	Omega

Su primer idioma será el amor de verdad. Aprenderá a decir «papá» desde pequeñita y será para ella una palabra cargada de significado. Yo tengo más oído para el lenguaje de los síntomas y los efectos secundarios, porque ese es el idioma de mi madre. Quizá sea mi lengua materna.

Las paredes de su piso, ubicado en el barrio residencial de Kolonaki, están totalmente cubiertas de pósters enmarcados del Pato Donald. Las paredes exteriores del edificio están llenas de pintadas en las que pone «OXI OXI OXI». Alexandra me explica que «OXI» en griego significa «no». Le respondo que sí, que ya sé que *oxi* quiere decir no, pero ¿por qué hay tantos patos en la casa? Parece ser que vienen impresos digitalmente sobre contrachapado y te los envían por correo con la hembrilla para colgarlos ya puesta para facilitarte la tarea. Alexandra dice que le alegran la vista porque de niña nunca vio ningún dibujo animado. Señaló a Donald vestido de marinero, Donald vestido de Superman, Donald escapando de un cocodrilo, Donald con un sombrero de brujo color morado, Donald saltando a través de un aro en la pista de un circo.

–Es un niño. Le gusta tener aventuras –dice Alexandra, sonriendo.

¿El Pato Donald es un niño, un adolescente desbordante de hormonas o un adulto inmaduro? ¿O es todas esas cosas al mismo tiempo, como es probable que lo sea yo misma? ¿Llorará alguna vez? ¿Cómo afectará la lluvia a su carácter? ¿Cuándo dice que no y cuándo que sí?

Mi madre tiene colgados siete grabados de Lowry en las paredes de su casa. Le gustan esas escenas de la vida cotidiana en el lluvioso noroeste de Inglaterra. La madre de Lowry era una mujer enferma y depresiva, así que él la cuidaba durante el día y pintaba de noche, mientras ella dormía. Mi madre y yo nunca hablamos de esa parte de la vida del artista.

Alexandra le pide a mi padre que ponga la mesa para la cena mientras ella me muestra la habitación de invitados.

–No pongas los mejores platos –le dice Alexandra, aunque mi padre ya lo sabe. Si mi madre y la madre de Lowry fuesen platos (no los mejores platos, pero tampoco los peores), llevarían estampado el sello del lugar donde fueron fabricados: «Hecho en Sufrimiento».

Los platos estarían expuestos sobre una estantería como reliquias de familia que heredarían los desafortunados hijos.

Mi hermanita, Evangelina. ¿Qué heredará ella?

Una empresa naviera.

–Sofia –dice mi padre–. He puesto tus broches de pelo con forma de flores en la mesilla de tu habitación. Alexandra te enseñará dónde está.

La habitación de invitados no tiene ventanas. Hace un calor sofocante. La cama es un catre de campaña de lona dura. Es más una despensa que una habitación, como mi cuarto de la Coffee House. Alexandra cerró la puerta con mucho cuidado para no despertar a Evangeline, mientras hacía *sshh sshh* con la boca hasta que, por fin, logró sortear el último crujido de la puerta y se alejó de puntillas por el pasillo en sus pantuflas de corderitos. Me tumbé en la cama. Doce segundos después, cambié la posición de la almohada y la cama se vino abajo, tirando la pequeña mesilla de noche donde se encontraban colocados con mimo mis broches de pelo con flores moradas. Evangeline se despertó y empezó a llorar. Yo seguía en el suelo, con la mesa caída sobre el pecho, pedaleando con las piernas para estirarlas tras el viaje en avión. Se abrió la puerta y entró mi padre.

–No, papá –le dije–. No. Nunca entres en mi cuarto sin llamar antes a la puerta.

–¿Te has hecho daño, Sofia?

Seguí tumbada, rodeada de muebles rotos y continué pedaleando.

La mesa estaba puesta con tres platos, que no eran los mejores, y una jarra de agua. Mi padre rezó una oración que empezaba diciendo: «Comerán los pobres y serán saciados» y el resto lo cantó en griego. Después siguió sentado en silencio mientras Alexandra le servía pasta con un cucharón. Alexandra me dijo que era un plato regional italiano con anchoas y pasas. Lo había preparado ella porque le gustaba la combinación de lo dulce y lo salado. Mi padre no dijo una sola palabra después de rezar, así que ella hablaba por él. Me preguntó dónde vivía en España, si había visto una corrida de toros, si me gustaba la comida española y cómo era el clima, pero nadie habló del caos en el que estaba sumida Atenas ni nadie me preguntó por mi madre. Rose era un tema tabú en aquel comedor y estoy convencida de que ni siquiera el Pato Donald podría hacerlo desaparecer. Donald podría montar a caballito sobre la espalda de Rose o lanzarle una piedrecilla con su tirachinas, pero ella es una bestia demasiado grande para que pueda perseguirla con sus patitas naranjas palmeadas.

De repente mi padre habló:

–Confesé mi vergüenza ante nuestro Señor y él se me reveló en toda su misericordia. –Tenía la mirada fija en su plato, pero creo que me hablaba a mí.

LA TRAMA

Las cosas empeoraron. Resulta que Alexandra es economista y, además, partidaria de la corriente dominante. Algo muy útil, pues yo he venido a Atenas a reclamar una deuda que mi padre me debe por no haberse ocupado nunca de mí. Quizá, en su fuero interno, él se haya absuelto a sí mismo volcando toda su energía paternal en mi hermana Evangeline.

Creo que él se da cuenta de que soy su desconcertada y andrajosa acreedora. Debería adecentarme, apretar los dientes, ponerme una falda y una chaqueta y meter a mi padre en un cuartucho mal ventilado, con luces estroboscópicas y un traductor y llegar a un acuerdo, pero todavía tengo todo el cuerpo estremecido por las caricias y los besos recibidos durante las calurosas noches del desierto. Para él sería más fácil borrarme de su vida por completo pero, por lo que sea, quiere que yo apruebe a Alexandra. Ella es su garantía más valiosa. Está orgulloso de su mujer y lo entiendo. Alexandra está siempre pendiente de su hija y de su marido. Eso dulcifica el carácter de mi padre y le da tranquilidad.

Pero las deudas de mi padre se remontan a mucho tiempo atrás. Como consecuencia de su primer impago, mi madre se enfrenta a una hipoteca sobre mi vida.

Aquí estoy yo, en la cuna de Medusa, que ha marcado

mi cuerpo con las cicatrices de su veneno y de su rabia. Me encuentro sentada en un sofá azul enorme y mullido junto a Alexandra, que se está colocando el centelleante aparato de los dientes. Todas las ventanas permanecen cerradas y está encendido el aire acondicionado. Su hija duerme sobre su pecho, la criada limpia los suelos y ella chupa una gominola recubierta de azúcar.

¿Me otorga el acicate de ser acreedora un poder que me hace sentir feliz? ¿Son los acreedores más felices que los deudores?

En realidad, ya no estoy segura de cuáles son las reglas ni de qué es lo que quiero lograr. Es todo un misterio.

¿Qué es el dinero?

El dinero es un instrumento de cambio. El jade, los bueyes, el arroz, los huevos, las cuentas, los clavos, los cerdos y el ámbar, todo ello ha sido usado como forma de pago y para establecer deudas y créditos. Y lo mismo sucede con los hijos. A mí me cambiaron por Alexandra y Evangeline, pero se supone que tengo que hacer como que no me doy cuenta.

Hacer como que no me doy cuenta y como que he olvidado son algunas de mis habilidades especiales. A mi padre le encantaría que yo me arrancase los ojos, pero la memoria es como un código de barras. Yo soy un escáner humano.

–Sofia, me parece que tú estás en contra de las medidas de austeridad –dijo Alexandra con los labios llenos de azúcar–. Yo soy conservadora, así que prefiero someterme al tratamiento de las reformas. No podemos abandonar nuestra medicación si queremos permanecer en la eurozona. Tu papá ha sacado casi todo el dinero del banco y lo ha metido en un banco británico. No sabemos lo que va a pasar.

Parece que está a punto de soltarme un discurso, así que la interrumpo con el fin de comprobar sus referencias.

Resulta que fue al colegio en Roma y a la universidad en Atenas. Antes de conocer a mi padre fue ayudante en el equipo de investigación de un execonomista jefe de algún lugar importante, después ayudante en el equipo de investigación del director de política económica en el Banco Mundial y, después, ayudante en el equipo de investigación del vicepresidente de otro lugar menos importante, pero muy grande de todos modos.

Alexandra me ofrece una gominola del cuenco de cristal que reposa sobre la mesa.

–Si no cumplimos con nuestros compromisos e incumplimos los pagos, los acreedores nos dejarán en cueros. –Hablaba de la crisis económica como si fuera una enfermedad grave, contagiosa y contaminante. La deuda es una epidemia que asola Europa, un brote infeccioso que necesita una vacuna. Su trabajo había consistido en controlar el comportamiento y la evolución de dicha infección.

Es una tortura escucharla mientras chupo una gominola.

Fuera brilla la luz del sol.

Luz del Sol es sexy.

Resulta que antes de tener a Evangeline, Alexandra trabajaba en un banco en Bruselas. La oficina cerraba los viernes y entonces ella se subía a un avión y volvía a casa con mi «papá».

Desenvuelve una gominola verde y se la mete en la boca.

–Sofia, todos tenemos que despertarnos de esta pesadilla y tomar la medicación.

Pensé en Gómez, que le había suprimido toda la medicación a mi madre, pero yo no hablo de ese asunto con mi flamante madrastra.

Alexandra me escudriña, inquieta, con uno de sus ojos marrones, el que es más pequeño que el otro.

–Durante años mi trabajo consistió en comprobar que los ministros de Finanzas convencían a los mercados de que todo estaba bajo control y que persistían en la supervivencia del euro. –Mientras lo dice, le frota la espalda a mi hermanita. De vez en cuando, Alexandra saca la punta de la lengua, que tiene teñida de verde por el caramelo. No sé por qué hace eso con la lengua. Quizá tenga algo que ver con el aparato que constriñe sus dientes.

Es cuatro años mayor que yo y se preocupa por la supervivencia del euro.

Alexandra tiene dos granos en el mentón. Quizá mi padre esté mintiendo sobre su edad y Evangeline sea producto de un embarazo adolescente. Empiezo a tener la impresión de que Alexandra no ha hablado con nadie, aparte de Christos Papastergiadis, en el último año.

–No pienses que una salida desordenada de la eurozona no repercutirá en Estados Unidos, Sofia.

En realidad en quien estoy pensando es en Ingrid y en la noche en que me puso miel en los labios agrietados y yo me sentí como si me hubiese embriagado. Estoy pensando en tumbarme en la playa con Juan pasada la medianoche y en una vez que compré seis botellas de *agua sin gas*[1] en el supermercado Spar del pueblo y sentí unas ganas enormes de comprar una revista de moda que traía de regalo unas gafas de sol estilo Jackie Kennedy y que estaba expuesta junto a las cajas del supermercado. Las enormes gafas que venían con la revista no eran una buena copia, todo hay que decirlo, las monturas blancas tenían el detalle de la firma de Jackie grabada en una greca, pero, aun así, yo me moría de ganas de sacarlas del envoltorio, ponérmelas y pasear entre los cactus de mi propio Camelot de la Lujuria con Ingrid y Juan a cada lado. La palabra «Querida» bordada sobre la seda de mi blusa me había cambiado la vida más que la palabra «euro». Querida es como un foco de luz en el centro de un escenario. Yo había espiado aquel círculo de luz desde detrás del telón, pero nunca se me había ocurrido que yo pudiera ser la actriz protagonista.

No estoy segura de cuánto deseo puedo permitirme sentir.

1. En español en el original. *(N. de la T.)*

El ojo izquierdo de Alexandra es, sin lugar a dudas, más pequeño que el derecho.

–Te estaba hablando de Estados Unidos, Sofia.

Siempre quise visitar Estados Unidos. Dan de Denver es mi mejor amigo en la Coffee House. Me gustaba sentir su enorme energía cerca de mí mientras molía los granos de café y escribía las etiquetas de las tartas. Incluso echaba de menos hacer ejercicio con él entre un café *flat white* y otro, saltando sobre el mismo lugar y abriendo brazos y piernas a la vez, y oírlo lamentarse sin cesar por no tener un seguro de salud. La última vez que hicimos nuestros ejercicios de saltos, Dan se estaba planteando ir a trabajar a Arabia Saudí para hacer dinero fácil, pero decía que tendría que tomar Prozac para poder soportar que allí se prohibiese conducir a las mujeres. Cuando recordé el momento en que me lo dijo se me ocurrió por primera vez que quizá estuviese coqueteando conmigo.

Y me muero de ganas de tomar un café artesanal.

El almacén de la Coffee House me parece realmente espacioso comparado con el cuarto de invitados que tengo en Atenas. Ahora que Dan está durmiendo en mi cama manchada de tinta, ¿miraría todas las mañanas la pared con la cita de Margaret Mead que yo había escrito con rotulador?

A pesar de haberlo tenido todo el tiempo delante de mis narices, nunca se me ocurrió que la Coffee House podría representar un buen lugar para un trabajo de campo.

Alexandra sigue hablando sin parar de la reacción de los mercados de valores ante el temor de una posible desintegración de Europa. Al cabo de un rato me pregunta si mi madre me echa de menos.

–Espero que no.

Mi respuesta parece entristecerla.

–¿A ti te echa de menos tu madre, Alexandra?

–Espero que sí.

–¿Tienes oficina propia en el banco de Bruselas?

–Sí, y hay tres comedores subvencionados y me pagan un montón por permiso de maternidad.

–¿Puedes hacer huelga?

–Tendría que presentar una notificación por escrito. ¿Eres anticapitalista?

Sé que Alexandra necesita que la hija mayor de su marido sea antitodo, así que ni me molesto en contestar. Alexandra ha subido a bordo del gran buque con su marido y su hija y yo estoy en una lancha neumática que flota en otra dirección.

Me dice que recibe el 5 % de subsidio familiar porque ella es cabeza de familia.

Ella es cabeza de familia y yo ni siquiera tengo una casa que no sea la casa de mi madre.

–¿Tu madre todavía está enamorada de tu padre?

–Mi padre solo hace lo que le conviene –le respondo.

Se me queda mirando como si yo estuviese loca. Y después se ríe.

–¿Por qué iba a hacer tu padre algo que no le conviniese?

Una ardilla ha saltado de la rama de un árbol que cuelga sobre el balcón y mira a través de la ventana cerrada. ¿Qué es lo que ve? Tres generaciones de mi familia, supongo.

¿Por qué iba a hacer mi padre algo que no le conviniese? Lo dijo como a la ligera, pero su pregunta es igual que un vendaval que cruza los mullidos pliegues azules de su acogedor sofá. Un vendaval que incluso había arrastrado a la ardilla desde el árbol hasta la ventana. ¿Hago yo cosas que no me convienen? Me recuesto en el suave algodón azul con las manos detrás de la cabeza y estiro las piernas. Llevo puestos unos shorts y la blusa amarilla que Ingrid me regaló. Alexandra está intentando leer la palabra bordada en azul sobre mi pecho izquierdo. Entrecierra el ojo más pequeño y veo cómo mueve los labios mientras deletrea «Querida» en silencio.

Frunce el ceño, como si no entendiese su significado pero le diese vergüenza preguntar.

Palmea las manos y la ardilla se aleja corriendo.

Alexandra tiene una carrera, un marido devoto y rico y una hija. Probablemente ha firmado como copropietaria de un piso caro en un barrio de gente acaudalada y recibe su parte de las acciones de la empresa naviera de su marido. Tiene fe en un dios. ¿Dónde me coloca eso? Yo vivo una vida imprecisa y de alquiler temporal en algo parecido a una choza al borde de un pueblo. ¿Qué me ha impedido construir una casa de dos plantas en el centro del pueblo?

En la trama principal de mi vida no hay ni un dios ni un padre.

Yo soy antitrama principal.

Nada más decirlo para mis adentros, no me siento tan convencida. Sin duda, mi padre está presente en la cosmología de mi pantalla de ordenador. Está resquebrajado, pero sigue funcionando. No tengo un plan B para reemplazar a mi padre. Entonces veo los ojos azules de mi madre, pequeños y furibundos. Me miran echando chispas desde su maltrecho cuerpo. Son las estrellas más brillantes de la galaxia resquebrajada. Ella ha hecho cosas que no le convenían y yo estoy encadenada a su sacrificio, avergonzada por ello. Me pregunto qué habría pasado si mi madre me hubiese dicho: *Sofia, voy a empezar de cero. Ahora tienes cinco años, así que me voy a Hong Kong, adiós, hasta más ver. Estoy deseando probar los platos de los puestos ambulantes del mercado. Empezaré por la sopa de albóndigas de pescado hechas de anguilas y cuando volvamos a vernos te quedarás fascinada con las historias de mis viajes. Vivirás con tu abuela en Yorkshire mientras yo saco provecho de los buenos hospitales, de un costo de vida más asequible y de la demanda de mis capacidades. No olvides abrocharte el abrigo durante los meses de invierno ni recoger flores silvestres en las colinas de Yorkshire cuando llegue la primavera.*

Incluso con cinco años yo era más vieja que las estrellas fabricadas en China de la pantalla de mi ordenador.

¿Por qué iba a hacer tu padre algo que no le conviniese?

Alexandra sigue esperando mi respuesta. Mi hermanita está ahora prendida de su teta. Alexandra hace una mueca de dolor y le da un golpecito en la nariz a su hija cuando le retira el pezón de los labios. Dice que la niña está chupando mal y que se le ha abierto el pezón. Cuando Evangeline llora por la momentánea separación, Alexandra la deja llorar, tomándose su tiempo para adoptar una postura más cómoda. Alexandra no tiene tan buena leche como para hacer algo que no le convenga. Y tampoco mi padre. Son la pareja perfecta y tienen fe en un dios que hace que su mundo sea más seguro que el mío.

Si por lo menos yo creyera en algo parecido a un dios. Recuerdo haber leído algo sobre una mística cristiana de la Edad Media llamada Juliana de Norwich. Juliana era una mujer que escribió sobre la maternidad de Dios (creía que Dios era en realidad una madre y un padre. Una creencia interesante, aunque yo apenas puedo con mi propia madre y mi propio padre).

–¿Por qué iba a hacer mi padre algo que no le conviniese?

Ahora soy yo quien repite la pregunta en voz alta. Es una zona gris y estoy perdida en la grisura, asintiendo y negando con la cabeza al mismo tiempo. Mi cabeza hace todos esos movimientos, bajando el mentón y volviéndolo a subir para decir que sí y después moviéndose de izquierda a derecha para decir que no. Alexandra sonríe y me cruza por la mente que el acero que cubre sus dientes no se encuentra solo allí sino que es probable que le cruce todo el cuerpo. Es, literalmente, una mujer de acero, pero entonces baja la voz y se me acerca sobre el mullido sofá azul.

–No es fácil estar con un hombre viejo. Tenemos una diferencia de cuarenta años, ¿sabes?

Sí que lo sé. Es difícil de creer. De todas formas, ¿piensa que soy su mejor amiga?

Cojo una gominola y le quito el celofán haciendo mucho ruido para tapar sus confidencias.

–En realidad sesenta y nueve años es el principio de la vejez. –Vuelve a sacar la lengua para recolocarse el aparato de los dientes–. Tiene que hacer pis todo el tiempo, está un poco sordo y siempre está cansado. Tiene muchos problemas de memoria. Cuando fuimos a buscarte al aeropuerto no recordaba dónde había aparcado el coche. Te estaría muy agradecida si, cuando te marches, fueses al aeropuerto en el autobús X95. Cuando caminamos juntos no puede seguirme el paso. Tienen que operarlo de la cadera. Pero ahora le han puesto cuatro dientes nuevos. Cuando se va a acostar se quita la dentadura postiza en el piso de abajo y la sumerge en una solución dentro de un bote.

En ese momento entra mi padre.

–Hola, chicas. Me gusta ver que os lleváis bien.

El segundo día en Atenas me ofrecí a acompañar a mi padre que cruzaba el parque caminando todos los días para ir al trabajo. Era la primera vez que estábamos a solas, sin su mujer ni su otra hija, los escudos humanos que usaba para defenderse de su huraña e insomne acreedora.

Ambos sabemos que es imposible que me devuelva la deuda generada por haber estado ausente de mi vida, pero es apasionante simular que negocias un acuerdo. En ese sentido, estoy en sintonía con el grafiti pintado en un muro cerca del metro que decía: «¿Y DESPUÉS QUÉ?»

Yo cruzaba el parque tambaleándome sobre unas sandalias de ante negro con plataforma y mi padre lo hacía tambaleándose por cargar sobre sus espaldas la pequeña parte de culpa que su dios no le había perdonado del todo. Nos tambaleábamos en silencio.

Fue un alivio que se encontrase con un colega de la empresa naviera que también iba camino del trabajo. Hablaron de la propuesta de incrementar los impuestos sobre las navieras y después de la gran suma de euros en efectivo que ambos habían escondido para una emergencia.

Mi padre se vio obligado a presentarme como su primera hija, un producto del pasado que había dejado atrás en

Gran Bretaña. Además de las sandalias con plataforma yo tenía puestos unos shorts y un top de lentejuelas doradas muy corto y sin mangas. Llevaba el ombligo al aire y el pelo recogido en un moño con los tres broches de flores flamencas. Mi padre debió de quedar impresionado al descubrir que su hija adulta y pechugona procedente de Londres despertaba el interés sexual de su colega.

–Me llamo Sofia. –Le estreché la mano.

–Yo soy George. –Retuvo mi mano en la suya.

–Estoy de visita unos pocos días. –No hice nada por retirar la mano.

–¿Tiene que volver por trabajo? –Me soltó la mano.

–Sofia es camarera por el momento –dijo mi padre en griego.

También soy otras cosas.

Tengo una licenciatura y un máster.

Soy un ser estremecido por una sexualidad ambigua.

Soy puro sexo sobre unas piernas morenas con sandalias de ante con plataforma.

Soy una joven urbana, culta e irreverente.

No represento una feminidad aceptable desde el punto de vista de mi padre. No estoy segura, pero creo que él cree que soy una deshonra para la familia. No sé bien por qué. Como papá estuvo desaparecido bastante tiempo no me explicó cuáles eran mis deberes ni mis obligaciones.

–Sofia lleva en el pelo unas flores flamencas que compró en España. –Mi padre parecía deprimido–. Pero nació en Gran Bretaña y no habla griego.

–No veía a mi padre desde los catorce años –le expliqué a George.

–Su madre es hipocondríaca –le dijo mi padre a George con tono de hermano.

–Llevo cuidándola desde los cinco años –le dije a George con tono de hermana.

Mi padre empezó a hablar, interrumpiéndome. Aunque no entendí casi nada de lo que dijo, estaba claro que no estaba orgulloso de mí. Me dijo que no me molestase en entrar con él en la oficina y se despidió antes de desaparecer por la puerta giratoria.

Pasé todo el día en el museo de antropología y después caminé hasta la Acrópolis y me quedé dormida a la sombra del templo.

Creo que soñé con el antiguo río que ahora está enterrado bajo las calles de asfalto y los edificios modernos, el Erídano, que atravesaba la antigua Atenas pasando por el norte de la Acrópolis. Podía sentir la fuerza de la corriente fluyendo hacia las fuentes de agua donde las esclavas esperaban para llenar los cántaros que portaban sobre sus cabezas.

Aquella noche, mientras amamantaba otra vez al bebé, Alexandra estaba sentada en el mullido sofá azul leyéndole a mi padre una novela de Jane Austen en voz alta. Practicaba su inglés, que era perfecto, y mi padre le corregía la pronunciación. Alexandra leía *Mansfield Park:* «Si alguna de las facultades de nuestra naturaleza puede considerarse más maravillosa que las restantes, yo creo que es la memoria.»

Mi padre asintió con la cabeza.

–Me-mo-ria –dijo con un acento inglés exagerado.

–Memoria –repitió Alexandra.

Mi padre se metió una gominola naranja en la boca, después una amarilla, y me miró. *Escucha lo lista que es. Es más lista que yo, excepto por el hecho de haberse casado conmigo, claro, pero no me quejo.*

Había olvidado contarle que la memoria constituye el tema de mi tesis doctoral inacabada.

Ellos formaban una familia estable construyendo nuevos recuerdos.

O quizá una familia inestable apuntalada por su dios.

Iban a misa todos los domingos. «Dios es nuestro Señor y se ha revelado ante mí», me repitió más de un vez mi padre. Me daba cuenta de que el sentimiento que le provocaba su dios era abrumador. Varios miembros de su congregación besaban a Evangeline cuando salíamos todos a la calle. Su sacerdote llevaba sotana negra y gafas de sol. Cogió mis manos entre las suyas con enorme bondad. Para papá, aquella era su última oportunidad de tener otra vida, aunque su mujer se quejase a escondidas de la diferencia de edad que los separaba. Cuando mi padre dejó atrás su antigua vida, sabía que debía olvidarla por completo. Era el único obstáculo en su camino.

EL CORTE

Alexandra y yo hablamos todas las mañanas sentadas en el mullido sofá azul.

Estamos comiendo las cerezas dulces que he comprado para mi nueva familia con los pocos euros que me quedaban. Ya en la antigua Grecia se plantaban cerezos. Ovidio habla de su recolección en las cumbres de las montañas. Me he manchado con jugo de cerezas la blusa de seda que Ingrid me regaló para aliviar las picaduras de medusas.

–¿Qué quiere decir, Sofia?

–¿Qué quiere decir qué?

–La palabra de tu blusa.

Me pongo a pensar cómo explicar la palabra «Querida».

–Significa ser amada –digo–. Con un amor grande y verdadero.

Alexandra parece confusa.

–Me parece que eso no es correcto.

Me pregunto si no le parece correcto que yo sea amada.

–La palabra es más violenta de lo que me estás diciendo –continúa.

–Sí, es un sentimiento muy intenso –respondo–. Llamar «querida» a alguien implica un sentimiento poderoso.

Anoche volví a soñar con Ingrid.

Estábamos tumbadas en una playa y yo le ponía una mano sobre el pecho. Nos quedábamos dormidas. Ingrid me despertaba gritando «¡MIRA!». Señalaba la marca que le había dejado mi mano. Había quedado tatuada en blanco sobre su piel morena. Me decía que llevaría aquel tatuaje de mis garras de monstruo sobre su cuerpo para asustar a sus enemigos.

Alexandra me encarga que vaya a comprar medio kilo de carne picada y se la dé a la cocinera para que haga una musaca para la cena.

–Es un plato tradicional griego, Sofia.

No recuerdo bien, pero creo que mi madre solía hacerlo.

Fui andando hasta el mercado y me detuve delante de las cabezas de cordero en uno de los puestos iluminados por bombillas que colgaban de largos cables. Aquellos corderos eran más viejos que los corderitos de las pantuflas de Alexandra. Habían pasado por el matadero. Se había derramado sangre y sus hígados habían sido apilados en bandejas plateadas dentro de los frigoríficos. Las sartas de intestinos colgaban de una serie de ganchos. Aquellos corderos fueron sacrificados sin ningún tipo de ritual que hiciese más soportable su muerte para quienes habrían de comerse su carne. Sin embargo, cuando el hombre primitivo salía a cazar se enfrentaba a una actividad peligrosa y traumática; convivía con los animales, no era fácil oír sus chillidos y ver cómo se desangraban, así que tenía que llevar a cabo ritos y rituales para minimizar el efecto de tal asesinato. Mantener con vida a las mujeres y a los niños requería mucho derramamiento de sangre.

El teléfono móvil empezó a vibrarme en el bolsillo. Era un mensaje de Matthew desde España.

> Hay que pararle los pies a Gómez.
> Ayer tuvieron que rehidratar a tu madre en su clínica.
> Lo único que le falta a ese matasanos es un tambor.

¿Por qué se inmiscuía Matthew en el cuidado de mi madre?

Me parece que el teléfono móvil es el tambor de Matthew, pero no sé qué mensaje intenta transmitir. Los mensajes a través de tambores solían salvar vidas cuando no existían los teléfonos móviles, los helicópteros ni los GPS. Sin aquellos mensajes a base de golpes sobre el cuero de algún animal tensado por un aro de madera, las aldeas habrían muerto de hambre o habrían sido arrasadas por el fuego o las tribus enemigas.

Me encaramé a un taburete cerca de las cabezas de cordero y llamé a Gómez. Me aseguró que Rose estaba bien de salud. El personal de su clínica se turnaba para cuidar de ella todos los días. Ahora que había suprimido su medicación, «tenía la moral alta». Sin embargo, se negaba a beber agua, por eso tenía un cuadro de deshidratación. Le expliqué lo difícil que resultaba acertar con el agua que ella consideraba adecuada, lo que constituía todo un problema en un clima como el del sur de España en los meses veraniegos.

–De todos modos –dije, con la vista clavada en las moscas que recorrían las vacías cuencas de los ojos en una cabeza de cordero–, que el agua no sea nunca la adecuada le proporciona a mi madre algo en que centrar sus esperanzas. Un día será la que ella desee y entonces tendrá que buscarse otra cosa que esté siempre mal.

–Puede ser –contestó Gómez–. Pero debo informarte de que, desde el punto de vista clínico, ahora no me interesa tanto el problema que tiene tu madre para caminar, como el problema que tiene con el agua.

Era más de medianoche y no podía dormir, ya que mi habitación no tenía ventanas ni aire acondicionado. Echo de menos el pan negro y el queso Cheddar e incluso añoro las brumas otoñales que envuelven el peral en el jardín de mi madre. Me levanté y me dirigí al balcón tras decidir que me convenía instalarme allí y disfrutar de la brisa fresca. Me había propuesto hacer todo lo que me conviniese, así que había cogido mi almohada y mi sábana y estaba decidida a dormir al aire libre. Obviamente, Alexandra y mi padre me habían ganado por la mano. Estaban sentados uno junto al otro en dos tumbonas despojadas de sus almohadones como una pareja de ancianos sentados al borde del mar. Ella estaba en camisón y él en pijama. Yo estaba atrapada en el pasillo. No quería interrumpirlos, pero me sentía desesperada porque tampoco quería regresar a mi calurosa habitación.

No tenía adónde ir, como siempre, y no tenía dinero para pagarme un hotel. Hasta la más cochambrosa pensión de mala muerte tenía un cuarto con alguna ventana o un aparato de aire acondicionado, por muy rudimentario que fuese.

Apoyé la espalda contra la pared y me quedé observando con discreción a Christos y a su esposa-hija bañados por la luz de la luna.

Llevaban a cabo una especie de ritual.

Alexandra le ofreció un puro de una caja que descansaba sobre su regazo. Mi padre lo cogió entre los dedos y ella se inclinó hacia él con un encendedor. Alexandra esperó mientras el chupaba y exhalaba y, cuando el extremo del puro resplandeció bajo el cielo nocturno, guardó el encendedor en la caja. Quizá fuese un acto de devoción. A lo lejos, el Partenón también resplandecía sobre la colina.

El templo sagrado dedicado a Atenea, diosa suprema de la guerra, traza una curva ascendente. ¿Cómo sería en el siglo V a. C., cuando los fieles se congregaban para rendir tributo a su diosa? ¿Se habrían sentado juntos un anciano y una joven, quizá una niña, bajo las estrellas a medianoche? ¿Habrían compartido carne sacrificial? Las niñas eran dadas en matrimonio a los catorce años y los maridos solían estar en la treintena. Las mujeres estaban destinadas al sexo y a la reproducción, y a hilar en la rueca, tejer y plañir en los funerales. Las mujeres y las niñas eran quienes se ocupaban del duelo por los seres queridos. Sus voces eran más agudas y producían un mayor efecto al llorar, gemir y rasgarse las vestiduras. Los hombres permanecían alejados, de pie detrás del grupo, mientras las mujeres expresaban su dolor por ellos.

Mi problema es que quiero ser yo quien fume el puro y tener a alguien que me lo encienda. Quiero soltar humo. Como un volcán. Como un monstruo. Quiero echar chispas. No quiero ser la joven cuyo fin sea plañir con voz aguda en los funerales.

Una serpiente. Una estrella. Un puro.

Esas fueron algunas de las imágenes y palabras que Ingrid me dijo que le habían venido a la mente mientras bordaba. Regresé a la habitación y vi mi blusa de seda sobre el catre de campaña. Me la he puesto casi todos los días. Olía a helado de coco, a sudor y a mar Mediterráneo. Decidí lavarla en la bañera y después darme una ducha de agua fría. Evangeline hacía ruiditos y gorjeos en la habitación de al lado, que tenía la ventana abierta de par en par. La brisa agitaba su cabello negro y suave. Me incliné sobre la bañera, ahora llena de agua jabonosa, y levanté la seda mojada entre las manos. Me la acerqué a los ojos. Después la acerqué un poco más.

Había leído mal la palabra bordada sobre la seda amarilla.

No ponía «Querida».

Yo había inventado una palabra que no estaba allí.

Herida.

La palabra era «Herida».

Ser querida era mi deseo, pero no era verdad.

Me tumbé boca arriba sobre las baldosas frías del suelo del cuarto de baño. Ingrid es una costurera. La aguja es su mente. Estaba pensando en la palabra «Herida» cuando pensó en mí y no descosió sus pensamientos. Me regaló esa palabra, sin censuras, grabada en hilo.

«Querida» era una alucinación.

El incidente con la serpiente y, después, el de Leonardo socavándome la moral no dejaban de interferir con otros pensamientos angustiosos mientras permanecía tumbada sobre las baldosas blancas. Tenía los ojos abiertos de par en par. Los grifos no dejaron de gotear durante toda la noche.

Mi hermana vuelve el rostro hacia mí y abre sus ojos marrones y brillantes. Está tumbada en el regazo de su padre sobre el mullido sofá azul. Alexandra apoya la cabeza sobre el hombro de su marido. Cuando él la coge del mentón y acerca su boca a la de ella, no puedo evitar pensar que está imitando una escena que ha visto en una vieja película protagonizada por Clark Gable. Evangeline es querida por todos los que están en la habitación, incluida yo. La palabra «Querida» es como una herida. Duele. En ese sentido, Querida y Herida no son tan diferentes.

Me duele la cabeza. Un dolor que mi madre describía como una puerta dando portazos dentro de su cráneo. Me llevo las manos a la frente, deslizó los dedos hasta los ojos y me presiono los párpados con los meñiques hasta que todo se vuelve negro y rojo y azul.

–¿Se te ha metido algo en el ojo, Sofia?

–Sí. Una mosca o algo. ¿Puedo hablar contigo a solas, papá?

De los pies de Alexandra cuelgan sus pantuflas infantiles a medio calzar. Me sonríe y el aparato de los dientes resplandece con el sol que entra a raudales en la sala de estar. En eso consiste esa habitación: una sala donde ellos están, un espacio donde hacen su vida y yo estoy viviendo con demasiada intensidad en su espacio. Alexandra pasa el brazo por encima de los hombros de mi padre y le peina el pelo con los dedos. Él se ve obligado a separarse del amor materno-infantil de su mujer para hablar conmigo a solas.

Vamos a mi habitación y mi padre cierra la puerta. No sé muy bien qué quiero decirle, pero está relacionado con la necesidad de ayuda. No sé por dónde comenzar. El silencio entre nosotros ha durado demasiados años. ¿Por dónde empiezo? ¿Cómo comenzar la conversación? Tendríamos que rebobinar el tiempo, el pasado, el presente y el futuro, pero nos hallamos perdidos en medio de todo ello.

Estamos los dos de pie en la despensa, pero en realidad estamos atrapados en un bucle temporal. En esa habitación sin ventanas no hay aire, sin embargo se levanta un vendaval y nos hallamos en medio de un temporal. El viento sopla muy fuerte, es la historia. Me ha levantado por los aires, me revuelve el pelo, extiendo los brazos hacia mi padre. También a él lo levanta esa gran fuerza por los aires. Su espalda golpea una y otra vez contra la pared, agita los brazos.

Quiere hacerle trampas a la historia y también a la tormenta.

Permanecemos de pie muy quietos, a unos treinta centímetros uno del otro.

Quiero decirle que estoy muy preocupada por mi madre y que no estoy segura de poder sobrellevar esa situación durante más tiempo.

Me pregunto si él estaría dispuesto a intervenir.

No sé qué significa intervenir. Podría pedirle ayuda financiera. Podría pedirle que me escuche mientras le pongo al día sobre nuestra situación actual. Eso me llevaría cierto tiempo, así que supongo que lo que le estoy pidiendo es que me conceda su tiempo. ¿Estaría dentro de las conveniencias de mi padre escucharme mientras hablo?

–¿Qué sucede, Sofia? ¿De qué quieres hablar?

–Me estoy planteando terminar el doctorado en los Estados Unidos.

Él ya está muy lejos de allí. Ha cerrado los ojos y se le ha endurecido el gesto.

–Necesitaré fondos para acabar mis estudios. También tendré que dejar sola a Rose en Inglaterra. No sé qué hacer.

Hunde ambas manos en los bolsillos del pantalón gris.

–Haz lo que quieras –dice–. Existen becas para estudiar en el extranjero. En cuanto a tu madre, ella ha elegido vivir como vive. No es asunto mío.

–Te estoy pidiendo consejo.

Retrocede hacia la puerta cerrada.

–¿Qué debo hacer, papá?

–Por favor, Sofia. Alexandra necesita acostarse porque tu hermana la tiene agotada. Yo también necesito descansar.

Christos. Alexandra. Evangeline.

Todos necesitan dormir.

Todos los mitos griegos tratan de familias desdichadas. Yo soy la parte de la familia que duerme en un catre de campaña en la despensa. Evangeline significa «mensajera de buenas nuevas». ¿Qué nuevas traigo yo? Yo cuido de la primera mujer de mi padre.

Le acompaño de vuelta al mullido sofá azul para reunirse con su familia. Estoy furiosa. Clavo los ojos en la pared intentando tranquilizarme. Pero la pared no es un espacio limpio y relajante porque está lleno de patos sonrientes. Mi padre me dirige miradas furtivas mientras se acomoda en el sofá junto a su mujer y a su hija. Quiere que vea a su nueva y feliz familia desde su punto de vista.

¡Mira la tranquilidad de nuestro reposo!

¡Escucha nuestra forma de hablarnos sin gritar!

¡Fíjate en que todos sabemos cuál es nuestro sitio!

¡Observa cómo mi mujer se ocupa de nuestras necesidades!

Se exige que mi opinión sobre su familia sea la misma que él tiene sobre ella. Él preferiría que no los considerase desde ningún otro punto de vista.

Yo no veo las cosas desde el punto de vista de mi padre.

El punto de vista empieza a convertirse en mi tema.

Toda mi potencia está en mi cabeza, aunque se supone que mi cabeza no es mi parte más atractiva. ¿Mi nueva hermana incomodará menos a su padre que yo? Ella y yo tenemos un juego secreto. Cada vez que le acaricio el lóbulo de la oreja, cierra los ojos. Cuando le hago cosquillas en la planta del piececito, abre los ojos y me mira desde su punto de vista. Mi padre es un partidario entusiasta de que todos ellos cierren los ojos.

–Es hora de echar un sueñecito. –Es su frase preferida.

Los dejé echando un sueñecito en el mullido sofá azul y eché a andar en dirección a la Acrópolis. Después de un rato se me hizo imposible continuar con aquel calor, así que compré un melocotón y me senté en un banco a la sombra. Pasó un policía en una moto persiguiendo a un hombre moreno y de mediana edad que empujaba un carrito de supermercado lleno de chatarra para vender al final del día. No era una persecución en toda regla, como en las películas, ya que el hombre caminaba despacio y a veces se detenía y se quedaba ahí parado mientras la motocicleta daba vueltas a su alrededor, pero no dejaba de ser una persecución. Al final, el hombre soltó el carrito y se marchó. Se parecía a un profesor mío del colegio, solo le faltaban dos bolígrafos asomándole por el bolsillo de la camisa.

Cuando volví al piso en Kolonaki, Alexandra y Christos estaban sentados a la mesa comiendo alubias con salsa de tomate. Alexandra me dijo que eran de lata, pero que mi padre le había añadido un poco de eneldo. Tenía debilidad por el eneldo. Yo no sabía nada de mi padre, así que me alegré de enterarme de que le gustaba el eneldo. Eso se convertiría en un recuerdo. En el futuro yo podría decir: sí, a mi padre le gustaba el eneldo, sobre todo con las alubias.

Alexandra señaló un paquete sobre la mesa.

–Es de tu madre –dijo. Iba dirigido a Christos Papastergiadis.

Era obvio que Christos estaba nervioso, porque se estaba zampando las alubias sin descanso y haciendo como que allí no había ningún paquete.

–Ábrelo, papá. No contiene una cabeza cercenada ni nada por el estilo –dije, casi sin poder creer lo que acababa de salir de mis labios. Quizá el perro de la escuela de buceo al final no se había ahogado y Rose le había cortado la cabeza y la había mandado por correo certificado a Atenas.

Mi padre cogió un cuchillo y cortó el envoltorio marrón con todos sus sellos y abundante cinta adhesiva.

–Es algo cuadrado –dijo–. Una caja.

En la tapa de la caja se veía una imagen de las colinas de Yorkshire. Ondulantes colinas verdes, muros bajos de piedra, una cabaña de piedra con una puerta roja. Giró la caja y se quedó mirando la ilustración de un tractor junto a tres ovejas pastando en un prado.

–Bolsas de té. Una caja de bolsitas de té de Yorkshire. –E iba acompañada de una nota. La leyó en voz alta–: Con solidaridad en estos tiempos de austeridad para la familia en Kolonaki de la familia en el Este de Londres, vía nuestra residencia temporal en Almería. –Christos miró a Alexandra.

–No le gusta el té –dijo ella.

Mi padre tenía los labios cubiertos de salsa de tomate y eneldo.

Alexandra le alcanzó una servilleta de papel. Había muchas perfectamente dobladas en un triángulo y colocadas en un vaso sobre la mesa.

–Siempre tengo servilletas sobre la mesa porque a tu padre le gusta hacer flores con ellas. Le ayuda a pensar.

Eso no lo sabía.

–Bueno –dijo él, limpiándose la boca con la servilleta–. En tu última noche te voy a llevar a tomar un café griego.

Alexandra estaba leyendo la caja de té de Yorkshire, las gafas encaramadas sobre su cabello corto y negro.

–Sofia, ¿dónde está Yorkshire?

–Yorkshire está en el norte de Inglaterra. Es donde nació mi madre. Su apellido de soltera es Booth. Rose Kathleen Booth. –Nada más decirlo, sentí que yo pertenecía a algo a lo que Alexandra era ajena. A mi madre y a mi familia de Yorkshire.

Mi padre tiró la servilleta sobre la mesa.

–Yorkshire es famosa por su cerveza amarga, que llaman *bitter*.

El último día mi padre me llevó a tomar el prometido café griego a una cafetería llamada Rosebud. Me pregunté si aquello no sería un lazo afectivo inconsciente con su primera mujer. Después de todo, se casó con ella cuando Rose no era más que un pimpollo, un *bud* en inglés, una rosa por abrir. Pero no dije nada, no fuese que le diera por hablar de las espinas de mi madre. Un nombre como Rose fomenta ese tipo de asociaciones. De todos modos, no sería desacertado afirmar que él fue ese gusano invisible que acabó por destruirle la vida. Hasta yo lo sabía. Nos sentamos juntos y tomamos el café dulce y espeso servido en una tacita diminuta.

–Estoy muy contento de que hayas conocido a tu hermana –dijo.

Nos quedamos mirando a una anciana que mendigaba de mesa en mesa. Sostenía un vaso de plástico blanco en la mano. Ofrecía un aspecto digno con su falda y su blusa gastadas pero bien planchadas y con una chaqueta de punto sobre los hombros, igual que mi madre. Casi todos echaron una moneda en el vaso.

–Yo también me alegro de haber conocido a Evangeline.

Me di cuenta de que mi padre nunca sonreía.

–Para ser feliz, Evangeline tendrá que abrir su corazón a nuestro Señor.

–Ella tendrá su propio punto de vista, papá.

Saludó con la mano a un grupo de hombres que jugaban a las cartas en otra mesa. Después de un rato, me dijo cuánto significaba para él que yo hubiese hecho el esfuerzo de pagar un pasaje de avión para ir a Atenas. Y, por supuesto, conducir el coche alquilado desde Almería hasta el aeropuerto en Granada.

–Antes de que te vayas mañana, me gustaría darte un dinero para tus gastos de bolsillo.

No entendía por qué quería darme dinero para mis gastos la noche antes de irme, pero de todos modos me llegó al alma. No me había dado dinero para mis gastos de bolsillo, como lo llamó él, desde que yo tenía catorce años, quizá por eso me sonó tan infantil. Sacó la cartera, la apoyó sobre la mesa y presionó el gastado cuero marrón con el pulgar. Pareció sorprendido al no encontrar resistencia.

Recorrió el interior de la cartera con dos dedos.

–Ay –dijo–. Olvidé pasar por el banco. –Volvió a hundir los dedos en la cartera y rebuscó en su interior un buen rato para acabar extrayendo un único billete de diez euros. Se lo acercó a los ojos. Después lo puso sobre la mesa, lo alisó con la palma de la mano y me lo entregó con una floritura.

Acabé mi café y cuando la anciana mendiga se acercó a nuestra mesa deslicé el billete de diez euros en su vaso de plástico. Dijo unas palabras en griego y a continuación se acercó a mí cojeando y me besó la mano. Era la primera vez que alguien me demostraba algo de afecto en Atenas. Fue duro aceptar que el primer hombre de mi vida hiciera cosas que no me convenían siempre que a él le conviniesen. Sin embargo, fue una revelación que resultó liberadora para mí.

Christos Papastergiadis parecía estar rezando. Tenía los ojos entrecerrados y movía los labios. No dejaba de pasar los dedos por encima de las servilletas de papel. Sacó una de las servilletas de la caja de acero inoxidable y empezó a doblarla, primero por el medio, después formando un cuadrado, que se convirtió en un círculo y, después, milagrosamente, en una flor con tres densas capas de pétalos de papel.

La sostuvo en su mano como si fuese una dádiva, quizá una ofrenda votiva para obtener algún favor o arrojar a una fuente para pedir un deseo.

Señalé la flor que tenía en la mano, pero él parecía distraído, como si no supiese cómo había llegado eso allí.

Tuve un arranque de atrevimiento.

–Creo que has hecho esa flor para mí.

Por fin, me miró a los ojos.

–Sí, la he hecho para ti, Sofia. A ti te gusta ponerte flores en el pelo. –Me la entregó y le agradecí el detalle, aunque al principio él no lo hubiera querido reconocer. Mi padre estaba feliz de haberme dado algo y aún más feliz de que yo no lo regalase al primero que pasase.

No tengo un plan B para remplazar a mi padre, porque no estoy segura de querer un marido que sea como un padre, aunque puedo ver que se da esa combinación en las estructuras familiares. Una esposa puede ser una madre para su marido y un hijo puede ser un marido o una madre para su madre y una hija puede ser una hermana o una madre para su madre que puede ser un padre y una madre para su hija, lo que quizá sea la razón por la que todos estamos agazapados detrás del símbolo del otro sexo. Tuve la mala suerte de no poder contar nunca con mi padre, pero no me había cambiado el apellido por el de mi madre, Booth, a pesar de que era tentador tener un apellido que en Inglaterra todo el mundo sabía cómo escribir. Mi padre me había dado su apellido y yo no se lo regalé al primero que pasó. Había encontrado qué hacer con él. El apellido de mi padre me había situado en el mundo más amplio de los apellidos que no pueden decirse ni escribirse fácilmente.

Mientras volvíamos andando a Kolonaki no podía quitarme de la cabeza la imagen de mi padre rezando en la cafetería Rosebud. Empecé a preocuparme por Alexandra. Me había sorprendido la forma en que mi padre se evadía de la realidad y se distraía por completo cada vez que se planteaba una situación difícil entre nosotros y también la frecuencia con la que hablaba en voz alta a ese dios que actuaba como un teléfono implantado en el interior de su cerebro.

Cuando llegamos a casa, Alexandra simuló estar dormida sobre el mullido sofá azul. Christos se acercó a ella de puntillas, le quitó con cuidado las pantuflas de corderitos y las dejó en el suelo. Apagó la luz del techo y encendió una lámpara de mesa. Después se llevó un dedo a los labios. *Sssssssh.*

–No la despiertes.

Alexandra tenía los ojos abiertos de par en par.

Mi padre estaba siempre listo para acercarle una manta, una sábana o un almohadón. Parecía obsesionado en aprovechar cualquier oportunidad para hacer que Alexandra durmiese y ella disfrutaba con el papel de anestesista de la casa que su marido se tomaba tan a pecho.

No cabía duda de que Alexandra estaba despierta del todo. Las dos nos miramos fijamente a los ojos desde nuestros diferentes puntos de vista.

A la mañana siguiente hice la maleta y plegué el catre de campaña que habían montado para mi estancia. Mi padre ya se había marchado a trabajar y no me había despertado para despedirse. Encontré a Alexandra en camisón en el balcón. Parecía absorta en la confiada ardilla que saltaba de rama en rama en un árbol cercano. Apartó a Evangeline de su pecho para que ella también pudiese verla.

Creo que asusté a Alexandra cuando me acerqué a decir adiós, porque dio un respingo nada más oír mi voz.

–Ah, eres tú, Sofia.

¿Quién más iba a ser? Si hubiese sido mi padre, ¿Alexandra habría bostezado para, a continuación, declarar que necesitaba echar un sueñecito en el mullido sofá azul?

Cuando le agradecí que me hubiese recibido en su casa, me dijo que estaba triste porque me iba, pues ahora ya no tendría con quien hablar por las mañanas.

Su camisón de algodón blanco, largo y virginal, con encaje en el cuello y en los puños, estaba desabrochado por delante para poder amamantar a Evangeline. Hoy tenía la corta melena despeinada y grasienta.

Caí en la cuenta de que nunca la había visto con una amiga.

–¿Tienes hermanos, Alexandra?

Volvió a fijar la mirada en la ardilla.

–No que yo sepa. –Me contó que era adoptada. Había crecido en Italia, pero ahora sus padres, no los biológicos, eran ancianos, así que les resultaba muy difícil viajar desde Roma a Atenas para ver a su nieta. Alexandra estaba preocupada por sus pensiones porque también en Italia pasaban por un periodo de austeridad, pero cuando trabajaba, ella siempre les había mandado dinero. Ahora no le resultaba fácil hacerlo porque mi padre tenía otros planes e ideas, pero Alexandra creía que, al final, las cosas se arreglarían.

Volvió a girar a Evangeline hacia ella y besó las regordetas mejillas de su hija.

Era una experiencia casi sagrada ver a la joven madre huérfana estrechando contra el pecho a su amada hijita.

Quizá Alexandra había sido una presa fácil para Christos, porque ella anhelaba tener un padre que también fuese un marido. Los pósters del Pato Donald, las pantuflas con corderitos, las gominolas y simular dormir con la cabeza reclinada sobre el hombro de mi padre bien podrían ser intentos de construirse otra infancia. Una infancia en la que no hubiera sido abandonada.

Mi hermanita estaba aferrada al pezón de su madre y movía los deditos de los pies en el aire mientras chupaba. Tenía los ojitos abiertos de par en par y la mirada ida, ajena a todo lo que no fuera la embriagante leche del pecho materno.

–¿Te importaría traerme un vaso de agua? No tengo ninguna mano libre –dijo Alexandra, tras parpadear varias veces.

Llené un vaso con el agua de una botella que estaba en la nevera, le puse hielo, una rodajita de limón y, como un placer extra para Alexandra, añadí una fresa.

Aquello la emocionó.

Besé su pálida mejilla.

–Mi hermanita es afortunada de tener una madre tan dulce y paciente.

Alexandra quería decirme algo pero parecían no salirle las palabras.

–¿Qué pasa, Alexandra?

Me estaba volviendo atrevida.

–Si quieres que te enseñe griego, yo estaría encantada de tener algo que hacer mientras la niña duerme.

–¿Cómo vas a hacerlo?

Volvió a mirar a la ardilla y la señaló para mostrar lo confiada que era al acercarse tanto.

–Bueno, si estudias el alfabeto griego mientras estás en España y te familiarizas con él, después yo puedo mandarte frases en griego por correo electrónico y tú puedes contestarme en griego y así vamos manteniendo una conversación.

–Sí, vamos a intentarlo.

Volví a darle las gracias y después le dije en griego que debería sentirse más libre de ayudar financieramente a sus padres en Roma.

Eran unas frases un poco complicadas de formular en un idioma que no hablo y aún más complicadas porque la economista era ella.

–¿Me has dicho que yo debería sentirme «más libre»? –preguntó sonriendo y en griego.

–Sí.

–Soy mucho más libre de lo que jamás he sido.

Me hubiera gustado preguntarle más sobre el asunto, pero yo no tengo oído para los idiomas. De todos modos, me llevará un tiempo dejar de asociar el idioma griego con el padre que me abandonó. Besé la planta de los piececillos de mi hermanita y después le besé las manitas.

Mientras arrastraba mi maleta de ruedas rumbo a la estación de autobuses para tomar el X95 al aeropuerto, de repente me sentí yo misma.

Sola.

Dentro de mi maleta, encima de todo, iba la flor que mi padre había creado a partir del desasosiego de sus pensamientos. Una flor hecha de papel, como los libros que mi madre bibliotecaria había fichado y ordenado durante toda su vida. Había catalogado más de un billón de palabras, pero no podía encontrar las palabras para explicar cómo todo aquello que ella había deseado para sí misma había sido desbaratado por los vientos y tormentas de un mundo que no estaba organizado para su conveniencia.

La chica griega está volviendo a España. Vuelve a las medusas. A las noches sudorosas. A las callejuelas polvorientas. Al calor agobiante de Almería. A mí. La invitaré a plantar mis olivos. Su tarea consistirá en cavar un hoyo en la tierra. Después, tendré que atar los árboles a unos tutores de bambú para que el viento no los tuerza. Un árbol no debe ser moldeado por los caprichos del viento.

LA MEDICACIÓN

Mi madre se puso a pedir agua a gritos en español.

Agua agua agua agua.

Parecía que lo que decía era *agonía agonía agonía.*

Era como estar en la misma habitación con Janis Joplin, pero sin su talento. Le llevé un vaso de agua, metí un dedo en el agua y se lo pasé por los labios.

–¿Cómo está tu padre?

–Está feliz.

–¿Se alegró de verte?

–No lo sé.

–Lamento que no fuese más amable.

–No te corresponde a ti lamentarlo por él.

–Qué forma más rara de decirlo.

–Él es su propio lamento.

–Lo siento por ti.

–Tampoco puedes hacer eso. No puedes sentirlo por mí.

–Estás muy rara, Sofia.

Me contó que mientras yo estaba fuera había tenido una acumulación de líquido en la rodilla. Matthew se había ofrecido amablemente a llevarla en coche al Hospital General en Almería. Se había desgarrado un ligamento, pero ya estaba todo solucionado. El médico le había recetado una serie de medicamentos. Los antidepresivos le provocaban náuseas, aunque decía que debía de ser por la nueva medicación para el colesterol, la presión arterial, el mareo y el reflujo ácido. El médico también le había recetado un agente antidiabético, un fármaco para combatir la gota, un antiinflamatorio, pastillas para dormir, un relajante muscular y laxantes, debido a los efectos secundarios.

Le pregunté qué opinaba Gómez de la medicación que le habían recetado en el hospital.

–Me ha prohibido conducir.

–Tú disfrutabas conduciendo.

–Disfruto mucho más con este masaje. Tienes buenas manos. Ojalá pudieras cortártelas y dejármelas mientras te vas todo el día a la playa.

Esperé a ver si oía el aullido del perro de Pablo, pero luego recordé que yo lo había liberado.

MONSTRUO MARINO

–¡Eres mi inspiración y mi monstruo!

Ingrid y yo estamos tumbadas sobre las rocas a la sombra de las cuevas formadas en los acantilados que se alzan sobre nuestras cabezas. Hemos envuelto grandes puñados de algas en nuestras toallas para hacer unas almohadas. Tengo las pestañas pintadas con brillo azul y llevo puesto el vestido de raso blanco con tirantes atados en la nuca que Ingrid había rescatado del cesto de oportunidades de la tienda de ropa usada. Está manchado a la altura del bajo e Ingrid reconoce que costaría demasiado trabajo reformarlo para poder sacarle provecho. En esta ocasión ha bordado un diseño geométrico, una serie de círculos azules y de líneas verdes alrededor del cuello. Dice que en realidad no es abstracto porque ha reproducido el dibujo del lomo de la lagartija que intentaba cazar cuando yo me interpuse en su camino.

Me gusta cómo se asienta el raso sobre mis caderas para luego caer como una ola entre los muslos. Se me están aclarando las puntas del cabello y hace casi una semana que no me peino. Esta mañana Ingrid me ha embadurnado los rizos con aceite de coco. También me puso aceite en los tobillos, en los pies y en mis labios agrietados.

–Acércate, Zoffie.

Me acerco. Tenemos la cabeza apoyada sobre las almohadas de algas y pega sus labios a mi oreja.

–Eres un planeta azul con unos ojos oscuros e intimidantes que son como animalitos.

He decidido aceptar el error que yo misma había cometido al leer mal la palabra «Querida». No tengo derecho a censurar lo que Ingrid piensa con su aguja de bordar, aunque esos pensamientos me hagan daño.

–Zoffie, ¿por qué quemas esas espirales de citronela por la noche?

–¿Cómo sabes que hago eso?

–Porque puedo olerlo en tu piel.

–Es para ahuyentar los mosquitos –le digo–. Además, me tranquiliza.

–¿Es que estás preocupada, Zoffie?

–Sí. Supongo que sí.

–Eso es lo que me gusta de ti.

Ingrid se da golpes en los brazos porque en esa playa en particular hay muchos tábanos. Por lo general, evita ir allí, pero ha hecho una excepción por mí. Me habla de Ingmar, a quien el negocio le va muy bien desde que se ahogó el desquiciado perro de Pablo.

–No te preocupes, Zoffie, tú le diste la libertad de morir.

–No No No –le susurré al oído.

–Le hiciste un favor. Ya estaba muerto cuando estaba atado. Eso no era vida.

–No estaba muerto. Él quería cambiar de vida.

–Los animales no tienen imaginación, Zoffie. –Apoya su mano en mi vientre.

–Puede que no se haya ahogado.

–¿Lo has visto por algún sitio?

–No.

–¿Lo has oído aullar últimamente?

–No.

–¿Puedo cambiar de tema y contarte más cosas sobre Ingmar?

–Sí.

Se gira, apoyándose en la cadera y se queda frente a mí con su bikini de flecos color azul celeste. De vez en cuando mueve con el dedo la joya que le perfora el ombligo.

–¿Estás lista, Zoffie?

–Sí.

–Cuando estabas en Atenas, vinieron los guardacostas a nuestra playa en una lancha especial. Tomaron pruebas del agua y dijeron que había habido un vertido de gasolina. Así que dieron la orden de que todo el mundo saliese del agua. Ingmar se enfadó porque estaban molestando a sus clientes con tanto jaleo. Salió corriendo de su tienda de la playa en pantalones cortos y les dijo a los guardacostas que estaban equivocados, que sus instrumentos de medición estaban mal, que el mar estaba limpio y transparente. Eso molestó a los agentes y le dijeron que probara el agua él mismo. Así que sumergió una botella de agua vacía en el mar, la llenó y se la bebió entera. A continuación reconoció que sí, que había gasolina en el agua. Ahora está enfermo, no puede trabajar y quiere denunciar a los guardacostas por haberle obligado a probar el agua.

–Puede que sea el cadáver del perro de Pablo.

–¡Por supuesto, Zoffie! ¡Eso es! El perro ahogado de Pablo ha contaminado el agua.

El sol da de lleno sobre su cuerpo largo y dorado.

–¿Así que huiste de mí y fuiste a visitar a tu padre?

–Yo no huí de ti.

–Háblame de tu hermanita.

Describí el pelo oscuro y suave de Evangeline, su piel cetrina y sus orejitas perforadas.

–¿Se parece a ti?

–Sí, tenemos los mismos ojos. Pero ella hablará tres idiomas. Griego, italiano e inglés.

Ingrid vuelve a tumbarse de espaldas y mira el cielo.

–¿Quieres que te diga por qué yo soy la hermana mayor y la mala?

–Sí.

Se tapa la cara con el sombrero de paja y empieza a hablar debajo del sombrero, así que tengo que ponerme de lado y apoyarme en el codo para oírla. Habla con voz apagada y monótona, y tengo que hacer un esfuerzo para oír lo que dice.

Ocurrió un accidente. Cuando su hermana tenía tres años y ella cinco, Ingrid se había puesto a empujarla para darle impulso en un columpio que había en el jardín y los impulsos eran demasiado potentes, no era consciente de su fuerza. Su hermana se había caído del columpio. Fue un accidente muy grave. Se rompió un brazo y tres costillas. Ingrid dejó de hablar.

–Solo tenías cinco años. Eras una niña –digo.

–Pero la estaba haciendo subir demasiado alto. Mi hermana chillaba. Quería bajarse del columpio, pero yo no paraba de empujarla.

Recojo una pluma blanca caída sobre la roca y paso el dedo a lo largo del borde.

–Pasó algo más –dice Ingrid.

El pánico que suelo sentir cuando estoy con Ingrid empieza a invadirme el pecho.

–Mi hermana cayó de cabeza. Cuando le hicieron una placa del cráneo descubrieron que se le había partido y tenía una lesión cerebral.

Contengo el aliento mientras Ingrid habla. Destrozo la pluma con los dedos.

Ingrid se pone de pie y el sombrero se cae al suelo. Agarra de un manotazo la red de pescar que había llevado consigo y se dirige por las rocas hasta la pequeña bahía escondida al final de la playa grande. Me doy cuenta de que quiere estar sola, así que recojo su sombrero y lo coloco sobre la almohada de algas.

Oigo que alguien me llama.

Julieta Gómez me saluda con la mano desde la sombra de una de las cuevas. Tiene el pelo mojado, es evidente que acaba de salir del mar. Está bebiendo agua de una botella, empinándola y tomando pequeños sorbos. Agita la botella en mi dirección, como invitándome a unirme a ella.

Trepo por las rocas, arremangándome el vestido de raso blanco y sujetándolo dentro del bikini para dejar libres las piernas, y me siento a su lado.

–Hoy es mi día libre –dice.

Observo a Ingrid, que está recostada con aire desgraciado contra una roca en la zona menos profunda. Atrapa medusas hundiendo su red en el mar una y otra vez.

Los dientes de Julieta son aún más blancos a la luz del sol y sus pestañas son largas y sedosas.

Me ofrece la botella, pero digo que no con la cabeza. Pero después cambio de parecer. El agua está fresca y me calma. El pánico que he sentido cuando Ingrid me hablaba de su hermanita pequeña todavía me recorre el cuerpo como esos insectos invisibles que vibran en los árboles por la noche.

–Pareces una cantante pop, Sofia –dice Julieta–. Lo único que te falta es una guitarra y un grupo de músicos. Mi padre podría tocar la batería.

Suelta una carcajada tan fuerte que me hace sonreír, pero mi atención está puesta en la figura de Ingrid en la pequeña bahía. Está de espaldas a mí. Su aspecto es triste y solitario.

Julieta me cuenta que uno de los paramédicos de la clínica la llevó hasta allí en su motocicleta y que pasaría a recogerla al final del día. Su padre era sobreprotector y le había dado instrucciones a todo el personal de que siempre comprobasen que ella se ponía el casco para ir en moto. La sacaba de quicio.

Señala la botella de agua.

–Yo prefiero beber vodka, porque eso enfurece a mi padre. Odia cualquier droga. Todavía llora la muerte de mi madre, así que no soporta la idea de que un fármaco mitigue el dolor de sus recuerdos y reminiscencias.

Ingrid sigue pescando medusas con su red amarilla y lanzándolas sobre la arena.

–Medusas –digo, como si fuera algo importante.

–Sí –responde Julieta–. Dicen que hacer pis sobre la picadura te calma el dolor, pero eso es un mito.

Bajo de un salto de la cueva de Julieta y vuelvo a las almohadas de algas. Esa mañana temprano yo había cogido el coche y había ido hasta un supermercado en las afueras del pueblo para comprar el salami alemán que le gusta a Ingrid y también lechuga, naranjas y uvas. Cuando Ingrid regresa a la roca me dice que hace demasiado calor para ella en esa playa fea y sin ninguna sombra. Mira hacia la cueva donde Julieta está tomando el sol y dice que quiere volver a casa.

–No te vayas, Ingrid. –Mi voz tiene un horrible tono de súplica.

Todavía estoy impresionada con la historia de la lesión cerebral de su hermana y quiero decirle, una vez más, que no fue culpa suya. Ella era una niña y cometió un error, pero la palabra «Herida» no deja de interponerse.

Ingrid me empuja y empieza a recoger sus cosas.

–Quiero trabajar, Zoffie. Necesito coser. Lo único que quiero hacer ahora es encontrar el hilo adecuado y ponerme a trabajar.

Cerca de nosotras, un niño de seis años come un tomate a bocados como si fuese un melocotón. El jugo le chorrea por el pecho. Le da otro mordisco mientras observa cómo ayudo a Ingrid a atarse las sandalias romanas plateadas alrededor de las pantorrillas.

–Eres tan hermosa, Ingrid.

Se ríe. En realidad se ríe de mí.

–No puedo holgazanear todo el día como tú. Tengo cosas que hacer.

Empieza a sonar su teléfono móvil. Sé que es Matthew, para controlarla, para vigilar dónde está y mostrar que sabe que está conmigo.

–Estoy en la playa, Matty. ¿Oyes el mar?

Me abalanzo sobre ella y le quito el móvil de la mano.

Ingrid me grita que se lo devuelva, pero echo a correr hacia el mar y ella corre detrás de mí, tropezando con las cintas de sus sandalias plateadas, así que se las quita y las arroja a la arena. Me da alcance y tira con fuerza de mi vestido de raso. Oigo cómo se rasga y en ese momento lanzo el teléfono al agua.

Las dos observamos cómo el móvil flota durante tres segundos, rodeado por las palpitantes y tranquilas medusas, y después se hunde.

El mar lame el bajo de mi vestido de raso rasgado.

Ingrid se quita la arena de los ojos.

–Estás obsesionada conmigo –dice.

No hay duda de que estoy obsesionada con el poder que tiene para desconcertarme. Para arrancarme de todas mis certidumbres, incluso a pesar de saber que no me respeta. Me intriga la forma en que se sirve de los hombres que idolatran su belleza del mismo modo que la idolatro yo y el placer que le da arreglar rotos y descosidos con su aguja como si estuviese realizando una intervención quirúrgica sobre sí misma.

Ingrid se adentra en el mar y me agarra del pelo con toda su fuerza.

–Ve a buscar mi teléfono, pedazo de animal.

Me hunde la cabeza en el agua tibia y turbia. Me revuelvo para sacar la cabeza a la superficie y vuelve a sumergírmela en el agua, esta vez apoyando la rodilla sobre mi espalda. Me empuja una y otra vez, igual que había empujado a su hermana en el columpio. Es como si estuviese repitiendo de nuevo lo mismo, repitiendo aquel accidente de su infancia, solo que ahora conmigo. Noto que hay alguien más en el agua. Siento un brazo y después otro rodeándome la cintura e intentando sacarme a flote al mismo tiempo que Ingrid me empuja hacia el fondo. Una ola rompe sobre mi cabeza y me tumba. Cuando recupero el equilibrio y logro salir a la superficie, Julieta Gómez bracea a mi lado rumbo a la orilla y luego se detiene para escurrir su larga y empapada cabellera. Entonces oímos gritar a una mujer. Los agudos chillidos provienen de la pequeña bahía junto a las rocas. Ingrid está saltando en la arena, cogiéndose el pie derecho. Acaba de pisar la pila de medusas que ella misma había pescado con su red y amontonado sobre la arena.

Aquello mitiga mi furia, como si toda la toxina de mi rabia se hubiese descargado en su pie.

Julieta me mira y se echa a reír.

–Tus límites están hechos de arena, Sofia.

–Sí –digo–. Ya lo sé.

Una gaviota flota en las olas a nuestro lado.

Vuelvo a las rocas y empiezo a recoger mi toalla. No quiero que Ingrid se vaya de la playa sin mí. Ahora me resulta incluso más fascinante. Mi tema de estudio es la memoria. Ingrid estaba repitiendo un recuerdo traumático del pasado y reproduciéndolo conmigo porque sabe que mis límites están hechos de arena.

–Zoffie, eres descuidada y caótica, estás llena de deudas y tu casa de la playa es un puro desorden. Ahora has tirado mi móvil al mar. No sé qué hacer. Voy a perder mucho trabajo.

–Tus clientes tendrán que hablar con los peces.

Me quito el vestido de raso roto y me seco los muslos. El niño pequeño continúa comiendo el enorme tomate. Se queda mirándome unos segundos y después se aleja corriendo.

–Lo has asustado, Zoffie, porque tienes la cara azul. La sombra de ojos te chorrea por las mejillas y pareces un monstruo marino. –Ha encontrado el salami y le está quitando la piel–. No quiero quedarme aquí con los tábanos y las medusas. –Se zampa un trozo de salami y levanta la mirada hacia las cuevas–. Y, además, no me gustan tus amistades.

Julieta me dice adiós con la mano y yo le devuelvo el saludo.

Ingrid estudia las ronchas cada vez más grandes que tiene en el pie. Sus sandalias plateadas flotan en la orilla de la bahía, pero ella no les presta ninguna atención, preocupada como está con las picaduras de medusa.

–Si vienes conmigo a casa puedes plantar los olivos mientras yo trabajo y después, cuando refresque, podemos ir a dar un paseo.

Es una invitación. Parece el típico plan de una pareja de enamorados.

Ingrid se pone en cuclillas sobre las rocas y hace pis encima del pie que le han picado las medusas.

–Eso es un mito –dije.

–¿Qué es un mito?

Esa es una buena pregunta. Podría afirmarse que es una pregunta con la que probablemente yo esté obsesionada.

Lo primero que Ingrid hizo cuando llegamos a su casa fue ir a buscar sus carretes de hilo y después volcó el cesto con ropa de la tienda de segunda mano en el suelo. Sostenía la aguja entre los dedos como si fuese un arma y se puso a coser como si atacase la tela.

–¡Eres tan indolente, Zoffie! Estás aquí para plantar los olivos. Primero tienes que cavar los hoyos en la tierra.

No sé cómo plantar un árbol. Hay tantas cosas que no sé cómo se hacen, pero sé cómo guardar un secreto. No dejaba de pensar en Matthew y en Julieta mientras observaba el hogar que Matthew e Ingrid habían creado juntos en España. Una de las cosas que habían hecho era exponer en la pared la composición de sus familias. Habían colgado una plancha de corcho en la que clavaron fotos de sus respectivas familias. La madre y el padre de Matthew, el padre de Ingrid, los dos hermanos de Matthew y el hermano o el primo de Ingrid. No había ninguna foto de la hermana. Ingrid me vio buscar a alguien que no estaba allí mientras clavaba la aguja en la tela.

–¿Puede ser feliz, Zoffie, sin un cerebro?

–¿Quién?

–Ya sabes quién.

–¿Te refieres a Hannah?

Ingrid se sobresaltó, como si hubiese olvidado que me había dicho el nombre de su hermana la noche que me regaló la blusa de seda con la palabra «Herida» bordada en hilo azul. Ingrid quería olvidar, pero su aguja recordaba por ella. No estoy ociosa. Y no soy una investigadora objetiva porque me he liado con mi informante.

–¿Su mente está inmóvil como una hoja, Zoffie?

–Una hoja nunca está inmóvil.

–¿Recuerda?

–Una mente nunca está inmóvil.

–Hay veces en que solo quiero morirme –susurró Ingrid.

Me arrodillé a su lado y la abracé por la cintura.

Me acarició el pelo y se llevó un mechón a la boca.

–¿Todavía te gusto, Zoffie?

Alguien estaba dando golpecitos en la ventana.

–Mientras no digas que sí, todo está oscuro.

No dije nada. Nada en absoluto.

–Sigue oscuro, Zoffie. El mundo entero está oscuro. –Miró por encima de mi hombro en dirección a la ventana–. Es Leonardo –dijo, como si de repente hubiera vuelto la luz.

Nunca pensé que me alegraría de ver a Leonardo, pero

su llegada me había salvado de tener que responder a la pregunta de Ingrid. Ella se dirigió cojeando levemente hacia la puerta principal. El pie todavía le escocía por las picaduras, pero no le prestaba atención. Las picaduras solo le resultaban fascinantes si estaban en mi cuerpo. La llegada de Leonardo pareció animarla y gritó «¡Bravo!» cuando vio que sujetaba contra el pecho un par de botas de montar de piel marrón. Leonardo me saludó con una seca inclinación de cabeza. *Sí, ya sé que estás aquí. Es una pena. Siempre estás aquí cuando yo estoy aquí.*

El viento hizo vibrar las ventanas cuando Ingrid se calzaba las botas. Metió los pulgares por dentro del cuero y tironeó y sacudió la bota mientras nosotros la observábamos. Las botas le llegaban justo por debajo de la rodilla. Enderezó la espalda, sacó pecho y levantó la cabeza al tiempo que Leonardo rebuscaba en su bolsa de cuero y sacaba un casco. Parecía una luchadora taimada y victoriosa, una gladiadora que se enfrentaba a los hombres. ¿Quiénes son sus enemigos? ¿Estoy yo en la lista? ¿Por qué lucha?

Leonardo avanzó hacia ella como un esclavo libidinoso.

–Necesitarás este casco para montar mi caballo.

Él mismo se lo puso con cuidado en la cabeza, metiendo las dos largas trenzas dentro y ajustándole la hebilla del barboquejo debajo del mentón, y ella se mantenía quieta y en silencio. Después Ingrid le dio un beso formal en la mejilla.

–A cambio, me gustaría regalarte un olivo –dijo Ingrid.

Se dirigió al jardín con sus botas y su casco nuevos y regresó con un arbolito.

–Yo ya planté cuatro, Zoffie va a plantar dos y el séptimo es para ti.

Estaba claro que Leonardo tenía que alabar el arbolito.

–Se ve muy sano –dijo, con aire triste.

Ingrid abrió la nevera y sacó dos botellines de cerveza. Me dio uno y después deslizó la mano en el bolsillo trasero del pantalón, sacó un abridor y destapó el otro botellín para Leonardo. Él se llevó la botella fría a los labios y dio un buen trago mientras yo permanecía de pie, ignorada, como el arbolito, con la cerveza sin abrir. Era obvio que Ingrid había desarmado a Leonardo. Le pedí el abridor. Ingrid cogió la botella de mis manos e hizo saltar la tapa con un solo y limpio movimiento. Ya empezaba yo a conocer a Ingrid Bauer. Siempre estaba empujándome al límite de un modo u otro. Mis límites estaban hechos de arena, así que sabía que podía desplazarlos y yo se lo permitía. Daba mi consentimiento tácito porque deseaba saber qué sucedería a continuación, aunque no me beneficiase. ¿Soy autodestructiva, ridículamente pasiva, temeraria, experimental, una antropóloga cultural rigurosa o es que estoy enamorada?

Había algo en Ingrid Bauer que me tocaba en lo más profundo. Algo relacionado con las botas y el casco. Le ofrecían la oportunidad de alejarse al galope de la historia que se había construido y en la que se presentaba como la hermana mayor mala, aunque yo me temía que Ingrid era prisionera de esa historia. Quizá no le había puesto todavía punto final. Le pasé mi botellín de cerveza. Lo cogió, henchida de poder, encantada con sus botas y su casco, y, bajo la embobada mirada de Leonardo, se lo llevó a los labios y se lo bebió de un trago. Él gritó «¡Uuoooo!», como si estuviese domando un potro salvaje, y a continuación se llevó su botella a la boca y no paró hasta bebérsela, también él, de un trago. Ingrid se volvió hacia mí con sus ojos verdes y rasgados muy brillantes, unos ojos con los que veía mejor en la oscuridad que a la luz del día, según ella misma me había dicho.

–Leonardo me va a enseñar a montar su caballo andaluz.

Yo sí tenía una cosa clara. Yo era la persona más importante en aquella habitación. La parodia de flirteo con Leonardo estaba orquestada para ocultar el deseo que Ingrid sentía por mí.

Ingrid era una voyerista.
De su propio deseo.
Entonces comprendí que Ingrid Bauer no quería causarme literalmente una Herida. Quería herir su deseo hacia mí. Su propio deseo le parecía monstruoso.
Ella me había convertido en el monstruo que ella creía ser.
Ella me había estado acechando durante mucho tiempo, mirándome, observándome en secreto, esperándome, con una quietud y un silencio espeluznantes. Yo había escuchado su voz dentro de mi cabeza todo el verano, la había visto esconderse y la había oído respirar. Respirar el fuego de su deseo.
–Zoffie, Leonardo y yo queremos programar las clases de equitación.
Cogí mi bolsa de playa y me la colgué al hombro. Cayeron trozos de algas plateados meciéndose en el aire.

–Quítale los zapatos a la señora Papastergiadis, por favor.

Gómez estaba sentado en su consultorio, mirando el reloj. Eran las siete de la mañana y parecía irritado por tener que atender a mi madre tan temprano. Julieta Gómez le quitó los zapatos a Rose y me los entregó.

Mi madre hizo una mueca. Las comisuras de sus labios descendieron y alzó su prominente mentón antes de hablar.

–Ya le he dicho, señor Gómez, que no necesito que me haga más pruebas.

Gómez se arrodilló junto a ella y empezó a moverle los dedos de los pies. Las muñecas de Gómez estaban cubiertas de un suave vello negro.

–¿Siente esto?

–Si siento, ¿qué?

–La presión que le estoy haciendo sobre los dedos de los pies.

–Yo no tengo dedos en los pies.

–¿Eso es un no?

–Ya no quiero estos pies.

–Gracias. –Hizo una señal con la cabeza a Julieta, que estaba tomando notas. Las cejas grises de Gómez tenían una expresión enfurecida. En esta ocasión llevaba puesta una chaqueta blanca almidonada a juego con su níveo mechón de pelo. El estetoscopio colgado al cuello le daba un aspecto más frío y clínico que de costumbre.

–Supongo que en algún momento querrá escuchar los latidos de mi corazón con ese artilugio –dijo Rose.

–Usted me ha dicho que no vale la pena y yo la creo. –Gómez se volvió hacia mí y cruzó los brazos por encima de su chaqueta blanca–. Tu madre me ha denunciado por práctica médica indebida. En consecuencia, dentro de dos días nos visitarán un directivo de Los Ángeles y un funcionario del Ministerio de Sanidad procedente de Madrid. Os pido a ambas que estéis presentes. Creo que el caballero de Los Ángeles es cliente del señor Matthew Broadbent. El señor Broadbent ha estado asesorándolo para lograr una comunicación más eficaz con los inversores.

Miré a Julieta, pero ella estaba absorta en sus anotaciones.

Le pregunté a Rose por qué había puesto una denuncia.

Rose estaba sentada con la espalda muy recta y era evidente que había estado peinándose desde las cinco de la mañana. Llevaba el pelo impecablemente recogido en un moño perfecto.

–Porque tengo motivos de queja. Me siento mucho mejor ahora que tengo toda la medicación controlada.

–Es muy improbable que logre alguna mejoría con su nueva medicación –respondió Gómez–. No olvide, por favor, que todavía estamos a la espera de los resultados de la endoscopia.

Yo no sabía qué era una endoscopia, así que Gómez me lo explicó.

–Es una técnica que permite explorar el interior del cuerpo, en este caso por la garganta, mediante un aparato llamado endoscopio. El endoscopio es un tubo largo y flexible que tiene una cámara de vídeo en uno de los extremos.

–Sí –dijo Rose–, es desagradable, pero no duele.

Gómez le hizo una señal con la cabeza a Julieta, que también estaba rara esa mañana, puesto que nos comunicó que, a partir de aquel momento, se encargaría de levantar un acta de todas las consultas. Julieta empujó la silla de ruedas de Rose hacia la puerta sin siquiera mirarme.

–Sofia Irina, quédate un momento, por favor. –Gómez me indicó con la mano que me sentase en la silla al otro lado de su escritorio.

Me senté y esperé mientras otra enfermera entraba con una bandeja de plata que depositó delante del médico. En la bandeja había dos cruasanes y un vaso de zumo de naranja.

Gómez le agradeció el desayuno a la enfermera y le pidió que le comunicase al siguiente paciente que esa mañana iba un poco retrasado.

–Quiero tratar dos asuntos contigo –me dijo–. Primero tenemos que hablar del caballero de la compañía farmacéutica. Creo que puede interesarte.

Se llevó el vaso con zumo de naranja a los labios, se arrepintió y volvió a posarlo sobre la mesa, sin haberlo probado.

–Nuestro visitante, Mister James de Los Ángeles, necesita encontrar una estrategia efectiva para expandir su mercado. Lleva varios años acosándome. Es fascinante lo que hace. Primero crea una enfermedad y después ofrece una cura. –Apretó el pulgar contra su mechón de pelo blanco.

–¿Cómo crea una enfermedad?

–Déjame explicarte.

Siguió trazando pequeños círculos sobre su cabeza con el pulgar, como si tuviese dentro algo que le molestaba e intentara quitárselo. Después de un rato se quitó el estetoscopio que llevaba colgado al cuello y lo colocó sobre la mesa.

–Imagina que tú, Sofia Irina, fueses algo introvertida. Pongamos que eres tímida, que necesitas ser más lanzada y aprender a protegerte y a desenvolverte en tu día a día. Mister James de Los Ángeles querría que yo calificase eso como un trastorno de ansiedad social. Así yo podría venderte su medicamento para ese trastorno que él ha inventado. –Separó los labios y sonrió de forma tan abierta que podía ver mi propio reflejo en sus dientes de oro–. Pero tú, Sofia Irina, que eres una apasionada antropóloga, y yo, que soy un apasionado hombre de ciencias, debemos permitir que las mentes discurran libremente por Las Alpujarras. No tenemos que ser siempre esclavos de las farmacéuticas. –Gómez me acercó el plato con los dos cruasanes–. Sírvete, por favor.

Parecía que estuviese sobornándome. El tono era amable, pero no cabía duda de que tenía los nervios de punta. Le echó una rápida mirada a la pantalla del ordenador sobre su escritorio.

–¿Viste a tu padre en Atenas?

–Sí.

–¿Y qué tal?

–Mi padre me ha dejado tirada en la cuneta.

–Ah. ¿Como un coche averiado?

–No.

–¿Y cómo te ha dejado tirada en la cuneta?

–Intentando olvidar que existo.

–¿Y lo logra?

–Intenta existir mediante el olvido.

–¿El olvido es lo opuesto a la memoria?

–No.

–¿Así que no estás tan tirada en la cuneta?

–No.

Aquel médico era más amable conmigo de lo que lo había sido mi propio padre. Durante la única conversación telefónica que tuvimos mientras yo estaba en Atenas, Gómez había insistido en que yo era Leonardo da Vinci. Parece ser que Da Vinci también quiso regresar volando donde estaba el padre que le había abandonado y de ahí su obsesión con volar. Por lo que yo sé, las máquinas voladoras artesanales que Leonardo había atado a su cuerpo se desarmaron y él fue a dar con sus huesos en el suelo.

Sin querer le di un codazo al vaso con zumo de naranja y lo volqué. También yo estaba amilanada ante la inminente visita del ejecutivo farmacéutico.

Gómez no pareció percatarse del zumo que goteaba de la mesa al piso. Volvió a hacer un gesto con la mano para que me sirviera un cruasán. Parecía nervioso, pero yo confiaba en él. Sentía su afecto paternal hacia mí.

Le di un mordisco a un cruasán.

–Tú tienes una especie de *je ne sais quoi,* Sofia Irina.

–¿De verdad?

Asintió con la cabeza.

Para entonces yo ya estaba devorando el cruasán. Tenía un hambre mayor que mi condición y tamaño. Cuando acabé, Gómez me preguntó si no quería comerme también el otro.

Negué agitando mis rizos.

–No, gracias. No sería sano.

Gómez miró la pantalla de su ordenador y después a mí.

–No tengo buenas noticias –dijo–. No puedo tratar a tu madre. Dudo que vuelva a caminar. Sus síntomas son tan espectrales como un fantasma, van y vienen. No tienen base fisiológica. Mientras estabas en Atenas, me habló de la posibilidad de someterse a una amputación. Es lo que desea. Ha solicitado una intervención quirúrgica.

Me eché a reír.

–Es una broma de mi madre –dije–. Usted no entiende su sentido del humor, típico de Yorkshire. Es algo que siempre dice: «Que me corten los pies.» Es una forma de hablar.

Gómez se encogió de hombros.

–Puede que sea una broma, sin duda es una amenaza. Pero ya le he comunicado a tu madre que no puedo hacer nada por ella. No tiene solución.

A continuación dijo que no era de su competencia desdecir las palabras de mi madre ni oponerse a su deseo de cercenar parte de su cuerpo. En cambio, quería reembolsarle buena parte de sus honorarios. Ya había dado orden de que ese dinero fuese transferido a la cuenta de mi madre al día siguiente.

Cuando las escaleras subo,
encuentro a un hombre que allí nunca estuvo.
Tampoco allí estaba hoy.
Ojalá, ojalá, siga lejos de donde estoy.

¿Cómo pudo Gómez malinterpretar el humor negro de mi madre y después abandonarla como si ella hubiese hablado en serio?

Es mi madre. Sus piernas son mis piernas. Su dolor es mi dolor. Yo soy su única hija y ella mi única madre. *Ojalá, ojalá, ojalá, ojalá.*

–No puedo hacer nada por ella –repitió.

–Pero estaba de broma –grité–. No es literalmente cierto, no lo dijo de verdad.

–Tienes algunas migas en el mentón –dijo, llevándose la punta de los dedos a la barbilla.

–*¡No habla en serio!* –volví a gritar.

–Sí, es difícil de aceptar. Sin embargo, tu madre intenta llevar a cabo su deseo de someterse a una amputación con un médico de Londres. De hecho, ya ha pedido una cita. –Me dijo que nuestra conversación había finalizado. Yo tenía que entender que la señora Papastergiadis no era su única paciente.

Estaba tan impactada que no podía levantarme de la silla. Me quedé mirando el cercopiteco verde agazapado en la caja de cristal. Había tal odio en mi mirada que hubiera podido pulverizar su última morada en el consultorio de Gómez. Liberaría al monito para que huyera corriendo hacia el mar y se ahogase.

Gómez exhibió sus dientes de oro en todo su esplendor.

–Creo que lo que te gustaría es liberar a nuestro pequeño primate para que pueda corretear por la habitación y leer mis primeras ediciones de Baudelaire. Pero antes debes liberarte a ti misma de esa silla y dirigirte a la puerta. –Ahora su tono era cortante–. Vete de excursión a la montaña. Ten mucho cuidado de no asumir la cojera de tu madre ni meterte en sus zapatos. –Señaló mis manos.

Yo todavía sostenía los zapatos de mi madre que ya no calzaban sus pies.

Ayer la beldad griega vio tres gallinas que tenían una pata atada con una cuerda al mismo árbol en la casa de la señora Bedello. Se echó a llorar. Pura angustia. Ansiedad. A causa del calor cuatro gallinas murieron. Es mejor que crea que nadie la ve sufrir o arrastrar los pies de tanta tristeza. El amor explota cerca de ella como en una guerra que no reconoce haber desatado. Simula no tener armas, pero le gusta el fragor de la batalla. No todo lo que necesita es amor, a pesar de no tener a nadie que la tome de la mano bajo las estrellas y le diga dios qué luna. Quiere un trabajo. Yo también tengo otras cosas que hacer.

EL PARAÍSO

Estoy tumbada desnuda en la playa de los Muertos. Tengo una minúscula esquirla de cristal clavada sobre la ceja izquierda. No sé cómo llegó ahí. La playa de los Muertos es una playa nudista. No hay refugio posible para los que quieran estar desnudos. Dos chicas delgadas, de unos diecisiete años, nadan desnudas en el mar turquesa y cristalino. Entre ellas nada un perro feo y zarrapastroso. Cuando salen del agua, las chicas recogen unos palos que el mar ha arrastrado a la playa y los clavan en los cantos rodados blancos y relucientes para armar una tienda. Nada más extender un pareo verde por encima de los palos a modo de toldo, el perro se tumba a la sombra y ellas se sientan junto a él a pleno sol. Una de las jóvenes saca una botella de agua y vierte un poco en un cuenco para el perro. Cuando le acaricia el roñoso pelaje, el perro empieza a aullar.

El perro aúlla.

Lo acarician, pero sigue aullando.

Aúlla por nada.

No puede haber nada mejor en la vida y sigue aullando.

Es el perro de Pablo. El alsaciano. El pastor alemán. El perro de la escuela de buceo. Podría reconocer ese aullido en cualquier lugar. El perro de Pablo está vivo y aullando en la playa de los Muertos.

Una de las chicas saca un peine y se peina su larga y empapada cabellera. El movimiento rítmico del peine parece calmar al agitado animal que bebe agua a lengüetazos del cuenco. Ella se peina el pelo y el perro bebe agua.

Las jóvenes dejan de atender al desdichado alsaciano y recuestan la espalda en su cuerpo húmedo y jadeante. Están mirando al horizonte. Un hombre desnudo de unos treinta y muchos años lanza cantos rodados al mar junto con su hijito. Cuando se da cuenta de que las chicas le observan, se aleja de las jóvenes bellezas y, de repente, tira al agua una pequeña roca. Está exhibiendo su fuerza delante de ellas y ellas fingen no verlo, pero sí que lo han visto. El hombre es padre. Está allí con su hijo y está siéndole infiel a alguien. Quizá ha cazado una mujer igual de encantadora que esas jovencitas, tan a gusto con sus cuerpos, ocupadas en desenredarse los nudos de sus mojadas cabelleras. Él ya ha sido atrapado, pero quiere volver a serlo. Es una cacería. La única cacería en la que la presa desea ser atacada y cazada por sus depredadores.

Las rocas calientes. El mar transparente.

Las medusas se han esfumado. Hoy han desaparecido del mar. ¿Adónde se han ido? Estoy boca abajo con la cara contra los cantos rodados. Estoy desnuda, salvo por la esquirla de cristal junto a mi ceja. Ya no quiero saber el significado de nada.

El calor de los cantos rodados blancos me calienta el vientre, la sal del mar dibuja líneas blancas sobre mi piel morena. Es el paraíso, pero no soy feliz. Soy como el perro que antes era de Pablo. La historia es una especie de magia negra que llevamos dentro y que nos perfora el hígado.

Voy a matar el día entero en la playa de los Muertos.

Dan de Denver me ha llamado para decirme que le ha dado una mano de pintura blanca a todas las paredes del almacén de la Coffee House. Es como si, gracias a ese mínimo reacondicionamiento, hubiera hecho suya mi habitación. Me dijo que yo había dejado algunos libros de antropología debajo de la cama. ¿Qué quería que hiciese con mis zapatos y mi abrigo de invierno, todos colgados de un gancho detrás de la puerta? Era una catástrofe. El almacén era mi espacio. Puede que fuese un espacio modesto y temporal, pero era mi hogar. Yo había dejado mi marca en las paredes al escribir la cita de Margaret Mead usando los cinco puntos y comas (;;;;;) que también se utilizan en los mensajes de texto para representar un guiño.

> En mis clases solía decir que las diferentes formas de comprender mejor algo eran: estudiar a los niños; estudiar a los animales; estudiar las culturas primitivas; psicoanalizarse; convertirse a otra religión y superarlo; tener un brote psicótico y superarlo.

Aquella tarde me encontré con Matthew, que cargaba con una caja de ropa de la tienda *vintage*. Me dijo que eran cosas que Ingrid se llevaba para trabajarlas en Berlín y me preguntó si quería que le transmitiese algún mensaje mío. Era como si yo tuviese prohibido hablar con ella y solo pudiese hacerlo a través de él.

Me quedé mirándole bajo el despiadado sol de finales de agosto, sudando, furiosa.

¿Qué clase de mensaje quería transmitirle a Ingrid?

Dejé que esperase un buen rato.

–Por cierto, Sophie, ¿sabes esa botella de vino que tú e Inge me robasteis de la bodega? Es un vino de cierta categoría que cuesta alrededor de trescientas libras esterlinas. Así que pienso que deberías pagarme la mitad.

Tenía las manos ocupadas con la caja de ropa, así que me apuntó con una de sus alpargatas blancas para recalcar la afirmación.

La carcajada que solté sonó monstruosa incluso a mis propios oídos.

–Dile a Ingrid que el perro de Pablo está vivo y libre. Sabe nadar porque tiene un pasado marino.

–¿Qué quieres decir con eso de un pasado marino?

–Alguien debió de enseñarle a nadar cuando era cachorro.

–Estás loca, Sophie.

Matthew vino hacia mí, forcejeando con la caja que cargaba entre los brazos, y me besó en la mejilla. Me di cuenta de que su cuerpo era más inteligente que él porque me gustó la sensación que desprendía al tenerlo cerca. Ofrecí mi otra mejilla loca a sus labios locos.

Son las once de la noche y estoy otra vez desnuda, pero esta vez con Juan.

Nuestros cuerpos tiemblan. Estamos tumbados sobre una alfombra turca en el suelo de la habitación que alquila mientras dura su trabajo estival en el puesto de primeros auxilios.

–Sofia –dice–, sé tu edad y tu país de origen, pero no sé nada de tu ocupación.

Me gusta que no esté enamorado de mí.

Me gusta no estar enamorada de él.

Me gusta la pulpa amarilla de las dos piñas pequeñas que compró en el mercado.

Me está besando un hombro. Sabe que estoy leyendo un correo electrónico de Alexandra.

Me pide que lo lea en voz alta.

Está escrito en griego, así que tengo que traducírselo.

> Querida Sofia:
>
> Tu hermana te echa de menos. Una amiga me dijo que yo tenía dos hijas. La corregí, no, tengo una, y ella contestó: no, tienes dos. Se refería a ti. Yo te considero mi herma-

na, pero después recordé que mi hija es tu hermana. Tu padre me ha dicho que cuando muera dejará todo su dinero a la Iglesia. Esto te lo digo como una hermana. Aunque yo también soy creyente, tengo que cuidar de mi hija, que también es tu hermana. Debes saber que perdí mi trabajo en el banco de Bruselas. Estoy preocupada por que mis dos hijas, sí, una de ellas eres tú, y su mujer, o sea yo, seamos sacrificadas en aras de su dios y por que perdamos nuestras inversiones y nuestra casa. También te escribo para decirte que espero que tu madre verdadera haya recobrado la salud y esté mejor de las piernas.

Con todo cariño,
Alexandra

Juan me pide que lea el correo electrónico en griego.

–Es el idioma apropiado para leer esa clase de correo. –Sabe que está tocando una parte de mí que me hace temblar.

Hablamos sobre Estados Unidos. El país que acogió a Claude Lévi-Strauss, el antropólogo, y a Levi Strauss & Co., el fabricante de vaqueros, y que también podría acogerme temporalmente a mí para acabar el doctorado. Como el tema de mi tesis es la memoria, Juan se pregunta por dónde empezaré y dónde la acabaré. Mientras me extrae la esquirla de cristal clavada encima de mi ceja, le confieso que a menudo me pierdo en las diferentes dimensiones temporales, que a veces el pasado me parece más cercano que el presente y que con frecuencia siento miedo de que el futuro ya haya pasado.

RESTAURACIÓN

Los trozos del ánfora griega falsa que rompí antes de partir hacia Atenas siguen encima de la mesa en la cocina de la casa alquilada. Me planteo si debería intentar pegarlos. Las siete esclavas que van a buscar agua a la fuente están hechas añicos. Sus cuerpos esclavos hechos pedazos, sus cabezas, rajadas. Las miro un buen rato y decido que no cogeré masilla ni pinceles para restaurarlas. En su lugar, abro una botella de vino y me la bebo en la terraza.

–Tráeme agua, Sofia. Que no esté fría.

Soy una esclava y una bebedora de vino.

Le llevo a mi madre agua que he hervido previamente pero que no he puesto a enfriar en la nevera. Sigue siendo el agua inadecuada. Estoy aprendiendo que hay diferentes grados de inadecuación. Ya no le hablo. Enterarme de que mi madre desea someterse a una amputación me ha sacudido en lo más hondo de mi ser. No tiene derecho a mantener ningún tipo de conversación conmigo porque ha remplazado las palabras por el bisturí del cirujano. No puedo convivir con la violencia de sus intenciones ni de su imaginación. De hecho, ni siquiera estoy segura de qué clase de realidad estoy viviendo ahora mismo. No sé qué es real. En ese sentido yo tampoco tengo los pies en el suelo. No piso firme en ningún lugar. Mi madre ha abdicado, renunciado, desistido, declinado, rechazado, negado todo y me ha arrastrado al abismo con ella. Mi amor por ella es como un hacha. Un hacha que me ha arrancado de las manos y con la que amenaza cortarse los pies.

También es cierto que la amenaza de mutilar parte de su cuerpo me ha hecho reaccionar. He descubierto que dormir es para gente feliz. Permanezco despierta toda la noche rellenando mi solicitud para finalizar el doctorado en Estados Unidos. Quiero estar lo más lejos posible de Rose. Anoche aporreé las teclas del ordenador y fui armando las frases en la resquebrajada pantalla digital bajo las estrellas del desierto. Vi salir el sol. Un sol que desciende y asciende por el cielo, aunque en realidad es la Tierra la que se mueve alrededor del sol, inclinándose, girando.

Yo giro con ella y le doy a la tecla Enviar.

He vuelto a soñar con la joven griega. Estábamos tumbadas en una playa y yo apoyaba una mano sobre su pecho. Nos quedábamos dormidas. Después ella se despertaba y gritaba ¡MIRA! Señalaba la huella que había dejado mi mano. Era como un tatuaje blanco sobre su piel morena. Ella me decía: llevaré este tatuaje de tus garras de monstruo sobre mi cuerpo para asustar a mis enemigos.

GÓMEZ INVESTIGADO

El alto ejecutivo de la compañía farmacéutica y el funcionario del Ministerio de Sanidad procedente de Madrid estaban sentados en unas duras sillas de madera debajo del cercopiteco verde agazapado en su caja de cristal en el consultorio de Gómez. Uno era flaco y adusto, con el pelo gris impecablemente cortado. El otro era rechoncho, con las mejillas regordetas, unos pocos pelos morenos y grasientos pegados al cuero cabelludo y labios delgados y húmedos.

El ejecutivo flaco y adusto jugueteaba con una pelota de golf que llevaba en la mano derecha, dándole golpecitos con el pulgar o lanzándola unos centímetros al aire para volver a atraparla. Gómez estaba de pie delante de su escritorio, sobre el que Julieta se sentaba con las piernas cruzadas, enfundada en una flamante bata blanca de médico. Mi madre estaba regiamente sentada en su silla de ruedas y yo de pie a su lado.

Gómez hizo un gesto con la mano hacia donde estaban los dos hombres.

–Por favor, permítanme presentarles a Mister James, de Los Ángeles. –Señaló al hombre flaco y adusto de pelo gris–. Y al señor Covarrubias, de Madrid.

Hizo una floritura con la mano en dirección a mi madre.

–Mi paciente, la señora Papastergiadis, y su hija, Sofia Irina.

El funcionario gordinflón le dirigió una sonrisa de coqueteo a mi madre y le dijo:

–Espero que hoy se encuentre usted bien.

–Es agradable estar otra vez en forma –respondió ella.

Mister James lanzó su pelota de golf al aire y volvió a cogerla.

–Así que, por favor. ¿En qué puedo ayudarlos? –El tono de Gómez era amable pero cortante.

Mister James de Los Ángeles se inclinó hacia delante e intentó establecer contacto visual con mi madre. La primera dificultad que tenía que superar era la de pronunciar nuestro apellido. Soltó algo que no era, estrictamente hablando, el nombre de la persona a la que se refería.

–Creo que usted tuvo que ser internada en una clínica durante dos noches. ¿Podría hablarnos un poco más de eso?

–Sufrí una deshidratación –dijo Rose con tono solemne.

–Sin duda. –Gómez cruzó los brazos enfundados en sus rayas diplomáticas–. Y después la hidrataron con suero fisiológico intravenoso. Algo que en la Clínica Gómez consideramos la atención más básica que se le proporciona a un paciente. Tiene razón en preocuparse por la hidratación. Mi paciente tiene dificultad para ingerir agua, lo cual significa que tiene dificultad para tragar su medicación.

Mister James asintió con la cabeza y se volvió hacia Rose.

–Pero tengo entendido que a usted le suprimieron toda la medicación.

–Ya me ha sido restablecida. El médico del hospital de Almería también se mostró preocupado por ese hecho.

Julieta dio un paso adelante.

–Buenos días, caballeros. –Miró a su padre.

Gómez asintió con la cabeza, como si se hubiesen transmitido un mensaje secreto. Ambos parecían preocupados y con los nervios a flor de piel.

–El tratamiento continúa –dijo Julieta–. Está en marcha. Todavía hay cosas por hacer. Nos gustaría concluir esta reunión lo antes posible y hablar con la señora Papastergiadis a solas.

–El tratamiento ha acabado –dijo mi madre–. No continúa. Ya he pedido otras citas médicas para cuando regrese a Londres.

El señor Covarrubias se ajustó la corbata. Hablaba un inglés perfecto y pronunció bien el apellido de mi madre. Le pidió que enumerase la medicación que estaba tomando, lo que ella hizo al detalle mientras Mister James lo iba marcando en el cuestionario que tenía en su sujetapapeles.

Cuando Rose le pidió información sobre unas pastillas nuevas que le habían recetado, Mister James le respondió con tono tranquilizador, incluso con entusiasmo. Le susurró que el doctor de Almería era colega suyo y que la receta que le había extendido era para eliminar expresiones negativas que podían ser contraproducentes para el paciente.

–¿Qué clase de expresiones? –Rose se inclinó hacia delante para oírle mejor.

–De autorreproche o paranoicas. –Mister James parecía sugerir que había más ejemplos, pero que los dos mencionados ya eran suficientes para hacerse una idea.

–¿Eliminan esa clase de expresiones?

–Las apaciguan –dijo.

–Las apaciguan –repitió mi madre.

–Las acallan –dijo el señor Covarrubias, que parecía querer retomar la conversación con mi madre. Le estaba vibrando el móvil en el bolsillo.

–En primer lugar –dijo–, quiero preguntarle si su médico le ha presentado algún informe de la evolución de su tratamiento y de sus logros hasta el momento.

–No he visto ningún informe ni nada que se le parezca –dijo Rose.

–Sentimos mucho tener que robarle un poco de su tiempo, señora Papastergiadis, pero creo que nos une un interés común. Querríamos saber si, a estas alturas, el tratamiento la ha ayudado a mejorar en algunos aspectos de su vida.

Rose sopesó la pregunta. Parecía desconcertada. Empalideció y le temblaban los hombros. Permaneció sentada muy recta, callada y meditabunda. Levantó una mano y movió los dedos hacia donde yo estaba. No sé qué intentaba decirme, pero me recordó a la niña de la casa ruinosa cerca del aeropuerto que había agitado la cuchara en el aire en dirección a nuestro coche. Quizá estaba diciéndome que me fuera.

Quizá me decía hola. O socorro.

–¿Podría repetirme la pregunta?

Julieta Gómez intervino.

–No tiene obligación de contestar, Rose. Eso depende de usted.

Rose clavó la mirada en los ojos claros y amables de Julieta.

–Bueno, me levanto por la mañana. Me visto. Me peino.

Los hombres de traje escribían signos en sus cuestionarios mientras mi madre hablaba.

–De niña corría muchos kilómetros al día. Saltaba por encima de vallas y cunetas. Sabía trenzar la hierba y hacer un silbato. Pero ahora no soy más que una pobre yegua añosa.

El señor Covarrubias levantó la mirada de su sujetapapeles.

–¿Añosa?

–Es una antigua palabra para «vieja» –explicó Rose.

Mister James continuó en lugar de su colega.

–Hemos convocado la reunión de hoy porque no estamos convencidos de que esté usted en buenas manos.

Gómez se aclaró la garganta.

–Por favor, caballeros, no olviden que hasta el momento hemos sometido a la paciente a un sinfín de pruebas para comprobar indicios de un ictus, de posibles lesiones en la médula espinal, de compresión del nervio, pinzamiento del nervio, esclerosis múltiple, distrofia muscular, enfermedad neuromotora o artrosis vertebral. Y nos queda por analizar los resultados de una endoscopia reciente.

Mientras Mister James escuchaba a Gómez no dejaba de mover, nervioso, la pelota de golf. La concentración le hacía fruncir el ceño como si Gómez estuviese hablándole en otro idioma, lo cual era cierto, puesto que Gómez estaba hablando en inglés en España, a pesar de que Mister James, que era del sur de California, hablaba español perfectamente.

Lanzó la pelota de golf al aire y golpeó en la caja de cristal encima de su cabeza.

Fue un sonido apenas perceptible de algo haciéndose añicos, no exactamente un tintineo sino más bien algo quebrándose de forma limpia y seca. El sonido hizo saltar a los ejecutivos. Se volvieron para mirar al monito, su cabecita enmarcada por un pelaje blanco, sus cejas enarcadas y furibundas, la larga cola levantada como si estuviese a punto de gritar y chillar, *kik kik kik kik.*

–Le pido disculpas –dijo Mister James–. No tenía ni idea de que eso estaba ahí.

Desde donde yo me encontraba, el monito electrocutado parecía levitar encima de sus cabezas. Los brillantes ojitos muertos miraban fijamente a los asesores procedentes de Europa y Estados Unidos. Ellos eran los nuevos grandes cazadores blancos con su séquito de porteadores, cargados de tiendas de campaña, guardias armados y portadores de armas, que esclavizaban a la gente y mataban para conseguir marfil. Mi madre era el marfil. Mister James ni siquiera sabía pronunciar su apellido, sin embargo ella había negociado con él y había canjeado sus piernas por los estimulantes que le ofrecía. Él se había quedado con la tierra.

–¿Hay algo que te preocupe y que te gustaría comentar, Sofia? –preguntó el señor Covarrubias inclinándose hacia delante.

Lo único que se oía en la habitación era el tictac del reloj de gángster de Rose. Los diamantes falsos brillaban en su muñeca.

–No sé si mi madre está viva o muerta –dije.

Julieta miró la pared como si renegase de mí.

–Por favor, continúe, Sofia. No se vea en la obligación de usar un lenguaje especializado. –Mister James sonrió, alentándome.

Rose dio un golpe con la mano en la silla de ruedas.

–El lenguaje especializado no representa ningún problema para mi hija. Tiene una licenciatura.

Se volvió hacia mí y me habló en griego. Llevaba mucho tiempo sin hacerlo. Mi madre había empezado a enseñarme griego cuando yo tenía tres años. Rara vez lo hablábamos en casa, probablemente para castigar a mi padre. Yo había realizado un gran esfuerzo para borrar un idioma entero, sin embargo no había logrado acallarlo. Quería cortarle la lengua, pero ese idioma había estado conversando conmigo a diario desde que mi padre abandonase el hogar familiar. Lo raro era que mi madre estaba hablando en griego para burlarse del estereotipo relacionado con el hecho de haber nacido en Yorkshire. La única frase que dijo en inglés fue: «Y tampoco tengo un lebrel.»

Sonreí y ella se rió. Julieta nos miró y parecía angustiada. Quizá la extraña complicidad que observó entre madre e hija había despertado de la tumba a su propia madre y ahora estaba presente en algún lugar de aquella habitación. Rose y yo parecíamos más felices de lo que en realidad éramos. Yo me había expresado con total libertad, pero mi madre había interrumpido mis palabras con una broma y un manotazo, insistiendo en que yo no tenía ningún problema de comprensión, lo que hizo que sonase como un piropo.

De todos modos, Mister James parecía desconcertado y abatido. Habíamos cambiado de tema radicalmente. Nos habíamos desviado del camino marcado, dando un enorme rodeo, y nos habríamos metido en un atasco. Rose podía estar en una silla de ruedas, pero no había parado de pasearse por el alfabeto, entreteniéndose en los solitarios espacios entre alfa y omega y descolgándose con palabras como «añoso» y «lebrel». Aquello no encajaba con la historia que él estaba armando a partir de un cuestionario que descansaba sobre sus rodillas como si representara La Verdad.

Se llevó una mano a la boca para ocultar el movimiento de los labios mientras le susurraba algo al señor Covarrubias, quien asintió con la cabeza y después se palpó el bolsillo en busca del teléfono móvil. Vi que había recibido setenta y tres correos electrónicos durante ese rato que había estado entretenido haciendo marcas y círculos con su bolígrafo.

–La Clínica Gómez me ha dado esperanzas. –Me temblaba la voz, aunque creo que hablaba en serio.

Gómez me interrumpió de inmediato y empezó a hablarles a los altos ejecutivos en español. Fue una larga conversación. Julieta intervenía una y otra vez. Hablaba con un tono eficiente, incluso seco, pero me di cuenta de que estaba nerviosa. Se tocaba la garganta con la mano izquierda. Cuando levantó la voz, su padre la amonestó alzando el dedo índice.

El cercopiteco verde electrocutado nos observaba a todos.

Mister James se puso de pie.

–Ha sido un placer conocerles –dijo, inclinando la canosa cabeza en dirección a los pies lisiados de mi madre.

El señor Covarrubias le besó la mano a Rose. Tenía la nariz un poco aplastada, como si hubiese participado en una pelea.

–*Profunda tristeza*[1] –dijo con voz grave y cansada. Hundió los dedos regordetes en el bolsillo y extrajo las llaves del coche con renovada energía, como si no viera el momento de correr hacia su limusina blanca aparcada a la entrada de la clínica y rebasar los límites de velocidad rumbo a Madrid.

Cuando se marcharon, Gómez me pidió que saliese de la habitación.

–Quiero hablar con mi paciente en privado –dijo.

Rose levantó un dedo torcido y artrósico con gesto admonitorio y miró fijamente a su serio y solemne médico.

–Señor Gómez, la vitrina de cristal de su primate disecado se ha hecho añicos muy cerca de la cabeza de mi hija. Se le ha clavado una pequeña esquirla de cristal junto a la ceja. Por favor, de ahora en adelante envuelva esa jaula con una tela.

Cuando me dirigía a la puerta, me pareció ver cómo mi madre se apagaba. Al mismo tiempo, vi aflorar su belleza. Reparé en sus pómulos, en la tersura de su cutis. De repente se llenó de vitalidad, como si se hubiese vuelto ella misma.

1. En español en el original. *(N. de la T.)*

SOFIA DERROTADA

Todo está tranquilo. Todo está en silencio.

Sale el sol.

Una negra columna de humo caracolea en el cielo. Ha habido una explosión en algún lugar a lo lejos.

Fui de excursión a la montaña, como Gómez me había aconsejado, rindiéndome ante el escarpado paisaje, descubriendo sus detalles, las formas perfectas de las pequeñas plantas carnosas que crecían entre las rocas, el lustre de sus hojas, su geometría y redondez. En la mochila llevaba una botella de agua y en las orejas unos auriculares con los que escuchaba una ópera, *Akenatón,* de Philip Glass. Quería una música grandiosa como el fuego para quemar el azaroso terror que reptaba bajo mi piel. Las lagartijas pasaban como un rayo junto a mis zapatillas a medida que me alejaba del humo negro, internándome en el árido valle rumbo a lo que parecían las ruinas de un antiguo castillo árabe. Después de una hora me detuve a descansar a la sombra y dirigí la mirada hacia el sendero que me llevaría de vuelta a la playa.

Ingrid estaba esperándome a lo lejos.

Montaba el caballo andaluz con su casco y sus botas. Muy alto en el vertiginoso cielo un águila extendía las alas y volaba en círculo por encima del caballo. La delirante música atronaba a través de los auriculares mientras ella galopaba hacia mí. Los brazos musculados, su larga cabellera sujeta en una trenza, Ingrid se aferraba al caballo con los muslos y el mar centelleaba al pie de las montañas.

Al principio, la observé pasivamente, como si estuviese mirando deslizarse el paisaje por la ventanilla de un tren, pero a medida que Ingrid iba acercándose me di cuenta de lo rápido que galopaba. Sabía que a Ingrid le gustaba ir al límite. Asumía riesgos y hacía sus propios cálculos, pero no siempre salía bien parada. Había herido a su hermana y también venía a por mí.

Me tiré al suelo como si me hubiesen disparado. Me quedé tumbada boca abajo cubriéndome la cabeza con las manos, la sangre palpitándome por las venas como un oscuro río mientras el retumbar de los cascos martilleaba mis oídos. El sol se tornó en sombra cuando el caballo saltó por encima de mí. Sentí el calor intenso y feroz de su cuerpo y los latidos de mi corazón se clavaron en la tierra caliente debajo de mí.

Ingrid se fundió con el cielo, en lo alto de su regio caballo. Mis auriculares y mi iPod quedaron enmarañados entre las matas de cardos y las piedras recalentadas por el sol, pero la música siguió sonando. Su crescendo y su poderío se habían convertido en un hilillo de pequeños sonidos que se mezclaban con el ruido más potente de los relinchos del caballo andaluz y con los sonidos de los animales invisibles del desierto.

–Zoffie, ¿por qué estás tirada en el suelo como un vaquero del Oeste?

Ingrid tiraba de las riendas. Me di cuenta de que había parado a cierta distancia de mí. Yo había sido presa del pánico, por lo que me había arrojado al suelo entre los cardos y me había arrancado yo sola los auriculares de las orejas.

–¿De verdad creías que te iba a embestir con el caballo?

Levanté la mirada hacia los vetustos ojos negros y vidriosos del caballo andaluz y oí que Ingrid gritaba desde su montura.

–¿Crees que soy una asesina, Zoffie?

Es cierto, pensé que me machacaría los huesos con el caballo de Leonardo.

Debí de rasparme las rodillas al caer, porque cuando logré ponerme de pie tenía los vaqueros rotos.

Fui cojeando entre piedras y cardos hacia el caballo.

–¿Ya me has borrado de tu vida, Zoffie?

–No.

–Entonces dame tu camisa.

Me quité por encima de la cabeza la camisa empapada en sudor y, poniéndome de puntillas, la coloqué en la mano que Ingrid alargaba en mi dirección.

El sol me abrasó los hombros.

–¿Para qué quieres mi camisa?

Me sujetó de la mano y tiró, acercándome a ella.

–Te hice un regalo, pero tú no me diste nada a cambio. Es difícil bordar sobre seda. No es nada fácil. Se resbala. Bordé tu nombre con un hilo que se llama azul augusto. –No me soltó la mano mientras tiraba de las riendas para sujetar el caballo, como si temiera que yo también me escapase.

Yo había roto las reglas del intercambio. Ella me había obsequiado y yo había recibido sin reciprocidad.

Un regalo como el amor nunca es gratis.

Azul augusto.

Azul es mi miedo a perder y a caer y a creer y azul es el cielo de agosto que se cernía sobre nuestras cabezas en Almería. Ingrid tenía el casco caído sobre los ojos. Azules son sus lágrimas y la pugna por vivir en todas las dimensiones entre el olvido y el recuerdo.

Me soltó la mano y espoleó el caballo con las rodillas.

La observé acomodarse el casco y desaparecer en medio del polvo con mi camisa enganchada en la silla de montar. Después desenredé los auriculares de los cardos y me los coloqué, saqué mi botella de agua, que a esas alturas estaba caliente, y me la bebí entera.

Emprendí el camino de vuelta a casa bajo el sol del mediodía en sujetador, con los vaqueros rotos, las zapatillas sudadas, el iPod asomando en el bolsillo trasero y los auriculares colocados otra vez en los oídos. Me sentía viva y eufórica observando el mar a mis pies, con sus medusas flotando de ese modo tan particular.

Mientras los pájaros del desierto chillaban por encima de mi cabeza, no estaba segura de que el deseo prohibido que Ingrid sentía por mí fuese una deuda que alguna vez pudiese yo devolver con un regalo. Ni siquiera quitándome toda la ropa de encima.

Estoy enamorada de Ingrid Bauer y ella está enamorada de mí.

No te puedes fiar de ella en el amor, pero estoy dispuesta a correr el riesgo.

Sí, algunas cosas en mi vida se agrandan, otras, en cambio, disminuyen. El amor es cada vez más grande y más peligroso. La tecnología disminuye, el cuerpo humano es más grande, mis vaqueros de tiro corto se me clavan en las caderas redondas, morenas y tonificadas tras un mes de nadar todos los días, pero mi cuerpo desborda por encima de la cintura de unos vaqueros que no están diseñados para caderas grandes. Reboso como un café en un vasito de papel. Me pregunto: ¿debo hacerme más pequeña? ¿Tengo suficiente espacio en la Tierra para convertirme en menos?

La columna de humo negro se había disuelto en el cielo.

Cuando por fin terminé de bajar el sendero que llevaba a la playa, el viaje que había realizado me había alejado como nunca de mí misma, muy muy lejos de cualquier punto de referencia que pudiese reconocer.

Yo era carne sed deseo polvo sangre labios agrietados pies ampollados rodillas raspadas caderas magulladas, pero estaba enormemente feliz de no estar adormilada en un sofá bajo una manta, con un hombre viejo a mi lado y una criatura en el regazo.

EL MOVIMIENTO SE DEMUESTRA ANDANDO

Ya cerca de la playa divisé un bote de remos que volvía a la costa. Era el bote llamado *Angelita* que había visto varado en el jardín de la casa que tenía un arco de jazmines en flor. El musculoso hijo del pescador se había atado un collar de cuero alrededor del bíceps derecho mientras remaba hasta la costa con su botín, consistente en dos relucientes peces espada plateados. Yacían en el bote como guerreros de casi un metro de longitud, más sus espadas largas y aplanadas de otros treinta centímetros. Dos de sus hermanos entraron braceando en el agua para ayudarle a sacar el bote a la playa, pero pesaba demasiado y gritaron pidiendo ayuda. Solté la mochila en la arena y, todavía en vaqueros y sujetador, me metí corriendo en el agua hasta donde estaban, agarré la cuerda con fuerza y tiré del bote hasta la playa. El hijo del pescador sacó un pesado cuchillo y empezó a cortar una de las espadas. Una vez separada del plateado pez de ojos azules, me la lanzó como un torero que arroja la oreja del toro al público. Cayó a mis pies y en ese momento recordé el deseo de mi madre de cercenarse los pies con el bisturí del cirujano.

Me metí en el mar hasta la altura del ombligo, que es la cicatriz más antigua del ser humano, y descubrí que estaba llorando. Por fin mi madre había conseguido romperme. Me arrodillé dentro del agua tapándome los ojos con las manos como solía hacer cuando lloraba de niña y creía que nadie podía verme. Nadie en absoluto. Deseaba que nadie me viera, que nadie se diera cuenta. Si alguien hubiese preguntado, no habría sabido por dónde empezar ni dónde acabar. Después de un rato, me volví para perder la mirada en el espacio entre dos acantilados y entonces la vi.

La vi.

Una mujer de sesenta y cuatro años con un vestido con girasoles estampados en la falda caminaba a lo largo de la playa. Sostenía un sombrero en la mano izquierda. Sí, era ella y estaba andando. Al principio creí que era un espejismo porque yo había estado todo el día bajo el sol del desierto, una alucinación o una visión o un deseo añorado durante largo tiempo. Caminaba ajena a todos y no me vio. Estuve a punto de correr a su encuentro, correr hacia mi madre y abrazarla, pero parecía contenta con su soledad mientras recorría la playa andando. Tenía la determinación de alguien que luchaba con un imposible dentro de su cabeza, yendo al encuentro de algo que no podía alcanzar. La única forma de que no me viese era volver a entrar en el agua. Me metí mar adentro y esta vez nadé dándole la espalda a sus piernas llenas de vida. Después de un rato me volví para mirar la playa y Rose Papastergiadis seguía caminando. Una mujer de edad madura en un bonito vestido y con sombrero paseando descalza por la arena.

Se dirigió a la ducha que había en la rampa de madera, donde los turistas se quitan la arena de los pies. Eso fue lo que ella también hizo. En la ducha se quitó la arena de los pies, que seguían unidos a su cuerpo. Continué en el agua hasta que se puso el sol y cuando regresé nadando a la costa todas las medusas estaban allí. Seguí nadando en vaqueros y esa vez vi una multitud de medusas, una aglomeración, y braceé deslizándome a través de ellas, con la cabeza debajo del agua, pataleando mientras me abría paso por el Mediterráneo. Me picaron en el vientre y en el pecho, pero no ha sido lo peor que me ha pasado en la vida. Cuando salí del agua busqué las huellas de mi madre en la arena. Ahí y ahí. Cogí un palo y dibujé un rectángulo alrededor de las primeras dos huellas marcadas y conservadas en Almería, en el sur de España. Era el rastro de las huellas de Rose Papastergiadis.

Los dedos aparecen separados, los pies largos, porque Rose es alta, quizá más de un metro setenta y ocho, es una bípeda y hay indicios de que andaba de un modo despreocupado. Aquellas huellas eran un registro de todo lo que ella es: la primera dentro de su familia que estudió en la universidad; la primera que se casó con un extranjero y que cruzó el frío y gris Canal rumbo a las aguas cálidas y luminosas del Egeo; la primera en bregar con un nuevo alfabeto; la primera en renunciar al dios al que le rezaba su madre y en dar a luz a una hija que era tan morena como rubia era ella, tan baja como alta era ella; la primera en criar a una hija sola. Ahí está, con sesenta y cuatro años, quitándose la arena de los pies. La marea borrará esas huellas grabadas en la arena firme y húmeda antes de que el cirujano le eche mano.

La temo y temo por ella.

¿Qué pasa si no bromea respecto a la amputación? Si de verdad lo hiciese, si se cortase los pies, ¿cómo haré para mantenerla entera y viva? ¿Cómo puedo protegerla y cómo puedo protegerme de ella? He estado observando a Rose Papastergiadis desde el día en que nací, preocupándome de parecer menos despierta de lo que soy.

Siempre estás en las nubes, Sofia.

No. Siempre estoy demasiado pegada al suelo.

Nunca debo juzgar la derrota de mi madre teniendo en cuenta todo lo que sé, porque, de lo contrario, la convertiría en piedra con mi pena y mi desdén.

Estaba subiendo la marea. Volví andando por la playa y

vi a la niña que siempre estaba tumbada en la arena mientras sus hermanas le enterraban las piernas para moldear una cola de sirena. En ese momento las hermanas colocaban unos palos donde debían estar sus piernas. Me acerqué a la niña y hundí las manos en la arena hasta dar con sus muñecas y tiré de ellas con toda mi fuerza para arrancarla de su arenosa tumba. Las hermanas gritaron y fueron corriendo donde estaba su madre, sentada a un par de tumbonas de distancia y fumando un cigarrillo. Tiró el cigarrillo en la arena y corrió hacia mí, con una gruesa cadena de oro balanceándose en el cuello de derecha a izquierda mientras me insultaba. Salí huyendo, veloz, veloz, más veloz que una lagartija deslizándose entre las rocas, hasta llegar al puesto de primeros auxilios.

La bandera amarilla con la cabeza de Medusa ondeaba en todo lo alto. Juan me dijo que en el ayuntamiento estaban preocupados por que las medusas alejaran a los turistas de la playa. Estaban organizando una estrategia denominada «Plan Medusa» que consistía en advertir a los bañistas de «tener cuidado con la punzante amenaza que acecha en la orilla». Se rió y luego le dio un mordisco a una manzana roja y jugosa.

–La invasión de medusas se debe a varias razones –dijo, alejándose de mí–: a la disminución de predadores naturales como las tortugas y los atunes, a los cambios en la temperatura del planeta y a la falta de lluvia.

Iba de un lado a otro en sus sandalias. Olía a mar. Le brillaba la barba. Era delgado y moreno y estaba disfrutando de su apetitosa manzana. Vino hacia mí y me apartó algunos mechones de pelo que me caían sobre los ojos. Tenía los dedos húmedos del jugo de la manzana. Me estaba diciendo algo en español.

–Yo parezco más blando que tú y tú pareces más dura que yo. ¿Crees que eso es cierto, Sofia?

MATRICIDIO

Mi madre estaba sentada en el sillón, de cara a la pared, con su vestido de girasoles. Había vuelto a ponerse las zapatillas y el sombrero de paja estaba en el suelo, como si lo hubiese tirado en un ataque de rabia.

–¿Eres tú?

–Sí, soy yo.

Esperé a que me comunicase la buena noticia.

Continuó con la mirada clavada en la pared.

Es como si sus piernas fuesen sus cómplices en la conspiración, siempre murmurando entre ellas y maquinando algún plan. Mi madre se había puesto las zapatillas para que yo no viese sus animados pies.

–Tráeme agua, Sofia.

Agua con gas, agua sin gas.[1] ¿Cuál elijo?

Abrí la nevera y apoyé la mejilla contra la puerta. Mi madre me había traicionado. Durante todos esos años yo jamás había perdido la esperanza de que se curase, pero ella no quería darme esperanzas. Le serví un vaso del agua inadecuada y me pregunté si tendría apetito después del paseo. Le preparé un plátano ya blando triturándolo con un poco de

1. En español en el original. *(N. de la T.)*

leche para darle energía y para que caminase otra vez. Y otra vez. Y otra vez. Aceptó el plato como lo haría una perfecta mártir que se sacrifica por una causa insondable. La mirada baja. Los labios apretados. Las manos flojas.

Estaba hambrienta.

–Estás quemada por el sol y llena de arena –me dijo.

–Sí, ha sido un día fantástico. Magnífico. ¿Tú qué has hecho?

–Nada. Nada, como siempre. ¿Qué voy a hacer?

–Bueno, si estás aburrida podrías cortarte los pies. –Me sacudí el pelo húmedo y enmarañado para quitarme la arena y los trocitos de algas–. Me he enterado de tus planes de amputación. Pareces uno de esos mendigos que se parten una pierna para que la gente les dé limosna.

Nada más decir eso, mi madre se enfureció y empezó a gritarme. Era un himno violento y ella me lo cantaba como un ruiseñor diabólico y vocinglero.

Mi pelo enmarañado le daba asco. Yo era la que había desperdiciado su inteligencia. Yo era la que no sabía contener sus emociones, mientras que ella era comedida y estoica.

Sus ojos azules tenían una mirada triste y afligida.

Le cogí la mano para consolarla. Tenía la mano muerta, como de papel.

Me dijo que le daba miedo dormir.

Retiró la mano y empezó a gritar. Era como si alguien hubiese lanzado imprudentemente una cerilla dentro de un bidón de gasolina. Mi madre era incansable en su retahíla de insultos contra todos y contra todo lo que se le pasase por la cabeza. Se le aceleró la respiración, se le encendieron las mejillas y su voz adquirió un tono chillón y tembloroso. ¿Qué aspecto tiene la ira? Se parece a las piernas lisiadas de mi madre.

Me fui hacia el cuarto de baño mientras ella seguía gritando frases llenas de odio. Me electrocutaba con sus palabras. Ella era la torre del tendido eléctrico y yo el cercopiteco verde desplomado en el suelo en medio de estertores, pero respirando aún. Me di una ducha y sentí los pinchazos de las picaduras de medusa bajo el agua tibia. Me incitaban a hacer algo monstruoso, pero no estaba segura de lo que era. Con el cuerpo abrasado por el sol, lleno de ampollas y de moratones, me estaba preparando para ello. Me peiné, me delineé los párpados con un lápiz de ojos y añadí una línea extra a los lados. No sabía por qué me arreglaba con tanto esmero, pero sabía que era para algo importante. No dejaba de pensar en Ingrid y en su caballo. Me había dado una idea que quizá siempre estuvo latente en mi interior. Oí a Rose gritando, pidiéndome que mezclase más leche con el plátano que le había preparado.

–Ahora mismo.

Entré en el salón, tomé con cuidado el plato que me ofrecía su mano mentirosa y tramposa (aunque no tan insultante como sus labios) y añadí más leche a la mezcla. Esta vez le agregué miel.

–Al menos déjame llevarte de paseo en el coche –le dije.

Para mi sorpresa, aceptó.

–¿Adónde iremos? –me preguntó.

–Iremos por la carretera a Rodalquilar.

–Muy bien. No he salido en todo el día. –Tenía un hambre canina tras su caminata y se zampaba por sus delgados labios las cucharadas de papilla de plátano con renovado apetito.

Tuve que hacer una buena tirada empujando la silla de ruedas hasta el coche. Era sábado por la noche y el pueblo estaba atestado de familias con hijos. Supongo que ella y yo somos una familia. Todo aquel esfuerzo no supuso nada para mí. Podría haber levantado la silla de ruedas por encima de la cabeza con mi nueva furia de bestia monstruosa. Mi madre había optado por mantener a su hija donde estaba, suspendida para siempre entre la esperanza y la desesperación.

Una vez sentada en el Berlingo y mientras yo intentaba

resolver mi problema de atinar con el punto muerto, mi madre me comunicó que no pensaba abrocharse el cinturón de seguridad.

–Lo tomaré como un voto de confianza.

–¿Esperas encontrarte a alguien en Rodalquilar, Sofia?

–No que yo sepa.

Tomé por la carretera pequeña para acortar camino por las montañas y entroncar con la autovía. La noche era calurosa. Mi madre bajó la ventanilla para observar el cielo que oscurecía. Había algunas ruinas con carteles de SE VENDE clavados con unas estacas oxidadas a la dura tierra. Alguien había hecho un jardín cerca de las ruinas. Un cactus alto y en flor estaba vencido por el peso de sus frutos: una abundancia de higos chumbos. La carretera era peligrosa. Estaba llena de baches y grandes pedruscos que acabaron por cubrir de polvo el parabrisas.

Cuando giré a la izquierda para entrar en la nueva autovía, iba conduciendo rápido y prácticamente sin visibilidad.

–Agua, Sofia, necesito agua.

Paré en una gasolinera y entré corriendo en la tienda para comprarle una botella de agua a Rose. Sobre el mostrador había una pila de películas porno, un surtido de llaveros, una botella solitaria de vino peleón y una hucha de barro con forma de cerdito.

Cuando volvimos a entrar en la autovía el reloj del coche alquilado marcaba las 8.05, la temperatura era de 25 ºC y la velocidad alcanzaba los 120 km/h. Una ruinosa noria se alzaba abandonada en el paisaje desértico como una boca abierta, como una última y burda risotada.

Detuve el coche en el arcén.

–Vamos a mirar la puesta de sol –dije.

No había ninguna puesta de sol que mirar, pero mi madre no pareció darse cuenta.

Saqué la silla de ruedas y maniobré durante quince minutos para acomodar en ella a Rose. Primero se apoyó en mi brazo y después en mi hombro mientras se sentaba despacio en la silla.

–¿A qué esperas, Sofia?

–Solo estoy recuperando el aliento.

A lo lejos se veía venir un camión blanco. Estaba cargado de tomates cultivados bajo plástico en los sofocantes invernaderos esclavistas del desierto.

Empujé la silla de ruedas con mi madre hasta la mitad de la autovía y la dejé allí.

LA CÚPULA

Por la noche la cúpula de la Clínica Gómez parecía un pecho femenino, solitario y espectral, iluminado por las luces escondidas entre las plantas carnosas circundantes. Un faro maternal encaramado en la montaña, su mármol lechoso y nervado emergiendo de las lavandas de mar moradas. Un pecho nocturno y sereno, pero siniestro bajo las brillantes estrellas de la noche. Si era un faro, ¿qué me indicaba mientras avanzaba por el desierto en estado de pánico y temblando de pies a cabeza? Se supone que un faro nos ayuda a eludir los peligros cuando navegamos y marca el camino hacia un puerto seguro. Sin embargo, durante gran parte de mi vida he sentido que el peligro era mi madre.

Las puertas de cristal de la cúpula se abrieron silenciosamente y entré en aquella tumba de mármol sin saber por qué había ido allí o qué esperaba encontrar. Recostado en una columna estaba un médico joven, de espaldas a mí, escribiendo en su teléfono móvil. La luz era tenue, como crepuscular. Me dirigí al consultorio de Gómez sin tener ni idea de si estaría allí ni qué hacer en caso de que estuviera, pero no había ningún otro lugar al que yo pudiese acudir. Llamé a la puerta revestida en roble. El golpe de mis nudillos arrancó de la madera un sonido profundo y resonante que contrastaba con el mármol que convertía en añicos todo aquello que se te cayese de las manos. No hubo respuesta, así que empujé la pesada puerta con el hombro y se abrió. Dentro estaba oscuro. El ordenador estaba apagado, las persianas bajadas y la silla de Gómez vacía. Sin embargo, podía sentir que había alguien allí. La habitación olía raro, como a hígado o a sangre, un olor oscuro y visceral. Bajé la mirada y vi a Gómez tumbado boca abajo en la esquina opuesta del consultorio, observando el interior de una caja de cartón. Podía verle la suela de los zapatos y las gafas que tenía apoyadas encima de la cabeza, sobre el cabello canoso. Giró la cabeza para ver quién había entrado y se sobresaltó al descubrir que era yo. Se llevó un dedo a los labios y me hizo señas para que me acercase. Fui hacia la caja de puntillas y me arrodillé junto a Gómez. Jodo había parido a sus gatitos. Tres criaturitas diminutas, arrugadas y húmedas estaban mamando del pecho de su madre. Jodo yacía estirada de lado, lamiéndoles una y otra vez la sangre seca pegada a sus cuerpecitos.

Gómez se acercó a mi oído.

–¿Ves que tienen los ojos cerrados? Pueden oler a su madre, pero todavía no pueden verla. Cada uno tiene su teta favorita. El más fuerte, ese blanco de ahí, empuja las patitas contra la teta de la que mama para estimular el flujo de leche.

Jodo dirigió una mirada llena de ansiedad a Gómez cuando este la acarició con un dedo entre las dos orejas.

–Jodo está lamiendo a ese otro para darle calor. ¿Ves que es el más débil de la camada? Al lamer al más endeble lo impregna con su olor.

Le dije a Gómez que tenía que hablar con él urgentemente. De inmediato.

Negó con la cabeza.

–No es el momento. Tienes que pedir una cita, Sofia. Además estás hablando demasiado alto y asustas a mis animales.

Me eché a llorar.

–Creo que he matado a mi madre.

El dedo con el que Gómez acariciaba a Jodo quedó inmóvil en el aire.

–¿Y cómo lo has hecho?

–La dejé en medio de la carretera. No puede andar.

El dedo retomó la caricia del blanco pelaje.

–¿Cómo sabes que no puede andar?

–Puede. Pero no puede.

–¿Eso qué quiere decir?

–No puede caminar rápido.

–¿Cómo sabes que no puede caminar rápido? No es una mujer vieja.

–No lo suficientemente rápido.

–Pero ¿puede caminar?

–No lo sé. No lo sé.

–Si la has dejado en mitad de la carretera es porque sabes que puede andar.

Hablábamos susurrando a causa de los gatitos, que mamaban, ronroneaban, lamían y se empujaban.

–Tu madre se pondrá de pie y caminará hasta el borde de la carretera.

–¿Y si el camión no se detiene?

–¿Qué camión?

–Venía un camión a lo lejos.

–¿A lo lejos?

–Sí. Se acercaba por la carretera.

–Pero ¿estaba lejos?

–Sí.

–Entonces ella caminará para apartarse del camino.

Algunas de mis lágrimas cayeron encima de los gatitos.

Gómez me apartó de la caja.

Me senté en el suelo y me abracé las rodillas.

–¿Cuál es el problema de mi madre?

–Estás molestando a Jodo.

Me ayudó a ponerme en pie y me sacó bruscamente del consultorio.

–Ya os he devuelto el dinero. Ahora debo retomar mis tareas, regar el jardín y cuidar de mis animales. –Miró el reloj–. Pero mi pregunta es la siguiente: ¿cuál es tu problema?

–No sé si mi madre está viva o muerta.

–Sí. Ese es el temor de todos los hijos que tienen madres depresivas. Se plantean esa pregunta todos los días. ¿Por qué está muerta si está viva? Has dejado a tu madre en mitad de la carretera. Quizá acepte tu desafío de salvar su propia vida. Es su vida. Son sus piernas. Si quiere vivir, caminará y se alejará del peligro. Pero tú tendrás que aceptar su decisión.

Nunca se me ocurrió que mi madre no quisiera vivir.

–Tu confusión es deliberada –dijo–. Te estás refugiando en la ignorancia. Te dije que ya no me interesaba el problema de las piernas de tu madre. Presta atención, por favor.

Gómez era el chamán de la aldea. Me enseñaría el camino que debía seguir.

–Sube corriendo seis pisos antes de volver a casa –dijo.

Gómez es un inútil. No sabe nada. Sube corriendo seis pisos. Mi abuela me decía cosas así cuando quería perderme de vista.

–Debemos llorar a nuestros muertos, pero no podemos dejar que se adueñen de nuestra vida.

Esas fueron sus últimas palabras. Volvió a entrar en el consultorio y cerró la puerta. Parecía su último adiós. Como si me dijese: *trabajo concluido.* Gómez se había internado danzando en estado de trance en la mente de la afligida y, con ayuda de su hija, había puesto en marcha una especie de cura, sin embargo yo no estaba segura de si la mente afligida era la de mi madre o la mía.

EL DIAGNÓSTICO

Rose estaba de pie junto a la ventana de nuestro apartamento alquilado mirando el mar plateado. La playa estaba más o menos vacía. Unos pocos adolescentes yacían descalzos en la arena, riendo bajo las estrellas del cielo nocturno.

Mi madre es tan alta.

–Buenas noches, Fia –dijo con voz tranquila y amenazante.

Me senté y la observé allí de pie. Se alzaba enorme por encima de mí. Era interesante ver a mi madre en vertical. Como algo desenrollado. En mi extraño estado mental, creí que podría ser un fantasma. Que había muerto y regresado como una especie de mujer nueva. Una mujer alta, centrada y llena de energía, una mujer cuya atención no solo estuviese en abrir un frasco de comprimidos. Hace años mi madre me dijo que yo debía escribir Vía Láctea así: γαλαξίας κύκλος, y me contó que Aristóteles observaba nuestro círculo lácteo desde Calcidia, a unos cincuenta kilómetros al este de la actual Tesalónica, donde nació mi padre. Sin embargo, nunca me habló de las estrellas que ella observaba cuando tenía siete años en el pueblo de Warter, al este de Yorkshire, a ocho kilómetros de Pocklington. ¿Se tumbaba boca arriba sobre las colinas ondulantes de Yorkshire entre las flores silvestres mientras soñaba con grandes planes para su vida?

Creo que sí. ¿En qué parte del fabuloso cielo aparece mi madre?

–Jodo ha tenido gatitos –dije.

–¿Cuántos?

–Tres.

–Ah. Espero que la madre se encuentre bien tras el parto.

Me di cuenta de que no había preguntado cómo estaban las crías.

–Querría beber un vaso de agua –dije.

Se quedó pensando en lo que yo acababa de decir.

–Di «por favor».

–Por favor.

La observé ir a la cocina, oí cómo abría la nevera y el sonido del líquido al servirlo en el vaso. Me trajo el agua.

Yo había estado sirviéndola toda mi vida. Yo era la sirvienta. Sirviéndola y esperándola. ¿Qué era lo que esperaba? Esperaba que mi madre volviese a ser persona o que dejase de ser una inválida. Esperaba que emprendiese el viaje que la sacara de su pesimismo, que comprase un billete hacia una existencia llena de vitalidad. Y también otro billete para mí. Sí, toda mi vida había estado esperando que mi madre reservase un asiento para mí.

–Salud. –Alcé mi vaso.

La puerta que daba a la terraza de hormigón sobre la playa se abrió sola. Una brisa inundó la habitación. Una cálida brisa del desierto que transportaba con ella un intenso olor salado a algas marinas y a arena caliente. Las olas rompían en la orilla, sobre la mesa de la terraza descansaba mi ordenador portátil, la noche llena de estrellas fabricadas en China estaba abierta bajo las verdaderas estrellas del cielo nocturno de España. Todo el verano estuve caminando por la superficie de la luna como un astronauta dentro de una Vía Láctea digital. Es un paisaje tranquilo. Pero yo no estoy tranquila. Mi mente es como el arcén de una autopista donde los zorros devoran a los búhos durante la noche. Por esos campos estelares, por sus senderos que cruzan la pantalla con un tenue relucir, he dejado marcadas mis pisadas en el polvo y en el brillo de un universo virtual. Nunca se me pasó por la cabeza que, como la Medusa, la tecnología te clavara su mirada y te convirtiera en piedra, que me llenara de temor a descender, a bajar a la Tierra, donde sucede todo lo malo, bajar a las cajas registradoras y a los códigos de barras y al exceso de palabras para referirse a las ganancias y a la escasez de palabras para referirse al dolor.

–Hoy di un paseo andando –dijo mi madre–. Me quedé demasiado abrumada para compartir la buena noticia contigo.

–Sí. Nunca has compartido las buenas noticias conmigo.

–No quería ilusionarte.

–Nunca has querido ilusionarme.

–¿Quieres que te cuente que un camionero me trajo hasta casa?

–No. No quiero saber nada de él.

–Era una mujer. Una conductora.

Rose dejó el vaso de agua sobre la mesa y se acercó a mí.

–Deja de conducir sin carné, Sofia. Era de noche e ibas con las luces apagadas. Temí por tu vida. No puedo imaginarte conduciendo.

–Sí –dije–, pero tú conduces. Eres la cabeza de familia. Tienes que empezar a hacer las cosas que te convienen.

–Lo intentaré.

Se sentó sin ningún esfuerzo junto a mí, en el sofá verde y duro de nuestro apartamento alquilado.

–Intentaré hacer las cosas que me convienen, pero mientras tanto puedo imaginarte terminando el doctorado en Estados Unidos.

¿Y qué imaginaba yo para ella?

La imagino usando zapatos bonitos con correas alrededor de los tobillos. La imagino señalando su reloj con diamantes de bisutería, instándome a caminar deprisa porque llegamos tarde al cine. Ella ha reservado las entradas. Sí, ha elegido las butacas. Camina más rápido, Sofia, más rápido (señala su reloj), no quiero perderme los tráileres.

–Tengo que decirte algo más, Sofia.

–Gómez ya me lo ha dicho.

–¿Qué te ha dicho?

–Que nos va a devolver el dinero.

–Ah –dijo–. Es muy buen médico. No tiene por qué hacerlo.

Continuó hablando. Al principio creí que estaba diciendo Sófocles. Repitió Sófocles unas tres veces. Me di cuenta de que estaba diciendo «esofágico». Esofágico.

Y entonces me contó los resultados de la endoscopia.

Pasó un buen rato. Su reloj de gángster haciendo tictac. Las olas rompiendo en la orilla.

Apoyé la cabeza en su hombro.

–No puede ser cierto, mamá.

¿Es más fácil rendirse ante la muerte que ante la vida?

Me volví para mirarla.

Me sostuvo la mirada durante mucho tiempo. Tenía los ojos secos.

–Tienes una mirada tan descarada –dijo–, pero yo te he estado observando con tanto detenimiento como tú a mí. Es lo que hacemos las madres. Observamos a nuestros hijos. Sabemos que nuestra mirada es poderosa, así que fingimos no hacerlo.

La marea estaba subiendo con todas las medusas flotando en su turbulencia. Los tentáculos de las medusas en un limbo, como algo que se ha desprendido, una placenta, un paracaídas, un refugiado cercenado de sus raíces originarias.

ÍNDICE

3 1524 00711 0432